大地的种子

赵廷香·著

北方联合出版传媒(集团)股份有限公司
春 风 文 艺 出 版 社
·沈阳·

图书在版编目（CIP）数据

大地的种子 / 赵廷香著 . — 沈阳 ： 春风文艺出版
社，2023.1
ISBN 978-7-5313-6302-6

Ⅰ．①大… Ⅱ．①赵… Ⅲ．①纪实文学－中国－当代
Ⅳ．① I25

中国版本图书馆 CIP 数据核字（2022）第 145026 号

北方联合出版传媒（集团）股份有限公司
春风文艺出版社出版发行
沈阳市和平区十一纬路 25 号　　邮编：110003
成都市兴雅致印务有限责任公司印刷

责任编辑：韩 喆 平青立		责任校对：陈 杰	
装帧设计：四川悟阅文化传播有限公司		幅面尺寸：145mm×210mm	
字　　数：207 千字		印　　张：9.5	
版　　次：2023 年 1 月第 1 版		印　　次：2023 年 1 月第 1 次	
书　　号：ISBN 978-7-5313-6302-6		定　　价：78.00 元	

初心常青

——赵廷香长篇小说《大地的种子》序

◎ 高锦潮

从微信中接收到赵廷香老师的长篇小说《大地的种子》后，我一页页地进行阅读。随着页码的不断增加，我的眼球就像一块磁石遇上细碎的铁屑那样，将一个个文字吸附起来。

小说的主人公马金锁，读过四书，放过牛，抗日战争时组织过儿童团，解放战争时上过前线为解放军运粮食，后积极参加了志愿军，骁勇善战，屡建功勋。几年后复员回家，被推选为村支部书记。他想方设法，带领干群脱贫致富，利用本地资源办起了胶合板公司、茧丝绸公司、砖瓦厂、汽车制动器厂，变农村为城市，使贫穷落后的马湖村，一下子声名鹊起。

退伍军人因为有了军队的锻炼，所拥有的素质是非亲历者所不能轻易获得的。人们常说，当兵后悔一阵子，不当兵后悔一辈子。我的人生中也有十年的军队生活，我把青春交给了火热的军营，并且至今没有任何后悔之意，我觉得正是由于部队的锻炼，才在骨子里产生出像马金锁那样的始终如一的"毫不屈服"的精神，它让我一直善于钻研、勤奋创作。不过，与年近八旬的赵廷香老师比，无论是创作激情还是创作成果，我都深感汗颜。赵老师的妻子很贤惠，在几十年中，她一直默默地承担着琐碎的家务，为的就是能够尽量给赵老师多挤出一点时间进行创作。就在这部作品创作的紧要关口，他们多年来的二人世界出现了紊乱，妻子住院"大修"后的一段时间里，不仅不能像此前那样包揽家务，而且连自己的生活都不能自理。面对现实，赵老师在料理家务、照顾妻子的同时，依然见缝插针地坐到电脑前，就像当年他在海南进行水稻育种的田间劳动，在文档中勤奋地耕耘、播种、除草、收割，从而按照自己的规划，于艰难中继续长篇小说创作，确保《大地的种子》按时出版。

有道是，文品如人品。要想为好文，必先做好人。那部反映他与很多南下干部当年到海南育种的《南繁记》，我读过数遍，字里行间给我的感受就是治学严谨，许多读者心中留存的印象也是如此。细究起来，秘诀在于，赵老师对作品创作的质量把关极严。这部洋洋洒洒、扣人心弦的《大地的种子》一气呵成后，他没有沾沾自喜地宣告大功告成了事，而是反反复复进行揣摩，认认真真地予以修改，字字句句地深入推敲，就像一位园丁，在自家的花园里精心侍花弄草。直到把一部自己满意、别人称赞、品质非凡的力作捧出来，才安心地交给出版社。

赵廷香老师此前已经出版了多部长篇小说和集子，也获得过"中国乡土文学奖"等多种奖项。他的作品有一定的辐射力、影响力，他是一位出色的本土作家，只要提到作品名称，很多人都能说出他的名字。我与他虽然认识仅有十年时间，但对他的作品是篇篇必读、本本收藏。相对于他此前的作品，我对《大地的种子》非常喜爱，这倒不是因为我与主人公马金锁都是军人出身，而是全书的故事在跌宕起伏中转换得相当自然，就似音符在五线谱上流动那样，行云流水、酣畅淋漓，作者对语言的把控极其到位，没有华丽辞藻的刻意堆砌，没有刀砍斧凿的人为痕迹，没有献媚粉饰的无病呻吟，更没有不切实际的胡编乱造，通篇就像挂在前川的瀑布那样顺畅自然，蔚为壮观、撼人心魄。

马金锁临终要求把骨灰盆深埋，让自己长眠的地面上照样长庄稼，这打破很多人死后也要与活人争地盘的做法，不让自己曾经洒下汗水的每一寸土地浪费。这一下掘开了我的心灵堤坝，我被这种惜土如金的农民情怀深深感动，情不自禁潸然泪下。这一举动，体现出优秀共产党员的高尚道德风尚，蕴藏着一位乡村基层干部对土地的深厚情感，颠覆了用厚葬来显示孝道的习俗，让自己熟悉的土地成为后人美好的生态家园。他将自己薄葬，身体力行地证明共产党人的本色。马湖村人，没有违背老书记的遗愿，他们没有为老书记修坟墓和立碑刻文，而是升华了他的遗愿，在掩埋其骨灰的土地上栽了一棵巍峨高大的青松。这不仅是老书记高尚的品格长留人间的象征，更让后来者有了随时祭拜的心灵寄托之地。

人的寿命再长，只能算是活出了时间，而不能证明活出了意义，人生真正的意义在于为人类做出了怎样的贡献。贡献大了当然了不起，但是小贡献，也是实实在在的。对于平凡人而言，一生做好一件事，这样的人生也是有意义的。

我们可以以长、宽、高与面积和体积来比喻人生的意义。长，是个人特长；宽，是学识的蕴藏与拓展程度；高，是人生站位与道德水准；面积，是指能力和影响力；体积，则是说此人在人群中的带动能力和促进作用。其实，这样的综合要素构成，就是一个人寿终正寝后真正的碑文，也是真正意义上的悼词和流芳后世的祭文。每个人都有自己的既定方针，每个人也都想活出个人样来，改变人生走向的不是方针没有定好，而是在生活途中经不起坎坷或是风雨摧残，动摇了自己原定的方向，穷人与富人、干部与群众、英模与平民都有自己的既定方针，关键在于坚持。有很多平民英模，都是围绕着既定方针或是一件事，几十年甚至是一生在坚守，这是最值得称道的。

松树之所以常青，是因为它有独特的品性和适应能力，无论是在高山平原还是沃土瘠地，也不论是风景名胜还是陵园旷野，不会因身处困境而轻易枯萎，也不会因深得宠爱而居功自傲，它都会以四季常青的姿态向自然默默奉献。马金锁是马湖村村民们心中的常青松，与马金锁一样的优秀党员干部自然也是人民群众心中的常青松，还有类似于马金锁那样的平民英模，同样是全国人民心中的常青松。

愿赵廷香老师创作的这部《大地的种子》在读者的记忆中永远常青，更愿赵老师的创作实力永远常青。陈毅同志说过"大雪压青松，青松挺且直。要知松高洁，待到雪化时"。马金锁的高洁，已经被马湖人用巍峨的青松屹立了起来，赵廷香老师笔下的这棵青松高洁与否，期待着读者朋友们去定论续写，作为第一读者的我，愿意就此打住，此序算是抛砖引玉。

（作者为江苏省淮安市洪泽区作家协会主席、党总支书记）

目录
Contents

引子

　　马湖村南，某个偏僻的角落里静静地躺着一片丛冢，经过多年的风吹雨打，有的坟堆都散了，成了一些平缓的小土丘。这小土丘上到处布满了碧绿碧绿的星星草。星星草茁壮地开放着，编织着，像是一个个庄严肃穆的花环和飘带。白天时有羊群随意在坟墓中间来往，黎明的时候，小鸟栖在坟上唱歌，给这一片寂寞，带来一丝欢快。

　　这是马家的祖茔，始建于清末，有一百多年的历史了。开头就是地理先生摆布的一个"怀中抱子"的三座坟，后来不知是他们的哪一世孙，考了个秀才，人们都说他家的祖坟葬得好，家里再有死人的，就自动葬过来了，也沾沾好风水，结果就越来越多，范围越来越大。到了20世纪60年代，更多零星的坟墓集中过来了，这里变成一个庞大的茔地。

　　原先只是一些土堆而已，杂草顺其自然地乱长。刚进入21世纪没几年，茔地南边那个长着草皮的矮丘上，突然耸立起一棵巍峨高大的青松。不知内情的人，都以为是马家后人为祖宗栽的一棵看坟松，其实，那下面安卧着一个人，他曾雄赳赳气昂昂，跨过鸭绿江，打过"联合国军"。归国后担任过多年马湖村党支部书记，为党和人民的事业努力奋斗了一生。他是一个高尚的人，一个纯粹的人，一个给马湖创造过物质财富和精神财富的人，一个备受人民尊敬的人。他鞠躬尽瘁，死而后已；他只需一只小小的黄沙盆，安睡于九泉而足矣！那棵大松树，是马湖人给他栽上去的。

　　看上去，这座不像坟的坟，好像处于最有利的地势，因为它不是一座阴湿的陵墓，它朴实无华，它有高大的青松、广阔的天空！

　　这个人叫马金锁，小时人们叫他名字的时候，省去了一个"马"字。

第一章　生于马门

马湖村，也叫四门马，是一个民风淳朴的古老村庄。据说他们的祖先是明初人口大迁移中，由苏州阊门辗转而来，卜筑于此，世泽绵延，人丁繁衍，至民国时期，树木隐隐中，屋舍云连，蒸蒸瑞气，丁不下数万，户不下数千，四家分派，分居四庄，为头门、二门、三门、四门。代有人才出，皆以读书积善为事。随着人口的逐渐增加，老四门容纳不下，就向后延伸了一个庄子，叫大后马，不久又向前面延伸了一个庄子，叫小南马。据说这小南马的诞生还有一个来历，当时老庄人口拥挤，急需疏散，庄主带着大家商量向何处疏散的问题。大家正在举棋不定的时候，忽然看到一只兔子，从老庄上蹿了出去，一直跑到前面离头门一里路左右的地方，停了下来，刨洞歇息了。大家见此情景，一致认为那里就是风水宝地，庄子应定在那里，于是就有了小南马。这下有了六个庄子了，但整个村子一直叫四门马，前后忽略不计了。

1930年深秋，叶落花谢，草木枯萎，人们都忙着收获晚秋作物。头门马西头的马长汉家更是忙得不亦乐乎，他家今年的山芋和花生都是丰收，山芋已收获完毕，院里藏了一大窖子，晒了一小囤子干子，还留了几百斤鲜的供现时吃，现在开始收获花生了。马长汉驾着牛犁精神抖擞地下地耕起来了。收花生这活，在沙土地是用筛子筛，而这里是黏土，得用犁耕。马长汉手扶犁梢，长鞭一甩，啪！大黄牛昂首挺胸，大踏步地前进，花生秧子呲呲直翻。他老婆杨氏跟在后面手忙脚乱地拉扯花生秧子，拉起来，还要理好，码好。

杨氏没有名字，按农村传统叫法，她嫁的男人姓马，她娘家姓杨，她就叫马杨氏。她和马长汉是指腹为婚，她爸和马长汉的爸爸是表兄弟，一年春节两家大团圆，马长汉他爸观察到他们弟兄俩的老婆肚子都鼓起来了，心头一阵喜悦，便和杨氏爸爸说："老表哇，我们已是第二代表了，俗话说，一代亲，二代表，三代了，我们不能就这么了了，还要继续呀！"

"怎么续？"杨氏爸爸问。

老马指指他老婆的肚子，又指指老杨老婆的肚子，"她们都有了，如果一个是男一个是女，不就正好续起来了吗？"老杨恍然大悟。

老马问："怎么样？"

老杨沉思了一下："好哇，那就由老天爷做主吧！"

老马说："一言为定！"

当年盛夏，二妇一起临盆，马家生的是男的，杨家生的是女的，天公作合，两家如愿以偿。

二人在妈妈的肚子里就结成夫妻了，可是一直到花好月圆之前都没有碰过面。结婚的那天晚上，马长汉小心翼翼地揭开杨氏盖头时，才见到彼此的真容。

尽管如此，他们相信天缘，从一而终，相敬如宾，相濡以沫，和和美美。尤其是杨氏，善良贤惠、勤劳持家，里里外外一把手，干起活来不要命。

今天杨氏拉花生秧子，和往常一样，不顾自己已是临近足月的产妇了，尽管她腹部下坠、两腿向外撇着，行动不灵活，依然使足力气拼命干，不断弯腰又爬起地劳作着，哪知天还没晚，她感到身体不对劲了。肚子有些胀有些痛，开始间隔时间长一些，后来间隔时间越来越短了，胀痛越来越厉害了，她觉得坚持不了了，她意识到快要生产了，就对马长汉说："我要回去了！"

马长汉看到她皱着眉头，忽然意识到她是要生产了，问："有感觉啦？"她点点头。

"走！"他把牛犁放好，立即搀扶着杨氏往家走。到家后，他按照农村老方法，拿来木桶，放上些温水，搁在房间里，让杨氏坐在里面，他就又下地了。他把花生秧子堆好后，赶紧吆着牛，拖着犁回来了。一到家就往房里跑，他看到杨氏疼痛难忍，就是生不下来，非常心疼，非常焦急。他安慰杨氏："你忍一下，我去找接生婆。"

接生婆家在二门的东头，离他家有二里多路，这时老天又不帮忙，不知是高兴，还是有意为难他，他回来的时候只是一星半星地滴小雨，现在下大了，他在房里就听到呼呼啦啦的声音，再到门口一看，院心里已往外淌水了。他急急忙忙地穿上蓑衣，提着马灯，冲进了雨中。

离接生婆家的大门还有几丈远，那大花狗就叫了起来。"去——"他叫了一声，大花狗退了回去。大门开了，灯光下闪出一个人来，正是接生婆，大概她听到声音了。马长汉立即迎了上去。

接生婆已四十开外，身材高大、体格健壮，宽阔的面庞，像一朵绽开的玫瑰。她听马长汉说明了来意，二话没说，打起一把油皮纸大伞，跟着马长汉就走。她这个接生婆不是高等学府毕业的妇产科大夫，她斗大的字不识一升，连扁担长的"一"字也不认识，她是祖传的接生婆，家里只传女不传男，只传媳妇不传女儿，多年来她按照婆婆的教导，将一个一个的婴儿接到这个世界上来。她不是医生，却有良好的医德，接生技术也是过硬的。她任劳任怨、勤勤恳恳，无论风吹雨打，都随叫随到、毫不怠慢，从不叫一声苦。她来到杨氏身边。杨氏很是坚强，忍到现在，一声不吭，见到接生婆来了，原来皱着的眉头也舒展了。接生婆朝她看了又看，又上下左右地摸了一遍，说："胎位不正。"又问，"你做什么的？"

"我，拉花生秧子的。"杨氏回答。

"啊，弯腰又爬起的，将孩子挤到一边去了，要费点事呢！"

马长汉听了，心里没有底了，连忙来到堂屋，点起香烛，三拜九叩，又自言自语地祈祷一遍，求老天爷保佑，保她母子平安。

接生婆又上下左右地摸捏了一遍，她确定了位置，双手按住杨氏的左腰，使劲地往右边推，边推边交代杨氏要顶住。杨氏忍住劲，咬住牙，使命顶住，鼻子里发出哐哐的声音。接生婆推了一阵，又抹了一抹，她朝下面看看，说："好了！"大概她可能看到小孩儿头了。她又吩咐杨氏要挺住。她继续从上往下地使劲推。不一会儿就听到"哇"的一声，小孩儿冒出了大半截的身子，她双手小心翼翼地托住红红的小肉蛋。突然，她的眼睛里放出喜悦的光芒，嘴里说："男的。"先是小声，接着抬高了嗓门，像是要告诉杨氏，更像是要告诉马长汉，她大声说："是个男的！恭喜呀！"

杨氏张开嘴巴，露出了笑容。马长汉早就在堂屋里屏住气，静静地注意着房里的动静。一听说是个男孩儿，顿时喜出望外，三步两步地跨进了房间，满脸带笑地端详起他心爱的宝贝来。

接生婆轻轻地将婴儿放在杨氏准备好的抱被上，用剪子剪断了脐带，然后将剪子重重地往板凳上一放，发出"当"的一声。杨氏一惊。她解释说："不要怕，这剪脐带的剪子就是要使劲掼，声音越大，小孩儿胆子越大，以后让他大胆地去办事。"

"啊！"杨氏会意地笑了。马长汉更是张大嘴巴哈哈地笑了起来。

接生婆又吩咐马长汉，"赶紧去烧一碗粥来，要用精米，要烧开花，这是安胎粥。"这，马长汉早就准备好了。

接生婆又和杨氏聊起了坐月子的事，吩咐她要注意这，要注意那，说了一大堆。杨氏连连点头。一会儿，马长汉捧来一碗香喷喷的稀米粥。接生婆连声夸："好！好！"杨氏呼啦呼啦地喝了起来。接生婆连忙说："慢点慢点！"

杨氏说："哎呀，我饿呢！"

接生婆说："越是饿，越是要慢点。"

杨氏抿着嘴笑了笑，但是她可能真是饿得不轻，一口粥进嘴就到肚，一会儿一大碗粥就呼呼啦啦地进了肚，还要吃，接生婆不给吃了，说刚生产的，体质虚，不能顶了食。杨氏只好作罢。接生婆叫她躺下,盖好被子,好好地睡一觉。这正合杨氏的意,这一阵子折腾得她够呛的了。马长汉立即帮忙扶住她慢慢地睡下,替她把被子盖好,又将他心爱的宝贝往她怀里揣揣。接生婆说:"好好地睡吧!"就准备走了。

马长汉又穿上蓑衣,拎着马灯,一步一滑地将接生婆护送到家,千恩万谢了一番,才又一步一滑地回来。

他回到房间里,老婆已呼呼大睡了,油灯也奄奄一息了。他提起油瓶往小碗口大的灯盏里倒了些油,这油是花生油,喷鼻香。油加满了,灯捻子又短了,他又去找一根棉花捻成的粗一点的线捻子,并将灯头拨大一些,便坐在床前,乐滋滋地享受着刚为人父的愉悦心情。他早就盼望着这一天了,没想到这一天来得这么快,他由衷地愉悦……他想着想着,不由自主地走到床前,撩起被头,轻轻摸摸正在熟睡中的儿子,他看到一张恬静的、在朦胧中发亮的小脸,望着那张像玫瑰骨朵一样喘着气的小嘴。他的嘴角上露出无比的喜悦,忍不住低下头去,轻轻地吻了一下,又抬起头来,仔细看了又看。看着看着,他觉得他长大了,成了一个顶天立地的男子汉,将要代替他撑起这个家。想到这里,一个不好的想法浮上心头。他家五代单传,每一代都好不容易才留下一条根。想到这里他又担心起来,如何留住这条根?他想了许多许多,一时也拿不定主意。他把油灯里的灯捻子往高处挑了一下,继续想,直到灯油耗尽,鸡鸣声起的时候,他终于想出了一个他认为是最好的办法,才上床进入了梦乡。

一大早,他为杨氏煮了两大碗细米粥,捧给杨氏吃了,问:"饱没饱?"杨氏说:"饱了。"他说:"好,那你就再好好地睡吧!"他又看了看他心爱的宝贝,小家伙一直闭着眼香甜地睡着,他小心地给他拢好了被头,就走了。

杨氏一觉醒来,想喝水,就叫:"长汉,长汉!"随她怎么叫,也无人答应,奇怪,她又喊了两声,仍然没人睬,她无奈,只好忍着。直到中午,马长汉才回来,她埋怨地说:"你去哪儿啦?"他什么也没说,从衣袋里掏出一只方方的红盒子,恭恭敬敬地递给杨氏。杨氏惊奇地问:"这是什么?"他小心翼翼地打开盒子,杨氏看到盒子里金光闪闪。

原来他一大早,踩着泥泞的土路,跋涉二十几里,找到一个大金店,为他儿子买了一把金锁。

杨氏将眼睛眯起来看了又看,这时她明白了,"你买的是长命锁!"马长汉笑了。她摇摇头,"不对,不该你买。"

"不该我买该谁买?"

"我妈。"

"噢,"他想起来了,应该是这样的,他一时心急,好心办错了事,但是他又担心起来,"假如她不买呢?"

杨氏说:"不会的,老规矩,她还能不知道?"此话说出后她也担心起来,老妈年纪大了,说不定老糊涂了,也能办错事,她又补充交代:"等她来的时候你给她,她不会让你花钱的。"

"好。"他嘴上说好,心里还是火急火燎的,"那我现在就给儿子戴上。"

"哎呀,你急什么,那要等满月呢!"

"现在戴不是一样吗?"

"不一样,要按规矩来,到时由我妈戴。"

他拗不过老婆，只好作罢。

老婆说："明天三朝了，有好多事要办呢！你赶紧去忙！"

他恍然大悟，又明知故问地说："怎么忙？"

老婆说："火烧眉毛，先选急的来，然后小猪拱大蒜，一头一头地来。"这时老婆的话就是圣旨，他按照圣旨立即忙了起来。

第二章　洗三满月

马长汉按照老婆的旨意，首先端出家里所有的鸡蛋，煮了一大锅，再撒上些红染粉，一搅拌，捞到一只大竹篮子里，一大篮子红鸡蛋就做成了，立即拾了一小布兜，一数，十六个，他喜滋滋地提着布兜儿，三步并作两步，连走带跑地到岳母府上去报喜了。岳母听说添了个外孙儿，笑得合不拢嘴。

"那我要去买金锁呢！"岳母说。

"锁我已经买了。"说着他从衣袋里掏了出来。恭恭敬敬地递给了老岳母。

老岳母惊奇："你买了，那我给你钱。"

"不用了，买了就买了。"

岳母坚持问："多少钱？这个钱一定得我出。"

马长汉还是坚持："算了算了！"

老岳母也不问多少钱了，从房间里拿了些大洋往马长汉衣袋里一塞，双手捂袋口，"走吧，走吧！"

马长汉不推辞了，揣着大洋恭恭敬敬地走了。

他回到家里又忙着向邻居报喜，他想将鸡蛋六个一份地分好，然后再去一家一家地送。一想时间来不及了，索性拎起篮子就走，走到哪家散到哪家，散鸡蛋的时候他顺便做了通知，明天一早每家派一个人去吃面，并说明酒席来不及办了，到满月时再说，先吃个通庄面 ①。原来他和杨氏协商好的，不办三朝酒，只办通庄面。邻居们一个个感谢不尽，都说："吃个通庄面就不简单了。"

喜报过了，他就筹划下一个节目了，他在心里计划着，仅一个头门马就一百多户，需要一百多碗面，要下两大锅，他家的锅不行，他想到了寒天挑河工时工地上用的大锅。他请了一个邻居，同他一起去将那大锅借了来，又和了泥，搬来砖，在院心里将那大锅支起来。

这时天已黑透，那些挂挂面人家的面已晒干收到家了。他跑了两家，把他们当天挂的面通通买了下来，买了好几十斤，往堂屋里一堆，放心地休息了。

公鸡还没打鸣，他就起来，请了两个邻居帮忙烧火下面，他提了一袋红鸡蛋去了接生婆家，又将接生婆请了来。当他到家的时候，家里已是人山人海，他立即揭开锅看看，面已好了，就吩咐："盛面！"

人太多，没有那么多的桌凳，每人都捧着碗，站着吃。有的捧着碗边吃边往房里溜，去看看小宝宝，一个个赞不绝口："好宝宝，将来一定荣华富贵，一定光耀门庭！"杨氏连忙说："谢谢！谢谢！"

在吃面的人当中，有一个人很显眼，她是坐在房里马桶上吃的。她是马长汉东边邻居刚刚成亲的新娘子。她家也是几代

---

① 通庄面：家里有婴儿诞生，全庄每家来一代表，到新生儿家各吃一碗面条，此面条即为通庄面，也叫长寿面。

单传，到她曾祖父这一代断线了，招婿了，仍没生子，她祖父又招婿，到她爸这一代，还是只有她这么一个独蛋闺女，还是招婿。她爸一气，这次招婿不改姓了，女婿本姓李，就让他姓李去吧！那么她的称呼也变了，按照农村习惯，她得以男人的姓来叫，得叫她小李，所以大家不叫她小马，叫她小李了。这一次马长汉家吃三朝面，马长汉想到她家了，这里有个传统的说法，吃三朝面时新娘子坐在马桶上吃，能生儿子。考虑她家的特殊情况，马长汉把这个机会给了她，希望她这一代生儿子，就请她坐在马桶上吃。她当然很高兴，坐在马桶上，喜滋滋地将满满一大碗面吃了。她碗还没放下，人们的恭喜声就不断响起，一个个都恭喜她："早生贵子！"

大家都吃完面后，接生婆就开始忙碌起来，她先象征性地开奶、开荤，用手指把几滴黄连水抹在宝宝的嘴上，她嘴里说："好乖乖，三朝吃得黄连苦，来日天天吃蜜糖。"然后，她把用肉状的年糕、酒、糖、鱼等混成的汤水抹在宝宝的嘴上。她嘴里念道："吃了肉，长得胖；吃了糕，长得高；吃了酒，福禄寿；吃了糖和鱼，日子有富余。"又让宝宝吃一口别的母亲的乳汁，这就是开奶了，他下边就可以痛痛快快地喝自己母亲的奶了。宝宝的外祖母为他送上一周岁以内所需的东西，有寿桃、福寿糕、小衣服等。

最后为宝宝施行洗礼，这叫作洗三朝。这一步很关键，宝宝从那个世界来到这个世界，需要大洗一下，彻底清洗一下，去除那个世界的污垢，换上这个世界的新装，以便精神焕发地迎接新生活，然而大洗必须一丝不挂，赤身裸体地浸泡在水里洗，可是时已深秋，气温较低，宝宝不能适应，万一冻感冒了，那麻烦就大了。

接生婆在房间里大声叫："长汉，架火！"

马长汉心领神会，立即搬来泥巴搪成的火盆子，又拿来了干木材和一些干麦秸，正要点火，接生婆打住："不能不能，到外边去点，你想把宝宝呛着哇？"

"哦——"马长汉搬起火盆就往外跑，在外边点着了，浓烟冒完了，他捧着一盆旺旺的炭火，小心翼翼端端正正地放在床前。

"这就对了。"接生婆说。

马长汉咧开嘴，为受到夸奖而高兴。

"再弄水来！"接生婆又命令道。

马长汉执行命令不走样，立马将一木桶不冷不热的温水端来了。接生婆这才解开抱被子，捧着小肉蛋轻轻地放在水里，一手托住宝宝的头和后背，一手精心洗了起来。她洗得很仔细、很认真，轻轻地、柔柔地、一处不漏地慢慢洗着，好像在制造一样完美的艺术品。小宝宝可能感到很舒服、很自在，一声不吭，任她搓，任她揉，好像在尽情地享受这快乐的滋味。

宝宝痛痛快快地洗了一把澡，又大口大口地饱餐了一顿，继续美美地睡了。

洗三朝的程序走完了，马长汉才抽过身来忙地里的活。有得就有失，他喜得贵子，地里的活却慢了一拍。人家的花生都收完了，他家还是个半拉子工程，现在又没有了杨氏这个帮手，他耕翻出来的花生秧子没人拉了。这个活必须得一板一眼地干，耕翻上来的花生秧子必须拉走，再耕翻下一犁，否则就盖下去了。他只有请人来帮忙了。他请了已结束这项工程的邻居来帮忙，还有没请的邻居也闻讯赶来帮忙，七手八脚，很快就替他将花生秧子弄上了场，而且花生地还用犁穿了三遍。收花生是一种很麻烦的活，秧子拉上来，还有一部分落在地里，要用犁一遍又一遍地重复耕翻，要有人在犁后跟住了拾，连翻四五遍都拾不尽，找不完，有的人家用小锄子刨，细细地倒，细细地找，就这样还有漏网的。马长汉的花生地在邻居的帮忙下只翻了三遍，当然还有，他顾不了了。他没有时间没有精力去精翻细磨了，好在秧子已弄上场了。

然而不是秧子上场，就万事大吉了，下面的事还多呢！果子钉在秧子上要一个一个地摘下来，花生藏在壳子里要一粒一粒地剥出来才能吃，才能榨油。这些看上去是小事，实际上是一项浩大的工程。有的人家老老小小一寒一春都消磨在摘花生剥花生上。马长汉面对巍巍一大堆花生秧子，单枪匹马开始了持久战。

杨氏也在完成她的一项神圣的任务——坐月子。她和马长汉各负其责，都做得兢兢业业、一丝不苟，一个坐在草堆头，一个睡在床上头，时分时合，分分合合。因为马长汉还有一项任务，就是照顾他们母子的生活起居，他要里外兼顾，在外摘花生，单打独斗，是分；在内烧水端饭，围着杨氏转，是合。杨氏的月子坐得规规矩矩。她十分注意保暖，十分注意饮食清淡，十分注意按时给宝宝把奶，母鸡抱窝似的护着她的小宝宝。马长汉十分忠于职守，在内服务周到，热情体贴，在外埋头苦干，任劳任怨。一粒一粒一斗一斗地数着花生，欣喜地欣赏着自己的劳动成果。杨氏睡在床上，也在默默地数着，一天，两天，三天……二十八天。嘿，她突然意识到孩子快满月了。

满月，是一个重要的日子，是要办满月礼的。满月礼对于婴儿和产妇来说都有意义。生子满月，值得庆贺，产妇出月，也该纪念。当马长汉喜滋滋地端着一碗热气腾腾的挂面来的时候，杨氏笑着问他："你记得吗？今儿个几天啦？"马长汉糊里糊涂地忙着，他只是数着几斗，没数几天。他睁大着眼睛问："几天？"她提高嗓门加重语气："二十八天！"

"二十八天了！"他这才回过神来，"要满月啦！"

"是的！"杨氏答道。

"那要办满月礼了！"

"那还用说。"

"怎么办？"

"你看着办呗！"

"我们要好好地办一下。"

被杨氏这么一提醒，马长汉立马忙起来了。

他首先邀请丈母娘，这是当地的规矩，另一方面他的脑海里始终惦记着那把锁，他想早点给他的宝贝套上。从丈母娘家出来他连家门都没进，就去了亲戚家，七大姑八大姨都请到了才回来，按理还得去请庄邻，这里的风俗是一家有喜家家送礼、户户庆贺，以此欢聚一堂，加深情谊，增强团结，所以他们邻里互助，和谐共存，使中华文化在这里得到很好的传承。可是马长汉这次没有挨门逐户地登门邀请，他想出了一个绝妙的办法，准备给大家一个惊喜。

现在他考虑接客的问题了，兵马未动粮草先行嘛，酒菜饭的问题必须得先准备好，还有坐席的地方，这可不能像洗三朝，不能让客人都捧在手上站着吃，得围着四方桌坐下来吃。

他掐指一算，足足有二百人，十人一桌，要二十桌。二十桌，要多大的场地才能放下？他一想，二十桌除以二，十桌一次，两次开完。他请来了邻居朋友，拿出家里的所有棍棍棒棒，在门前搭起来一个长长的大敞篷，又借来了十张大桌子加上配套的长凳子，分两排摆放，一排五张，就算是一个大客厅了。

客厅造好了，马长汉就邀几个朋友，推着独轮车，上街买了满满当当三车子菜回来，有鱼肉、羊肉、牛肉、韭菜、菠菜、大白菜……还有一坛高粱酒，有好奇的朋友凑过来看看，有酒，有菜，有荤的，有素的，有炒的，有烧的，按照当地的风俗基本上齐了，但是他最想看到的一个菜却没看到，他又仔细地翻了一遍，还是没找到，他奇怪地问："怎么没有猪肉哇？"他还特别提醒马长汉："那是一个大菜呀！上大菜还有重要的仪式呢！"马长汉一把拉住他，走到猪圈跟前，手往里一指，那朋友看到里面躺着两头大肥猪，每头都有门板长，圆滚滚肉堆堆的。那朋友明白了，问："你是两头都杀呀？"

"不，一头就够了。"马长汉说。

接着他们在院子里支起两口大锅，备上一堆木材，就万事俱备，只欠东风了。

满月那天，天还没亮，一声长长猪叫声，划破天空，传遍了头门的每一个角落。大家都明白了，一定是哪家有喜事了，有的想出了是哪家，有的还糊里糊涂，在胡思乱猜。太阳爬过树梢的时候，谜底揭开了。一个小乐队吹吹拉拉地响起了，四把二胡两支唢呐，呜呜哇哇地奏起了小调，四个歌手随着调子展开好听的歌喉，悠扬地唱着。马长汉的岳母抱着她的小外孙，被夹在中间。他们一行吹着、拉着、唱着、走着，浩浩荡荡，从西往东，又从东往西，跑遍了头门的家家户户。人们这下彻底明白了，都皆大欢喜，不用说，就陆陆续续、满面春风地前来出礼、喝喜酒了。

一时马长汉家门庭若市，厨房内案板上两位大师傅，一位切菜，一位剁肉，嚓嚓嚓！咚咚咚！撒锅内炒菜，哗哗哗！呲呲呲！院内两口大锅，两摊人马，一摊烧饭，一摊烧菜，还有打下手的，有的围坐一摊理菜，有的趴在水池上洗菜，有的负责运输，分类送给师傅。

敞篷内，几个小姑娘，散碗的散碗，散筷的散筷，散酒杯的散酒杯……哗哗啦啦，各负其责，不亦乐乎！

马长汉现在不能待在锅上忙了，他将人马安排停当、各奔山头之后，就专门负责接待了。他衣袋里揣着两包烟，手上拿着一包，还拿着一盒火柴，来客了，他首先按辈分，客气地道一声，大爷，二老爹，谢谢！立马递上一支烟，还擦着火柴，给客人点上。然后领着客人按照年龄和辈分安排到他心中事先设定的位置上去。

客人到齐了，马长汉一声令下："开席！"下面就蚂蚁搬家似的，一盘盘，一碟碟，一碗碗，一盆盆，连续不断地上了桌子。马长汉点起了长长的挂鞭，噼里啪啦地响了一阵，响声一停，大家就拿起筷子，举起杯子，津津有味地吃起来喝起来了。

宴席一结束，就进行满月礼俗的一项重要议程——剃胎发。剃胎发也叫"铰头""落胎发"，仪式是隆重、严肃的。首先请了开头唱歌的三个年轻貌美的小姑娘，在宝贝头上比画着铰了三下，接着由小孩儿母亲再铰，下面就由理发师完整地剃头了。小孩儿母亲抱着小孩儿坐在凳子上，理发师手拿剃头刀，集中注意力轻柔地理了起来，他理得很细心、很认真，前面留了"聪明发"，脑后蓄了"撑根发"，眉毛全部剃光。他将婴儿的胎发全部收留好了，完整地交给了小孩儿的母亲。母亲小心翼翼地捧着，放在一块新的鲜艳的红布上。婴儿的胎发又叫"血发"，是血的延续，是父母给的，除了要留一些表示对父母的感恩、孝顺外，剃下来的要好好保存着。因此，杨氏将她宝贝的血发揉成圆团，用彩线缠好挂到床头上，去避邪了。

接着由婴儿的外婆呈上三样贵重礼物：圆镜、关刀、长命锁。这三样礼物意义重大，圆镜是照妖，关刀是驱魔，长命锁是锁命。她将圆镜和关刀别在门头上，将长命锁郑重地戴在小外孙的脖子上。然后她大声叫道："长汉，给宝贝起个名字！"

马长汉得令连走带跑地来到儿子跟前，睁大着眼睛，闪着欣喜的目光。他看到他精心挑选的那把长命锁在他心肝宝贝的胸前闪闪发光，高兴地说："金锁，就叫金锁！"围观的人顿时爆发出一阵热烈的掌声，不约而同地说："好！金锁！"

小金锁好像听懂了大家的意思，咧开没牙的小嘴，咯咯地笑着，逗得大家也都哈哈地笑了起来。

第三章 捉鱼补奶

　　小金锁喜欢笑，人们只要用一只手指碰碰他那肉嘟嘟的小嘴巴，他就小鼻子一动，小嘴巴一咧，笑了。马长汉没事就逗逗他，乐滋滋地看着他的笑，甚至有事也把他带在身边。这样马长汉的干活人数就增加了两倍，由一个变成了三个。杨氏刚出月子，体质还虚，马长汉不让她出门干活，她看马长汉一个人摘花生太慢，这么巍巍一大堆，摘到什么时候呢？她硬是拿着小板凳，跟着马长汉来摘。这样马长汉就端着装着小金锁的笆斗，三口子在草堆背风的一头摆开了战场。马长汉和杨氏在笆斗前边，面对面坐着，中间放着一抱刚从大堆子上扯下来的花生秧子，慢条斯理地摘着。小金锁负责监工，他的监工很负责，目不转睛地望着，一动不动，望累了，就闭上小眼睛睡觉。

　　马长汉家的地很多，在他太祖那一代，是弟兄两个，有一个无儿，绝了，土地并到了一家，就增加了一倍，到他曾祖父这一辈，有一个堂房弟兄无儿，绝了，也把土地给了他曾祖父，由他家来继承那堂兄弟家的香火，这就又多了一份土地，总加起来有八十多亩，人均占有土地面积是一般农户的三四倍，在他们庄上是头户。地多，农活重，祖祖辈辈累得龟腰驼背，也舍不得卖掉一亩，因为农民以种地为生，没有地吃什么？地是留给后人的命根子，所以他们舍不得丢掉一寸土地。上一辈人会雇一两个长工，而到马长汉这一辈，他不雇长工，就一个人扛着，因为很难雇到一个好长工，那些不负责任的长工，就给你糊弄，把地都拖薄了。他也累得够呛，但他还是死撑活挨地扛着，好在现在有杨氏这个好帮手了。杨氏身材高大、体格健壮、能文能武，里里外外一把手。杨氏她爸有先见之明，他知道他这个宝贝女儿的婆家地多，她嫁出去不会一辈子锁在深闺，大门不出、二门不迈的，她肯定要下地干活的，所以在那个女孩儿普遍缠足的年代，她爸顶住压力，坚持不给女儿裹足，否则怎么下地干活呢？杨氏人高马大，天生一双大脚，干起活来，非女子可比。马长汉看在眼里，喜在心里，觉得是上天赐给他的，对她疼爱有加。杨氏从小就受到良好的教育，出嫁后贤惠能干，被邻居们一致称赞。夫妇俩小日子过得和和美美，有滋有味。

杨氏摘花生眼疾手快，一顶仨儿。在杨氏的得力配合下，巍巍一大堆花生很快就解决了，被囤到堂屋里去了。马长汉和杨氏一起将秧子重新堆好，花生秧子不是一般的草，它有它的特殊价值，它是耕牛的好饲料，它又脆又甜、营养丰富，牛是最喜欢吃的。有这么一大堆好饲料，马长汉的大黄牛吃食就不愁了。马长汉对大黄牛视如瑰宝，捧凤凰似的服侍着，他一会儿把草，一会儿把水，一会儿等尿，一会儿等尿。大黄牛在牛棚里，静静地安闲地吃着嚼着喝着，尽情地享受着。马长汉期待着它翻过年来膘肥体壮，好投入新一轮的耕田耙地。

随着花生果子的下架，马长汉也战略转移了，由摘转向

022

了剥，他们的战场由外边转移到了家里，在花生囤子旁边开剥，仍是三口一起战斗。小金锁的笸斗前面多了一只火盆。小金锁还是监工，他坐在笸斗里，一会儿看看爸爸，一会儿看看妈妈，看累了就睡，睡醒了就张开小嘴哭喊。他一哭，杨氏就知道他小肚子饿了，便赶紧给小金锁喂奶。小金锁早已垂涎欲滴，小嘴巴吮住奶头，如饮甘泉，咕咚咕咚，狼吞虎咽，喝得上气不接下气，松开奶头，喘了几口气，又接着喝，小肚子喝饱了，才松开奶头，两只小眼睛滴溜溜地朝杨氏望，下巴上沾着白乎乎的奶汁，像个白胡子老头儿，可爱又好笑。

看到儿子吃了，马长汉也觉得饿了，也想吃了。他抓了两把花生往火盆里一撂，又倒来一壶小酒，往火盆里一放，温了起来。马长汉喝酒很方便，前庄他姨哥家就开酒坊，酿酒，而且是纯高粱蒸馏，清纯透彻，幽香四溢，入口柔绵，暖人心房。马长汉备了一只玻璃瓶，一瓶五斤。他平时一个人一个礼拜一瓶，喝完就再去打，如果有朋友来，那就不是一瓶的问题了。虽是姨哥，他也从不欠他的账，但也不是每次打了酒就付钱，只是记个账。他付钱的方法和一般人不一样。他家地多，玉米高粱有的是，高粱一收下来，他就用毛驴驮一驴子送给姨哥，然后慢慢喝，打一次酒记一次账，喝完再送一驴子去。他喝酒，夏天不温，寒天是要温的，他有特制的铁皮高筒长嘴小酒壶，一壶半斤。他装满一壶往火盆里一顿，一会儿就热了，然后斟到酒杯里喝，一口一杯，一杯酒下去，就从火盆里拿烧熟了的花生剥，几颗花生米下肚，再弄一杯酒。这时他几杯下去了，才想起杨氏，他笑着对杨氏说："你也弄杯？"

杨氏摇摇头。杨氏滴酒不沾，也不吃零食，火盆里的花生她眼看着马长汉一个一个地吃，她不伸手摸一个。

他们三口围着火盆打起了持久战，忽一日杨氏觉得小金锁喝奶的样子有些异常。他往常吃过奶之后，心情特别好，会对着她笑个不停，小眼睛闪闪发光，反应很灵敏，而此刻不一样了，他拼命地吸了一阵之后，张开小嘴哭了。她将奶头放到他的小嘴里，他又使劲地吸了一阵，仍是放开奶头，张开嘴哇哇地哭。杨氏摸摸自己的乳房，用手勒住挤了一挤，一滴奶也没出来。她对马长汉说："长汉，不好了，奶不够宝宝吃的了。"

马长汉看到他的小金锁闭着眼睛，张着没有牙齿，红得像红鸡蛋样的小嘴巴，皱着唇，直着喉咙哇哇地哭着，还一挣一挣地蹬着小脚，蹬得脑袋一冒一冒，小下巴一翘一翘的，好像在喊："要奶！要奶！"他好一阵心疼，又看到杨氏焦急的样子，也焦虑起来，但他又安慰杨氏说："不要紧，儿子长大了嘛，自然能吃，想个办法就是了。"

"是的，得要想个办法，而且要快，不能让孩子饿着。"杨氏说道。

马长汉停止了剥花生，双手按在膝盖上胡思乱想起来。半晌他笑着对杨氏说："你不能吃点花生吗？"

杨氏用怀疑的目光朝他望望："这东西能行？"

"花生不是白浆吗？准能下奶。"

"白浆就管哪？"杨氏说，"这东西吃多了是要拉肚的，一拉肚不是倒贴？"

马长汉觉得杨氏说得有道理，一倒贴不是原有的奶也贴掉了？他继续思考着。

杨氏想了想，对马长汉说："以前听人说过鱼汤下奶呢！"

经她这么提醒，马长汉也想起来了，"是听人说过，特别是鲫鱼汤。"

"鱼从哪里来？"杨氏又担心起来。

马长汉略加思索："好办，我来！"

"你怎么来？"

"我去摸！"

"天冷啦！"

"那怕什么，不要紧，冬天就不做事了嘛！"

马长汉是个急性子，说干就干。他从牛棚里拿出大木桶和扁担，又摸出一只肚大口小扁形的大鱼篓，一只木桶，一只鱼篓，挑了就走。

他一连跑了几条沟，里面都盖上了薄冻，他继续找，依然如故，他只好就此下手。他用扁担扎碎一片冻面，轻轻将木桶放于水面，一手拽住草根，一脚轻轻踏上木桶，慢慢地趴下，又将鱼篓扁担放在身旁，解开衣襟，卷起双袖，光着双臂，双手当桨划了起来，边划边摸，划到冻面处，就用扁担扎，扎出一片水面，继续摸，继续划，划到冰面再扎再划，就这样忙了一两个钟头，只抓到一条小毛鱼。他想起了二十四孝中"卧冰求鲤"的故事，他清楚地记得，晋朝的王祥，早年丧母，继母朱氏不慈善，常在他父亲面前说王祥的坏话，因而他也失去了父爱。继母朱氏时常想吃鱼，但因天寒地冻，无法捕捉，王祥赤身卧于冰上祈祷，忽然间冰裂，从裂缝里跃出两条鲤鱼，王祥十分高兴，抓了回去供奉继母。唉！王祥的精神可嘉，难怪传为千古佳话。他想到这里，在心里笑了，王祥是孝母，他是爱子，哎呀，可怜天下父母心！他扎到现在只捞到一条小毛鱼，但他坚定信心，继续扎，继续划，继续摸。可是摸了好大一阵子，还是一无所获。他想，不能在这一条河里淹死，摸到就摸，摸不到就走，三十六计走为上。

他又找了好几条河，全是一层冰。他没有下手，继续走。他来到了一条横河边，一看北半边背风，化了冻，而且枯死的芦苇隐隐约约淹没在水中，他一阵欣喜，终于找到了他要找的地方。他没摸几下，就在一棵草根靠泥的地方，摸到一个肉滚滚的东西。它不动。他两手合拢揣住一举，举出水面，它才摇头摆尾地动起来，是一条大鲫鱼，足有斤把重。他一阵欣喜。原来它也怕冷，懒得动了。他又把它放在水里洗洗，抹去它身上的泥和草，放进篓子。继续摸，没摸几下，又摸到一条更大的家伙。他手一举，是一条鲤鱼，足足有三十多厘米长。他又将它洗洗，放进了篓子。他明白了，鱼和人一样，需要暖和好待的地方，这里朝阳暖和，又有芦苇根。有这两条垫底，他心里踏实了，回家对老婆总算有一个交代了。他继续划，继续摸，收获不断，不停有鱼被他铁钳似的大手抓了上来。这下他精神足了，信心来了，劲头来了，两手不停地捞、划、握、揣、抓，不停地往篓子里丢，篓子里不停地啪啦啪啦地响，有鲫鱼，有鲤鱼，有鲇鱼，有乌鱼，有鲑鱼，有昂刺，有白鱼，有鳊鱼，有毛刀……尤以鲫鱼最多，都是斤把重、肉滚滚的，他统统收容入篓，来者不拒。

突然一道奇景映入他的眼帘。岸边有一个扁形的大洞，张着大嘴，嘴下有一摊泥。他断定那里边有一个扁形动物，很可能是甲鱼。他不管三七二十一，一只手伸了进去，一摸一按，一个扁扁的硬硬的家伙睡在里面呢。他仔细摸摸，那家伙头朝里尾巴朝外，一动不动。他一只手使劲按住，一手又伸进去，顺着它的尾巴两边，摸到了两个小窝塘。他将拇指食指张开，伸进那两个小窝塘，用劲一掐，拖了出来，一只大盘口大的脚鳖张牙舞爪起来。这时他发现这些家伙在洞里水里是不动的，包括昂刺，在水里抓住它，它的硬刺也是不张的，不用担心脚鳖会咬你、昂刺会戳你。他将它放在水里摆摆，洗洗干净，仍然揣进篓子，继续摸。这下他多了一个心眼，不但注意水底下，也注意岸边，一边摸，一边看。希望刚才的奇迹再次出现，可是迟迟也没有出现，进入眼帘的是一些小洞，他想，小洞也不放过。他一只手插了进去，又一个硬硬的小家伙，有点粗糙，不管它，掏出来再说，是一只肥厚硕大的螃蟹，缩紧十爪，一动不动，他仍将它放在水里摆摆，洗干净放进篓子。他一连摸了七八只，回过头来看看篓子，篓子已装了大半。这时太阳西下，西北风渐起，他觉得身上不太对劲，浑身寒丝丝，肚里空荡荡的，但他不死心，不愿就此罢休，他想将篓子装满。他抬头向岸边一望，满是茅草，喜上心头，他捞了一小堆干茅草，放在河畔上，擦了一根火柴，点着了，将衣服敞开，张开双臂，烤了起来，等到浑身暖暖的，略微冒汗，他扑灭火星，又趴上了桶，任凭肚子响，继续摸。

　　不管是鱼、是鳖、是蟹、是虾，只顾往篓子里扔。他一直摸到天黑，抬头一看，篓子满了，准备收工了。他上了岸，天已黑透，西北风呼呼作响，直往他骨头缝里钻。他下巴直抖，像是筛糠，两腿颤巍巍的，走不动了。还是用先头的办法来解决这个问题，他坚持着下了河畔，捞了一堆草，背着风烤一烤，浑身热乎乎的，趁着热乎劲，挑起担子连走带跑，回家了。

第四章　雪中议"百"

杨氏倚门而望，左望没来，右望没来。她知道他累了、饿了、冷了，她在火盆里添些糠，弄着了，抓了两把花生放在上面烧，又在上面温了一壶酒，等着他回来一边烤火一边吃。等着等着，她听到吱咯吱咯的声音，跑到门口一看，真的是马长汉回来了，她心疼而又抱怨地说："天这么冷，不能早点回来呀？"

马长汉说："弄一趟像一趟，不能蜻蜓点水鱼打花。"

杨氏朝篓子一看："哎呀，摸这么多，满满一斛篓哇！"

"够你吃的了吧？"马长汉说。

"我哪能吃得了这么多！"杨氏接过扁担，放好木桶，将斛篓提到灯下称了一称，"呀！五十斤！"她又夸起了马长汉："你真能摸！"

"不能摸，也得摸，为了儿子呀！"马长汉笑着说。

"哎呀，好爸爸，好爸爸！"杨氏夸得马长汉张开大嘴直笑。

马长汉选了一条大鲫鱼，一斤多的家伙，拿起刀想要杀，嘴里还说："你尽量吃，吃了我再去摸。"杨氏连忙阻拦："你去喝酒，酒已温好了，花生也烧好了，你去边喝、边吃、边烤火。我这边马上再给你加菜。"

杨氏拿了刀，并没有杀大鲫鱼，而是选了一些小杂鱼。她和马长汉想得不一样。马长汉想的是急着杀好鲫鱼，氽汤，让杨氏喝了，快点下奶，好解决儿子的奶水问题。杨氏想的是丈夫饿了，先弄给他吃。

"你怎么全弄一些小杂鱼？"马长汉问。

"这种鱼做小鱼锅贴好。"杨氏说。

"哎呀，你先氽点汤喝喝，好下奶，给儿子喂奶！"

"哎呀，你饿了，先弄个小鱼锅贴给你吃！"

两个人一时谁也说服不了谁，都忙了起来。

马长汉忙着弄鲫鱼氽汤，杨氏忙着弄小鱼锅贴，两个人都在厨房忙了起来，一人围着一口锅，一会儿都好了。堂屋火盆旁边放张小桌，杨氏和马长汉对坐。杨氏喝鱼汤。马长汉吃小鱼锅贴加花生，小酒一杯一杯往嘴里倒。杨氏喝着汤，吃着鲜美肥嫩的鲫鱼，也搭点锅贴。小金锁失职了，他不监工了，在窝里睡大觉。他们两个人吃饱了，喝足了，锅碗一收，就上床了。

第二天一早，杨氏就起床忙了起来。她将一斛篓鱼分类放存，除留一些现时吃的以外，其他的全部用盐腌起来。

鲫鱼氽汤下奶很灵，杨氏昨天晚上喝了两碗，夜里就有奶了，小金锁到早晨都没喝完。马长汉叫杨氏一天喝两顿，不要怕费事，确保满足金锁的吃奶问题。杨氏连连点头，满口答应。马长汉告诉她："不要怕鱼的问题，吃完我再去摸。"

杨氏说："好好好！"

金锁吃饱了喝足了，悠然自得地玩着，亮晶晶的眼睛如宝石般晶莹，不时眨巴眨巴朝屋梁上看，小嘴巴叽咕叽咕地叫着，好像是在唱小调。

马长汉和杨氏仍分坐在金锁窝前火盆的两旁，每人腿上放一只大瓢，啪嗒啪嗒地剥花生。小金锁肯玩，他们就一心一意地剥，在他们的持久战下，原来那一人多高的囤子，现在矮了半截。他们看到自己的战绩，觉得曙光就在前头。继续埋头苦干，手指头皮磨破了，用棉布缠一下，包起来继续干。

这时一般人家的花生、山芋都收定了，开始出来消闲了。马长汉家房多、间头大、宽敞，人们都喜欢溜达到这里来小聚。一方面聊天，一方面给马长汉帮点小忙。现在又到时候了，他们又来了，围着火盆而坐，一边聊天，一边剥花生。开始是三三两两，后来越来越多，在一起挤不下了。马长汉灵机一动，再摆一场。他拿一张小桌子，靠东山墙一摆，周围放了一圈小凳子，从房里端出一笸斗玉米。原来马长汉房里还有一囤子玉米没剥呢！也是计划在冬闲时解决它的，大家就围坐一周，剥起玉米来了。这样一来，西山墙一摊剥花生，东山墙一摊剥玉米。他们有说有笑，东扯葫芦西扯瓢，手动嘴不停，在他们嘴里五花八门，无所不及，上到世界风云、军政要闻，下至小道消息、花边新闻、家长里短，无所顾忌，无所不谈，谈到兴头上，哈哈大笑一阵，既寻到乐子，又有劳动成果。

剥玉米剥花生，都是各家的常事，每人都会，打小就剥起的。剥着剥着，有人问："长汉，锥子呢？"原来他们糊里糊涂地坐下来就剥，是用手先抠一条路子，然后用肌肉丰满的大鱼际来搓，大概有人手抠疼了，才想起要锥子。马长汉这时也才想起来，连忙跑到房里拿来锥子。这下一锥，省劲省事多了，锥子锥起来是很快的，一手揞住玉米，一手揞住锥子，锥子一刺，哆哆的，一行玉米粒就掉下来了，一条沟子出来了，就可以剥了。

中午了，马长汉留大家在这儿吃午饭。他们不肯，说："几步路，到家了，在你这儿吃什么饭？"一个个都回去了。

第二天情况不同了，大伙来的时候，只是变天，阴沉沉的，可是一阵朔风吹来，飘起了雪花，雪花里还带着雨，雨不大，声音不小，打在屋上地上，噼里啪啦直响，无数晶莹的小颗粒欢快得直跳。越下越大，风也来助阵了，劲头越来越大，不大一会儿就呼啸着，卷着雨丝雪花，翻滚着，铺天盖地而来，撞击着堂门咕咚咕咚地响。这下人不留人，天留人了。马长汉对大家说："今天不能走了，在这儿吃中饭吧？"有人推开门一看，混混沌沌，皑皑茫茫，一阵冷森森的雪花裹着雨气汹汹地冲了进来，连忙关上门，不敢露头了。大家只好答应留下来。

这下杨氏忙起来了，她立即下了厨，两锅齐烧，架上柴火，一锅熬小米粥，一锅烧鱼加锅贴。今天她不像往常家里吃饭，随便搞搞，大概是有客人了吧，她有点小讲究了。她将小米淘了倒下锅后，就从缸里捞出两条大鲤鱼，去鳞破肚，去内脏、腮、黑膜和脊柱上的淤血，清洗干净，剁成块。她向锅里倒入油，油四处飞溅，她停了一下，将鱼块倒入锅中，哧的一声，一团团白烟冒了起来，她捏住锅铲子拨了拨鱼块，让鱼块炸了一会儿，炸成黄色后，加入水，水烧开了，又加入酱油、蒜、生姜、醋、辣椒等作料，又捧了两捧花生米，往鱼锅里一倒，然后她掐了一大干瓢玉米面，和好往鱼锅上一贴，盖上锅盖，随它烧去了，烧开后放入盐，接着改用小火焖了一会儿，揭开锅，一股香气飘出，她把切好的葱姜放进去，用大火收汤后，鱼肉熟汁呈胶状，用锅铲子下去划了两下，使卤汁裹包鱼块，一道色香味形俱全的花生米烧鱼就做好了，便盛入瓦锅中。杨氏大声喊道："好了！"又用锅铲子铲下锅贴，盛入大盘中。

堂屋里两摊人马还在剥，剥花生的剥花生，剥玉米的剥玉米，实际他们早就饥肠辘辘地等待着了，听到杨氏一声喊，都停住了手，进入下一个他们期盼的节目了。马长汉本想拿来大桌子高板凳，排场一下，他又一想，太费事了，地方不够了，需要收掉一摊，才能放上大桌子。于是他说："就用小桌子，懒将就一下吧！"

"行！"大家七手八脚，挪来小板凳，围坐起来。马长汉提来一大瓶酒，往桌上一放，给每人面前散了一只小酒杯，又用他的铁皮酒壶从大瓶里倒了一下子，给各人斟了满满一杯，桌子上立即香气扑鼻，大家顿觉余韵无穷，六神送爽，一个个眉开眼笑，连夸："好酒！好酒！"这时杨氏两手端着上面摆着大盘子的瓦锅，走上前来。马长汉赶紧接住锅子，杨氏端着盘子，两个人同时慢慢放下，腾腾的热气袅袅地冒着。大家一看："啊！小鱼锅贴！"有人说："不对，大鱼锅贴！"有人附和："对！大鱼锅贴！"

大家闻到喷香的鱼味，肚子里的馋虫立即爬了出来，都垂涎三尺了。马长汉带头，举起筷子向大鱼进攻，几乎都是迫不及待地夹了一块，直往嘴里塞，咀嚼起来，有的还细细品尝，连声说："好吃，好吃！"两块鱼肉下肚，马长汉又抬起酒杯："薄酒无菜，请大家包涵，来！先弄个开门红！"开门红两杯下去，马长汉说："咱，弟兄们，不客气，不拒礼，自找对象，痛饮黄龙。"就双双对对喝起来。又是两块鱼肉下去，有人用筷子朝瓦锅下面翻翻，"咦！花生米，好菜，下酒菜！"马长汉火盆里掏几个花生米，都可以解决半斤佳酿。大家好像发现新大陆似的，都从下面掏起花生米来了。花生米烧鱼别有风味，花生米吸收了被称为"红烧鱼之魂"的鱼汤，怎一个"香"字了得。大家吃着鲜、香、嫩、辣的鱼肉，嚼着别有风味的花生米，喝着香喷喷的鱼汤，酌着佳酿老酒，还掰了玉米面锅贴放在嘴里嚼着，吃得津津有味。

不一会儿，杨氏过来看了看，不看则已，一看她慌了，瓦锅里所剩无几了。她灵机一动，扒开锅门口的地窖，掏出几个大大的圆圆正正的青萝卜。

桌上有自觉的人，看到盘底快朝天了，停住了手，不好意思伸筷子了。就在这时，杨氏捧着一大盘切成瓣子的水灵灵的青萝卜，往桌子中央一摆。这种萝卜大家都熟悉，它名字叫"土上蹲"，是在土上面生长的，饱经风霜，一青到底，咬一口下去，脆嫩多汁，还有些淡淡的甜味，生津止渴，既下酒，又解酒。多少杯酒下去了，正用着它。原来搁下筷子的，又拿起来了，都夹了一条塞到嘴里，嚼了一阵，有人提议："酒好了。"有人说："满堂红结束！"

一致通过。

杨氏听到"结束"二字，立即捧上小米粥。她早就给每人盛好了一小碗，等着呢！

大家吃饱了喝足了，趁着热火劲，又干了起来。

天黑了，雨雪停了，大家各自回家。

次日，邻居们继续"雪中送炭"。不用请，各就各位，外甥打灯笼——照舅（旧）。

农谚说："霜前冷，雪后寒。"一点不假。马长汉家特别冷，门外屋檐口上的冻凌像蛇一样排列着，从檐口一直拖到地，晶莹剔透，像水晶的长剑，盛气凌人。室内透骨奇寒，把人们都冷冻在寒冷之中，心都麻醉了，直打哆嗦，手指都冻成红彤彤的小萝卜。人们身上的衣服都很少，大家都没有棉裤，也做不起棉裤，都是单裤，上身穿一件棉袄，里面一件衬褂，有的就是空心棉袄，腰束一根布带或绳子，聚聚气，头戴一顶棉线狗头帽，脚套一双草蒲鞋，光脚没有袜子，不少人脚后跟冻出了冻疮。这时有人筛起了糠，剥花生的手捎不住了，剥玉米的手不稳了。

马长汉对冬天的冷，是有预料的，他家屋后堆着一堆树根头子呢！他家的宅基很大，前面是一个大大的打谷场，后面是竹林、树林，是祖上请地理先生卜筑的，说是前程远大、后步宽宏，四周是一圈河围着，河涯上种满了树。前两年他将大的树更新了一番，卖了一部分，一部分推下河沤了，树根他全部兜底刨了上来，泥土剔干净，晒干了，堆起来，准备冬天烤火用。现在冬天到了，他没想到冷得这么快，他才想到他那一堆树根头子。他连忙跑到屋后，拎了一个桑树根头子来，又拿来火盆，架起来，抓了些玉米瓤子放在下面，火柴一点，玉米瓤子就烧着了，玉米瓤子一起火，干透的树根头子，慢慢地也就烧着了，开始浓烟直冒，接着火头冒出，烟就没有了。大家一个个围拢过来，张开双手，贴着火边烤了起来，顿时人们停止了筛糠。有的还解开腰带，扒开衣襟，敞开胸怀贴上去烤烤，热透了心，才离开。

有了一盆火，屋内暖和了，大家舒服了，剥花生的剥花生，剥玉米的剥玉米，聊天又开始了。

不知过了多久，房间里传来了小孩子的哭声，大家一听就知道是小金锁。原来杨氏害怕金锁冷，将他的笆斗放在房间床前，将火盆放在他的小脚前。现在他可能是一个人玩够了，寂寞了，也可能是玩累了，玩饿了，所以叫起来了。杨氏一听，拔腿进了房间。最了解小金锁的就是她了，她往金锁的笆斗上一趴，解开衣襟，将奶头往金锁嘴里一塞，他不叫了，咕嘟咕嘟喝起来了。他只顾喝，大口大口地喝，两只小手还抱着乳房不放。堂屋里的人很想听听小金锁的哭声，他们觉得很好听，好像是在听小调。可是现在他不吱声了，有点扫兴。

"金锁妈，你能把金锁抱来给我们看看吗？"有人忍不住了。

"啊，等他喝过奶就来。"杨氏答道。

杨氏听马长汉的话，一天喝两次鲫鱼汤，奶水很充足，小金锁一会儿就喝饱了。杨氏将笆斗抱了出来。大家一看，小家伙细皮嫩肉，圆润光滑，两片眉毛像两只弯弯的新月。他见到大家，眼睛滴溜溜地朝大家望，还张开没牙的小嘴露出甜蜜的笑。

"好玩。"有人说。

有人说："漂亮。"

有人说："聪明。"

"好胖啊！"有人夸。

"多重啦？"有人问。

"十多斤了！"马长汉说。

…………

"多少天啦？"突然有人问道。

这个问题引起了大家的注意，好几个人都掐指算了起来，马长汉也在算。

"快一百天了。"马长汉说。

"差不多。"有人附和着。洗三朝的事儿大家都记忆犹新，所以多少天大家都能推算出来。

"哎呀！百日呀！那得正儿八经地办一下喽！"有人说。

马长汉不以为意，他说："刚办过洗三朝，满月，再过几个月又要抓周了，百日礼就算了。"

"不能！"有人反对，"百日礼很重要。"

马长汉说："我怕忙不过来了。"

"这是我们这里的老习惯，祖上留下来的老传统，你怎么能违背呢？"有人说。

又有人说："这是预祝你儿子过一百岁呀！你能马虎吗？"这话说到马长汉心里去了，他不吱声了。

"你忙不了，还有我们大家呢嘛，你怕什么？"有人补充说。这是实话，他们这里就是一个好汉十个帮，一家有事大家忙。

马长汉说："好，那就麻烦大家了。"于是他们就围绕小金锁的百日礼做起了文章。

第五章　百淬过后

百日礼，就是要在"百"字上做文章。首先是百家衣，这是小金锁的护身符，杨氏在庄上跑了一转，各式各样颜色的布块都来了，她拎了鼓鼓囊囊一大包。其实百家衣不一定非一百家不可，十家八家也行，当然越多越好。杨氏手艺很巧，她将各式各样的布头子拼成一个大块，然后按照小金锁的个子裁缝成一件大外套，一件百家衣就做成了。

杨氏化缘来的百家布，还剩下不小的一块，她看着五颜六色的花布，弃之可惜，于是她又动起了脑筋，怎么样给她的宝宝再美化一下，她端详着花布，又张开手指去拃拃，她左思右想，决定给宝宝做一顶帽子，一顶棉帽，农村通行的火罐帽①。她充分展示了她的本领，拿出了她超人的技艺。她将这顶火罐帽做成虎头型，脑门上绣上一朵大大的牡丹花，在两只耳朵里各钉上一团白白的兔子尾巴毛，好像画龙点睛一样，使这只虎头活灵活现，异常好看。为了这两团兔子尾巴毛，她颇费了一番周折，她接连摸了好几家猎户的门，才碰到一家留着这个东西，这个东西很金贵，人们都喜欢用它做装饰品，尤其

---

① 火罐帽：指形状像拔火罐用的火�的一种帽子。

做帽耳朵的较多。她给人家钱，人家不要，她硬塞给了人家，还好话说了一大片，感谢不尽。她将帽子拿在手里左看右看，脸上露出了满意的笑。她又双手撑开帽子，往她宝贝儿子的头上一套，独自欣赏起来。她的宝贝望着她，也咧开嘴巴笑了。

马长汉这里忙起了百家锁。百家锁是祝福婴儿长命百岁的象征物，也是护身符。百家锁也应该是集百家之金银打制，马长汉心想，他的宝贝已经有金锁了，这一次给他弄个银锁。于是他也从庄上兜了一圈，要来了百家银，去银匠店打制了一把大银锁，上铸"长命百岁"四个字，百家锁也就制成了。

现在马长汉请来了几个邻居，开始做百日宴的准备了。他们首先彻底清理了门前和打谷场上的冰雪，然后均匀地撒一层麦壳子。马长汉从牛棚里牵出大黄牛，套上石磙子，将门前和打谷场的地面碾得光溜溜的。在打谷场上搭起高高的酒棚，摆设好桌凳。在门前搭起两座彩牌楼，一座红色，一座黄色，四角均挂上耀眼的彩球。又分头支锅的支锅，买菜的买菜，请客的请客。正日那天，天朗气清，阳光和煦，亲友如云，高朋满座，里里外外，喜气洋溢。堂屋内铺着红地毯，老爷柜上供着神像，左右案板上陈设着所收各种礼品。礼品有：礼金，用红封套装着现钞；贺幛，用长一丈二的彩缎做成，扎上四个红纸彩球，上书"长命百岁"四个大字；贺联，是装裱好了的红色对联，上书贺词：膝书征国瑞，熊梦兆家祥。

小金锁身着棉袄棉裤，外面套着五颜六色的百家衣，头戴虎头火罐帽，银光闪闪的百家锁挂在胸前。杨氏抱着金锁里外转了一圈，她还将他的小手高高举起，仿佛在向客人们挥手致谢。所到之处欢声雀跃，赞声连连。欢庆的场面不亚于百岁寿诞，甜蜜幸福充满了里里外外。

经过一阵忙碌，马长汉家恢复了平静，原来在这里团聚的，依然如故，仍然是剥花生，剥玉米，烤烤火，取取暖，聊聊天，度冬闲。这时这个"剥"字，对于他们来说，只是一个由头，聚聚玩玩是真，好在马长汉家有火，取暖不成问题，有的人家没有烤火材料，一家几口团在被窝里。马长汉一天一个树根头子，从早烤到晚也烤不完，要烤到半夜，才能接近尾声。他们都舍不得这盆旺火，一直烤到半夜才依依不舍地离开。马长汉一直伺候，一根水烟枪，一盒旱烟末，往火盆旁边一放，你抽过来，他抽过去，咕噜咕噜地响个不停，有时还加上一根旱烟枪，双枪齐发，一个个有滋有味地抽着，手里不紧不慢地剥着。有时候马长汉还给大家增添点滋味，捧两捧干花生朝树根头四周一围，大家嗅完一袋烟，再剥两个香脆脆的花生丢在嘴里嚼嚼，边嚼边聊，边抽边唠，逍遥自在。杨氏也是热情恭维，中途她会给大家每人端来一碗热烫烫的开水，晚上她会给大家做夜宵，有时是玉米面团子，有时是荞麦面疙瘩，让大家吃得热乎乎的再回家。

马长汉还变着法儿，让大家玩得高兴，玩得开心。他将空口瞎聊变成说书，让大家围着书本来转。

他征求大家的意见："我们听听书吧？"

大家一致意见："那更好！"

他就欣然拿书了。

马长汉家是书香门第，"敬祖宗清白二字，教儿孙耕读两行"是他们家的祖训，祖祖辈辈将其作为座右铭贴在放列祖列宗牌位的灵龛门上，他们家代代男儿读书。家里有得是书，但没有书橱，没有书柜，只有大书篮。大书篮不是放在地上的，而是放在天上的，叫大吊篮，盛了满满当当的书，他用绳子扣起来，吊在堂屋正中的大梁上，既不占地方，又安全。

他当众将大书篮放了下来，里面有《千字文》《百家姓》《弟子规》《大学》《中庸》《论语》《孟子》《诗经》《幼学琼林》《古文观止》等。他一本一本地报着名字，这些都是学堂里的书，大家都不感兴趣。他又向下面翻，翻出不少带有娱乐性的文艺类书籍，有《三国演义》《西游记》《水浒传》《杨家将》《十把穿金扇》等。

他们的听书，不是听你读、听你念、听你说，而是听你唱，叫唱书，读给他们听的人要用地方小调唱给他们听。俗话说：高手在民间，他们中有得是会读会唱的人，读书明理，行善积德，是马湖的优良传统，他们中不少人都读过四书五经，读读这些小说，小菜一碟，至于小调更是轻车熟路，他们劳动时就是一边干活一边哼着小调的，几乎人人都会几种，有的是吹拉弹唱样样精通。

他们选准了书，就开始唱起来了。当然是马长汉先来，唱累了，换人，第二个累了，第三个来，反正后继有人。按照书上的文字，按照书上的顺序，一段一段地来，一段一段地往下唱。唱一段，就停下来，大家议一议，评一评，再继续唱，继续评，饿了回家吃饭，吃过再来。他们的兴趣浓得很，有时还夜以继日。杨氏仍然是夜宵伺候，不是玉米面团子，就是荞麦面疙瘩，大家吃得热乎乎的才走。

他们一日复一日，一直玩到年根底下，才各自回家操办年货，上街赶集去了。马长汉今年办年货，首先不是上街，而是下水，因为他最关心的是他的心肝宝贝儿子。他考虑到过年这个事儿，非同小可，过年是一个古老而又最隆重的节日，从除夕守岁开始，初一崽，初二郎，初三初四拜地方，拜年拜到初七八，十五还要闹元宵。在这么长的时间里，宝宝的喝奶问题首先要得到保障，要解决这个问题，鱼汤是保障。他还是老办法，自己下水摸。于是他又挑起木桶鱼篓，奔到他熟悉的河边，解开上衣，光着双臂，插入水中，顶住刺骨扎心的寒冷，咬着牙，摸了起来。人虽受罪，但收获可观，一天下来满满的一斛篓，有鲫鱼、鲤鱼、鳗鱼、白鱼、螃蟹、脚鱼……尤以鲫鱼为多，正合他意。他连续作战，一连干了三天，三斛篓鲜活的鱼，绰绰有余了，他也心满意足了。他把鱼通通交给杨氏去处理，然后加入了上街办年货的行列。

杨氏是个大忙人，在这冬闲里，她可没闲，她要烧火弄饭，要喂猪打狗，要打扫卫生，要缝补浆洗，要舂米磨面，要……她整天手不停脚不住，晚上还要在小油灯下捻线纳鞋底，为一家人做好一年要穿的鞋子。然而这些对于她来说，还是小事，她最大的事情是围着金锁转。小金锁的事儿可多呢！一大早天蒙蒙亮他就醒了，醒了就要吃，要换尿布，要穿衣，要洗脸，要弄火盆放脚头……早饭后要出去兜圈子，一兜就要兜一个时辰，回来吃奶、睡觉。午饭后，还要出去兜一个时辰，每天两次兜圈，风雨无阻，杨氏一手抱着用抱被裹着的他，一手打把伞，按一贯的套路和固定的时间，兜上一圈，他才能安分，否则不是哭，就是闹。他兜过圈子就喝奶睡觉。晚饭后，在灯下玩一会儿，洗澡、换衣、吃奶、睡觉。他很有规律，生物钟很灵，到什么时候，该干什么，他就发声了。他一发声，赶紧就得按他的办，否则，他就直着喉咙叫，让你不得安宁。

杨氏干活就是趁小金锁入睡的时候抓紧时间干的。现在她首先完成了马长汉交代的任务，她把鱼全部去了鳞，然后分类，有的叠放在盆里，鲜着吃，特别是鲫鱼，用着氽汤的，有的用盐腌起来，过年吃，有的用小木棍子穿起来，挂出去晾晒，准备以后吃。接着她独自一人，推磨磨面，有小麦面，有杂粮面，独自一人踩碓舂米，有旱稻米，有高粱米，备足了过年所需的米面，她才喘口气。

过年，讲究不尽，俗话说，陪不尽的姑娘，过不尽的年，对于穷人来说，过年是年关。但是有副对联说得好：年难过，年难过，年年难过年年过；日好混，日好混，日日好混日日混；横批：否极泰来。有钱多花，没钱少花，将将就就，糊糊弄弄也就过去了。马长汉家的过年，既不排场，也不寒酸。

马长汉来到集市上，只见人头攒动，摩肩接踵，一个个喜气洋洋，精神饱满。两边货摊绵延，琳琅满目，五光十色。他在人堆中，挤过来挤过去，东张西望。一会儿他拿定了主意，首先买了几扎大爆竹，几挂长鞭，几张刻有"龙凤呈祥""鲤鱼跳龙门"字样的金墨闪耀的"福"字，几张大红纸，准备回来自己写对联。他对王安石的《元日》诗背得透熟，"爆竹声中一岁除，春风送暖入屠苏。千门万户曈曈日，总把新桃换旧符。"他年年都按照这首诗来办，他认为年货中，鞭炮、对联是首要的。接着他买了炷香、蜡烛、冥币、纸元宝、纸箔、火纸等，这是拜祭祖先的祭品，这也是大事，敬祖宗教儿孙，是他们家的两件大事。他又买些画面热闹的年画，有五谷丰登的春牛，有天天向上的婴儿，有意味着风调雨顺的花鸟风景等，又买些大糕、果子、小糖、水果。最后买些家里没有的荤菜、蔬菜，还有杨氏剪窗花要用的彩纸，就心满意足地回来了。

马长汉家过春节，虽不排场，但也有点小讲究。他恪守传统，遵循祖训，什么送灶、扫尘、接玉帝、洗浴、过腊八，等等，都一一照办。大年三十一早，一家人吃过饺子（弯弯顺）后，马长汉就在桌上铺开红纸，裁成长条、方斗、窄签，写好一副副对联，还将裁剩的边条，写上"抬头见喜""开门纳福""太公在此，百无禁忌"等报条。接着就忙起了敬祖宗，三十晚上的敬祖宗宜早不宜迟，祖训是"早清明，晚大冬，三十晚上的亡人等不到中"。祭祖宗一年三大祭，分别在清明、冬至、除夕，清明要早，冬至要迟，除夕的祭祖不能超过中午。马长汉是按时按点，不会迟疑的。他太阳在东南中的时候，就开始了，首先在供有阿弥陀佛像、南方火德星君像和列祖列宗灵龛前的香炉里烧上香，蜡烛台上点上烛，当门点烧冥币，祈祷一番，然后跪拜磕头。这磕头也是有顺序的，虽然是祭祖，但是第一下不是给祖宗磕头，而是先给佛陀磕，再给火德星君磕，最后才能给列祖列宗磕。

马长汉祭拜了祖宗，就贴对联，将他写好的对联、方斗、窄签、报条，还有杨氏剪的窗花，一一贴好。

第六章　年关爬门

马长汉贴对联窗花，杨氏这里忙她的一套。她煮了一大锅米饭，足够过年五天吃的。她遵循传统做法，过年五天不吃生的，即大年初一到初五，都吃熟饭熟菜，叫作吃陈粮食烧陈草，表示富有。杨氏将煮熟的饭盛在盆子里，将锅巴用微火炕脆，整整地铲成锅形，放在盆子里，屯在老爷柜上，这叫元宝锅巴，那是不能动的。她又烧了一条大鲤鱼，装在船形的大盘子里，放在老爷柜上，也是不能动的，"鱼"与"余"谐音，它们都象征着新的一年衣食皆丰盛有余，从年头到年尾都吉庆有余。

杨氏忙好了饭菜，一家人吃午饭。年三十的午餐是很丰盛的，杨氏荤素弄了一大桌子，反正这顿吃不了，有下顿，五天年呢！他们三口之家也正儿八经地过起了年，马长汉南向坐，杨氏坐对席，小金锁面东打横，杨氏将他的笸斗放在一张方凳子上，和他们一样高，与他们平起平坐。一瓶红高粱大曲立在金锁的对面。马长汉有妻儿陪同，吃兴大增，海吃海喝。杨氏不喝酒，马长汉还是给她斟了大半杯，她端起酒杯，杯杯与马长汉相陪，每一次她都少抿一点，恭恭敬敬地陪着马长汉，马长汉对她也很尊重。他们俩每次都碰杯，并举杯齐眉。小金锁由杨氏提前给他的小肚子吃饱了，现在他当起了观战派，两只小眼睛睁得滴溜溜圆，一时看看马长汉，一时看看杨氏，一时张开小嘴笑笑，有时小嘴里还叽里咕噜的，听不清他在说什么？大概是为他的爹妈喝彩吧！

晚上，是真正意义上的大年夜了，节目多多，首先是接灶。这里是腊月二十四送灶，三十晚上接灶。送灶，是送灶王爷上西天，也叫祭灶。接灶，是恭迎灶王爷回来。这里有一个共同的说法："二十四日要祭灶，家中老小都来到！"腊月二十四是厨房之神灶王爷的生日，也是旧历的小年。过了腊月二十，年味就渐渐浓起来了，这时外出务工的，做生意的，做手艺的全都急着往家赶，为的是赶上腊月二十四过小年，全家给灶王庆生日，即祭灶。

马长汉家的锅，是用土脚砌的三眼高灶，锅台炉膛上面是烟腔，烟腔上面是烟囱，烟囱是一块土脚见方的高筒，一直通到屋脊外边，高出屋脊半人多，让烟冒向天空。在烟囱根部烟腔上面朝门的一面，砌一个小门，好贴灶王爷画像，小门前安放香炉蜡烛台。灶王爷相每年更换一次，送灶时揭下来烧掉，磕头祷告，嘱咐他上西天多说好话。除夕贴上一张新的，磕头跪拜，请他多多保佑。

这晚，马长汉为灶王爷像接待远方归来的亲人一样进行接风，在小门里贴上刚请来的灶王爷神像，两旁贴上对联："奏去人间事，带来天上春"，横批："与人为善。"摆上小糖果品酒菜等丰盛的供品，焚香点烛，燃放鞭炮，敬烧冥币，磕头叩拜，虔诚祈祷，好话、恭维话、嘱咐话，说了一大堆，才放心地起来。

　　这时他们夫妻俩给小金锁安排了一个单独的节目,叫"爬门头"。马长汉将小金锁抱着,杨氏抓住金锁的两只小脚,从堂门后面的横档往上爬,爬过门头再下来。这预示着爬过门头以后,就能长得像门那样高。这是他们对金锁寄予的厚望,希望他人高马大,顶天立地。小金锁好像明白大人的意思,小脚一离开门,往马长汉怀里一缩,咯咯直笑,神气十足。

　　小金锁爬过了门头,一家三口依然围坐一桌,吃起了年夜饭。这才是真正的过年,这是多少年来的传统,祖祖辈辈都是这么做的。

　　马长汉一家三口吃了年夜饭,就围坐在一盆旺旺地燃烧着松枝、榆枝、芝麻秸的"元宝火"周围,一边嗑着瓜子,一边闲扯,开始了守岁。一听到有爆竹声了,马长汉赶紧抱着鞭炮出门。杨氏随即跟来。他将鞭炮交给杨氏,自己拿起一只爆竹,用左手食指和拇指在上半截夹住,右手揩住烧着的烟头,将它点着,那家伙轰的一声飞向天空,炸出五颜六色的火花。杨氏连声叫好,并一个一个地递给马长汉。最后马长汉将一挂长鞭摊在地上,烟头一点,四处飞溅,一阵震耳欲聋的响声。"爆竹声中一岁除",守到了一岁,他们心安理得地上了床,在梦中追逐新一年的梦想。

第七章　欢度新年

在睡梦中，他们迎来了大年初一，家家户户喜气洋洋，挂上红红的灯笼，贴上红红的春联，忙忙碌碌……马长汉连忙吃了开口糕，穿上新衣服，放了开门鞭，跑出门来，在噼里啪啦的鞭炮声中，也放了一通，凑凑热闹，然后闻着爆竹烟味儿，吃起了早饭。早饭是糯米面汤圆子，杨氏还特意洗了两个铜钱，搓了两个硬币汤圆，吃了这个汤圆，据说新年的运气特别好。这顿早饭，他们没有自己先吃，而是先装一碗汤圆端到牛屋，对着大黄牛念诵："打一千，骂一万，大年初一吃顿饭。"把汤圆倒进食槽里，拌上草料，让大黄牛也美餐一顿。然后他们才能自己吃。

吃了汤圆之后开始了传统的拜年仪式，全村家家户户都出来相互拜年。大家都穿上了新衣服，喜气洋洋、成群结队挨家逐户地拜年。马长汉家来了一拨又一拨，这一拨没走，那一拨就到，个个脸上洋溢着笑，心里淌着蜜，嘴上挂着喜话。他们进了堂屋门槛，自动排成一横队，面对老爷柜上方的佛祖画像，一起打躬作揖，口中念念有词，请求佛祖保佑，一边恭喜主家平安富贵等等。主人家的桌子上摆放着糖果糕点，有的人拿一点意思意思，有的人没拿，就结队去了下家。马长汉接待了三拨前来拜年的人马，就跟着队伍走了，到别人家拜年去了。杨氏留守，接待前来拜年的客人，广纳喜气、福气、寿气、财气……

大年初二，马长汉去给丈母娘拜年了。当年指腹为婚的四位老人，健在的只有她一人了，其他三位前几年都相继驾鹤西游了。一大早他们一家三口打扮一新，杨氏抱着金锁，马长汉拎着礼物，满面春风地出发了。路途不远，个把钟头就到了。马长汉在门前放了一挂小鞭，屋里丈母娘、小舅子、内弟媳都笑容满面地出来迎接。相互道了喜，小舅子将他们三口让进了屋。他们一坐下，丈母娘就揭开抱被头，看看心爱的小外孙。小家伙见了外婆也张开没牙的小嘴笑了。杨母连夸："漂亮，神气，聪明……"还亲了亲、摸了摸他的小嘴巴。小舅母娘拿出糖果、花生、瓜子来招待他们。大家就津津有味地吃着、笑着，有说不完的话，不知不觉就到开饭的时间了。杨氏帮着弟媳把一盘盘美味的菜肴端上了桌，香味扑鼻。小舅子拿出窖藏的红高粱酒，给每人都斟了满满一杯。马长汉还没等小舅子做主题发言，就双手端起酒杯，捧到丈母娘面前："祝您福如东海水长流，寿比南山松不老。"

慈祥和蔼的杨母，微笑着说："乖乖，你的心意我领了，但是这酒要暂停，今天是皆大欢喜，我们得先来个皆大欢喜。"老人家的一句话说得大家心服口服，马长汉和小舅子齐声说："对对对！"

老人家端起酒杯邀了大家一下，大家齐刷刷地举杯，饮了个皆大欢喜，又饮了个喜事成双。大家吃了一番菜，这下该马长汉发言了。他端起酒杯，恭恭敬敬地举到老岳母面前："再次祝您健康长寿、福星高照！"老人家笑纳了，痛痛快快地饮了个双杯。老人家虽年逾花甲，但精神抖擞，红光满面。她连续接受了儿子、儿媳、女儿的祝福，都饮了满满的双杯。老人家高兴、心情愉快、开怀畅饮，大家更高兴，酒兴大增，频频举杯，互道祝福，家庭小宴其乐融融，将春节的喜庆推向了高潮。

高兴之余，大家不禁想起这一年中曾经付出的艰辛和汗水，一起聊起以前的趣事，展望着新一年的美景，其乐无穷。

日薄西山，马长汉一家三口带着无限的喜悦，装着满满的祝福回府了。临走的时候，老岳母用红纸包装着两块沉甸甸的大洋，塞进小外孙的衣兜，还抓着他的小手，抖了又抖，寄予了无限的希望。

马长汉一到家，就有几个小青年跑上门来，说想借他家门前的场地用一用，他们要玩花船、耍龙灯、舞狮子。这是一帮当地传统文艺的传承人，是民间艺术团的，每到佳节，他们都要表演一些当地的传统文艺节目，给老百姓带来欢乐，增强节日的气氛。现在他们经过一寒天的排练，又要出演了，搞这项活动需要场地，越大越好，马长汉家门前的打谷场很大。马长汉哪有不同意的呢？这是送喜上门，求之不得呢！他大口同意。

大年初三，冰河刚刚解冻，冬天的严寒已经消退，人们纷纷在斜射的阳光下，兴高采烈地从四面八方朝马长汉的打谷场奔来，一时间场上人山人海，吵吵嚷嚷，热闹非凡。

哐哐哐——哐！随着一阵惊天动地的锣鼓声，舞狮开始了。几只小狮子冲到场地中央，摇头摆尾，蹦蹦跳跳，狂奔乱舞。人们纷纷后退，贴到场地四周。

马长汉肩上扛着金锁，挤在前头观看。骑在马长汉肩上的金锁，活像一只昂首欲飞的鸟儿，吸引了众多的眼球，很多人不看表演，都看金锁了。

狮子一下，上来了舞蹈。十来个花枝招展的姑娘翩翩起舞，观众群里不时爆发出热烈的掌声。

跟着来了一个独舞——天女散花。一个漂亮的花旦，双手捎着彩带飘然上台，把天女散花演到了极致。

紧接而上的是一支高跷队。

看！他们一上场就展开了精彩的表演，翻跟斗、踩钢丝、跳圆舞……锣鼓手也紧锣密鼓地敲了起来。人们似乎忘记了一切烦恼，只知道尽情地跳哇、扭哇。整个场子都沉浸在欢乐和幸福中。

马湖民间艺术团准备的节目轮番上演，交替进行，持续了三天。正月初六，马长汉家门前出现了另外一番景象，打谷场上拉起了白布帷幔，唱起了大戏。原来民间艺术团的演出不仅吸引了当地的村民，而且还吸引了外地的戏班子。一个临县很有名气的叫杨大貂子的剧团，每年春节都要来此演出，这一次又来了，正在寻找演出场地，听说这里搞文艺演出，欣然赶来，一看场地开阔，也决定在这里安营扎寨。地方的艺术团演出一结束，他们就立即埋柱子，拉布幔，在打谷场的四周围上一圈六尺高的白布围子，搭上戏台，唱起了大戏。地方艺术团的演出是不要钱的，他们是要收钱的，凭票入内。他们对马长汉的场地也是要付费的，但是马长汉没要，他们就特殊优待了马长汉。他们在戏台口前的正中，放了一条长凳子，专给他们家使用。凳子很少，只有五六张，供特殊客人用，其他人一律站票。这几条凳子一方面招待了尊贵客人，另一方面还起到了保护台口、维持秩序的作用。对于他们这样的特殊安排，马长汉没有拒绝，他们一家三口，杨氏抱着金锁，靠着马长汉，同坐一凳，居于台口最佳位置，看得清、听得明。

这个剧团以演唱淮剧为主，但为了调节观众的口味，也穿插一些小节目。杨大貔子剧团常来演出，又适合这一带村民的口味，所以他们在这一带的剧迷很多，花钱买票他们也来，有时还一票难求。这一次马长汉那偌大的打谷场挤满了人，还有没买到票的，在外边团团转。

他们首先演出的是淮剧的代表剧目《秦香莲》。这个剧本本身就很有名气，是一个富有教育意义的精彩的历史故事，剧情也吸引观众，扣人心弦，加上演员们的精湛表演，让观众饱了眼福。他们把淮剧的三大唱腔体系都展示了出来，别具一格，耐人寻味。台下不时报以热烈的掌声，有的唱段还激起台下观众的和唱，台上台下互动，无意中起到了轰动的效应。

一出大戏完了，上了一样调味品，玩了一出魔术。台下雷鸣般的掌声骤然响起，大家高兴极了。连小金锁都高兴得手舞足蹈，真像一只展翅欲飞的鸟儿。

一段小插曲过后，他们又演了一场武戏——穆桂英大破天门阵。武旦的"打"功也令人赞叹。其场面恢宏壮观，气势磅礴。剧情也吸引观众，扣人心弦，个个大气不出，全场鸦雀无声，都陶醉在剧情当中。

精彩纷呈的节目，赢得了满堂喝彩，大家都看得津津有味，一饱眼福，接连十来日，兴趣不衰，连元宵节的庙会都不去了，都赖在这里看戏。

第八章　金童玉女

过了元宵节，年完了，春来了。一年之计在于春，春回大地，万象更新。村民们一嗅到春天的气息，全焕发出了另一种精神，他们不违农时，纷纷投入了春耕备种。马长汉接着做他冬天没有做完的事情。他又在花生上做起了文章，他要榨油，除去留足家里食用以外，还要出卖变钱。他在杨氏的协助下，先将剥好的花生米，用砻子拉碎，然后蒸熟，再用稻草一包一包地包好，放到木榨上压榨，将里面的油榨尽，装进方方高高的铁皮油桶，花生饼子也一块一块码好。饼子留着人吃，或喂猪。油，除了留足够一年食用的量，其余全部出卖。他用弯弯的小扁担挑着两只油桶，扁担头上挂只油端子，逢集上街卖，背集就走村串户地去叫卖。经过十数日的奔波，将该卖的油全都卖完了。这下零花钱有了，生产资金有了，他也开始了春耕备种。

春耕备种，从何入手？要想种好庄稼，首先得有肥，庄稼一枝花，全靠肥当家。肥从哪里来？肥产生于两个字：积造。积肥造肥，是庄稼人的两件大事。"积"主要是积人畜粪尿，"造"是人造肥，古时主要是猪脚泥，在塘子里放上泥草，满上水，将猪扣在里面踩，经过一段时间的猪踩，加上自然发酵，即成肥料。一头猪就是一座小型肥料加工厂。化肥是无机肥，猪脚泥是有机肥。马长汉家地多，需肥量大，因此他家门前的打谷场大，屋后的积肥场也大。有一个茅厕，供聚人粪尿，一个猪圈，供猪吃喝拉撒，猪圈旁边是两个猪造泥泥塘，供两头猪造肥，泥塘旁边又是一个牛粪堆积场。去年秋天种麦，将积的肥全部运走后，他就开始造春播肥了。现在茅厕里满满当当，两个猪造泥塘在上冻之前就分别出了三塘，堆得像个小山，牛粪堆积场上堆得也像个小山，那偌大一堆花生藤子被大黄牛消灭得差不多了，全部转化成了有机肥了，大黄牛也是一架好样的肥料加工机。

马长汉将屋后积的肥料全部挑到门前的打谷场上，将它搅拌均匀后，驾起牛车，一趟一趟地运到经过耕翻冻晒的山芋茬和花生茬子地里。这些事儿，都是他一人独干。杨氏负责带金锁、弄饭、做针线活。

转眼间，清明节到了。清明前后，种瓜种豆，空旷宁静的田野霎时热闹了起来，家家户户都忙起了春种，不是种玉米，就是种高粱。马长汉家的地比别人家多得多，既种玉米，又种高粱，他先种玉米，后种高粱。他驾起牛犁，插到分布好肥料的秋茬地里，吆喝着大黄牛，耕了起来。他在前面耕，杨氏在后面点。当时的种植方法就是点播法，这点播法分两个步骤，先点后播，先点粪，后播种，这种子不是抓在手心里撒，而是用手指捏几粒往下点，种子要点在粪上，粪是一把一撮，种子是两三粒一塘，一小步一颗，这是株距，约二尺，隔一犁点一行，这是行距，也是约二尺。杨氏很辛苦，她一个人干两个人的活，本来这点粪和点种是两个人干的，一人干一样，她家是还有一个人，但他不能点种，更不能点粪，点粪要背一笆斗粪在腰间，足有四五十斤，要有相当体力的，点种较轻，只揹一只瓢，装半瓢种子，最多二三斤。她家的那个人，连这二三斤都拿不动，他要拿动这二三斤，还要吃几囤子粮食呢！这个人就是小金锁。他现在就在田头，被杨氏用抱被围坐着，当监工呢！这点小事也不用请人了，杨氏就一个人扛着。她牛前忙到牛后，先是跟在牛后点粪，一转下来，下一犁是隔行，不需点，她就趁这个空当，立马跑到牛前去点上一行的种子，一转种子点下去了，赶紧跑到牛后，再来点粪。她就这样一转又一转，一圈又一圈，循环着，往复着，不厌其烦地奔波着，忙碌着。

金锁是个乖宝宝，但他也是个小苦命。人家的小宝宝有爷爷奶奶照看，几乎是不落地的，风不打头雨不打脸。他的爷爷奶奶走得早，没有老人照看他，他的爸爸妈妈走一步拖一步，他跟着风吹日晒。不过他肯玩，把个小拨浪鼓或小花球之类的小玩具给他，他就有滋有味地玩起来，一不哭二不闹，除非饿了，他才喊几声。

马长汉看到儿子的表现，既高兴又心疼。有时他看到儿子的小脸被太阳晒得红红的或是小嘴被凉风吹得乌乌的，又心疼。所以有些事情，能不让杨氏干的，他就不让杨氏干了。

玉米、高粱种下去了，紧接着的是种花生。种花生是在麦稞地里点，用铲子挖一塘点一粒，这叫套作。花生出苗了，麦子也就收割了，收割后用锄头锄掉麦根，花生就可自然生长了。点花生这种活，多一人少一人无所谓，人多快一点，人少慢一点，而且这种活对季节的要求又不是太严格的。马长汉就不叫杨氏参与了。他独自一人干。

　　然而有些事情就不行了，不但杨氏要上，还要请人帮忙。尤其是夏收夏种，这情况不一样了，季节不饶人，这时要突出一个"抢"字，越快越好，农民称"收火小麦"，要像救火一样的速度。因为小麦容易烂，如收慢了，遭了雨就可能发霉，烂掉，一季白忙。

　　对于这一点，马长汉心知肚明。今年一开镰，马长汉和杨氏拿着亮晃晃的镰刀，走进金灿灿的麦地，弯腰割了起来。尽管他们两口子都很强壮有力，刀也锋利，加上起早带晚，一天也只能割个四五亩，他家的麦地有五十亩呢！割到什么时候？他只能等待着求援。他们埋头割了三天，马长汉抬起头来，向四周看了一遍，他的脸上露出了微笑。他看到他的那些铁哥们儿家的麦子都割得差不多了。他晚上逐个登门去请，个个都爽快地答应。第二天十几位年轻力壮的男男女女，齐刷刷地奔到马长汉家的麦田里，挥舞镰刀，嚓！嚓！嚓！麦子纷纷应声倒下。有的割，有的捆，一束束麦把，伴随着汗水躺在田垄里，仰望着万里无云的蓝天，仿佛也在为丰收而骄傲。

　　人多，热气高，干劲大。两天没到晚，马长汉的几十亩麦子就割完了。大家又帮着他将麦把运到场上，还帮着他打场脱粒。很快马长汉的麦子就脱完粒，扬尽，晒干，进仓了。

　　收上来了，就要忙种，这个种也要抢，既要抢收也要抢种，叫抢收抢种，名曰"双抢"。因为庄稼是有生长期的，它要积累一定的温度，才能成熟，你种慢了，耽误了它的生长期，就影响了它的产量。马长汉家的八十一亩地，除去春播已种高粱、玉米等三十一亩，还剩五十亩麦茬地，这五十亩已有十几亩春天套种了花生，不用耕翻，只需大忙过后用锄头锄去麦茬杂草即可，还有三十几亩地，他安排种山芋十几亩，其余的种晚玉米、黄豆、绿豆、豇豆、芝麻、荞麦，老百姓称小粮，也叫晚秋作物，其中荞麦地里还可撒胡萝卜种，套种胡萝卜。马长汉很会安排，他针对他家劳力少土地多的特点，将各种庄稼的生长期、收获期错开来，有先有后，不冲突，人忙得过来。他家这一季的夏种，在他朋友的帮助下，通过夜以继日的奋战，不到十天，只有山芋地仅耕翻刨成行子①，其余的小粮全部落谷下种了。山芋要等雨，秧子才能栽插，农民有个老经验，"六月六，倒破屋。"他们就整好行子，等到六月六来完成这件事。

六月六，是小白龙探母的日子。这一天，暴风骤雨如期而至，大家都适时下插了山芋秧子，马长汉家亦然，大家皆大欢喜，谢天谢地。

山芋下插完毕，夏种收官，紧张而热烈的夏收夏种落下了帷幕，下面进入正常的管理，消停多了，大家都松了一口气，等待着一年的第二个高潮——秋收秋种的到来。

时光荏苒，岁月如梭，小金锁渐渐长大。天热了杨氏不再将他揣在笆斗里了，而用一张凉席往地上一放，让他坐在上面玩。开头他老老实实地坐在上面玩，渐渐的，不老实了，越来越顽皮，只要是醒着，没有一刻是安静的，只要身边有什么东西，就立马拿起来玩，不管是什么东西，都是最多玩够一支烟

---

① 行子：即垄。在耕地上培成的一行一行的土埂，在上面种植农作物。栽山芋秧的垄，马湖人称作山芋行子。

的工夫，就扔掉，又或是不管什么东西在手里都会放进嘴里咬，所以他几乎整天都要有人看着，包括晚上，虽然他可以一觉睡到天亮，但晚上经常自个突然哭或是叫，有时睡着睡着自个翻过来，然后在那里叫，或探身四处乱扒。接着他又有了新花样，他一手着地一脚使劲，抬起屁股，另一脚向前一跨，使劲一撑，向前移动了起来。他看到前面有一张小桌子，便拼命移过去，摽住桌腿，小腿一使劲，站了起来。他得意地张着小嘴笑了，边笑边扶着桌边慢慢移动，这下他学会了扶着桌子走路，他可以够到自己感兴趣的东西，没有几天，他就离开桌子，独立行走了。他不像一般的小孩儿，他没有经过爬行，就会走路了，跟跟跄跄地像一只小企鹅，令人忍俊不禁。

　　不久他又牙牙学语了，杨氏教了几遍，他的小嘴巴里就进出"妈妈"两个字。杨氏兴奋不已。马长汉更是高兴，"乖乖，会说话了，快叫爸爸！"小金锁不睬他，只是张着小嘴笑。杨氏将小金锁拉到面前说："来，乖乖，妈妈教你。"她一声一声地叫着："爸爸，爸爸……"小金锁真的张着小嘴叫出了"爸爸"两个字。马长汉高兴得一把把小金锁抱了过去，又是亲又是跳。

　　这下杨氏又有新的事情做了，她一有空就教金锁说这说那，开头是两个字，接着教三个字、四个字、五个字……很快小金锁就会讲很多话了。

　　金锁喜事连连，就在他牙牙学语中，他迎来了他的一周岁生日。这天天气晴朗，太阳升在蔚蓝的天际，天高气爽，浮云流逝，温暖的阳光普洒大地，人们已跨过了急如火的秋抢，秋收秋种的大头已经落地，进入了扫尾，早播的麦种都已冒青，多数人家都在忙着收花生，田野里还是牛犁遍地，人仰马翻。马长汉家则是另一番景象，宽畅的堂屋里，老爷柜上烧香秉烛，中央摆放着一张小方桌，桌子上放着煮熟的鸡蛋、馒头、果子、大糕、碗筷、毛笔、铜板、白纸、小书、小拨浪鼓、玩具枪……有吃的，有玩的。小金锁梳洗完毕，穿一身杨氏刚做成的漂亮的新衣服，脚蹬外祖母用黄布精心制作的绣有"王"字的虎头鞋，南向端坐于桌边，好像大老爷升堂一般。他的外祖母、舅舅、舅妈以及马长汉、杨氏，都站立两旁观看，只见金锁认真观察了一阵，果断地下手了。他左手拿枪，右手拿笔，高高举起，仰起头来，张开小嘴，哈哈地笑了。围观者立即哄堂大笑，拍起手来，并一个劲地赞扬："好！爱武喜文，能文能武，文武双全！"接着摆宴庆贺。

这是马长汉家为金锁而做的抓周仪式。金锁的周岁礼仪比较简单，马长汉没有太张扬。而他的隔壁就不同了，高朋满座，人山人海，门庭若市，热闹哄哄。马长汉家是抓周，他家是洗三。杨氏被特邀，去喝喜酒。她还带着金锁，娘儿俩手搀手进了房间。李氏热情接待了他们。杨氏一落座，就问李氏："是男孩儿还是女孩儿？"李氏笑笑，"是女孩儿。"杨氏顿了一下，她想到当初给金锁办洗三的时候，她让李氏坐在马桶上吃面，期望李氏生个男孩儿，但她仍连说恭喜，并询问能否看看孩子。李氏笑着答应。

杨氏揭开被头，看看小千金，"嘿！漂亮，像你，活像你脸上剥下来的。"她又问，"叫什么名字！"

"叫玉珠。"李氏答道。

在座的一听"玉珠"，有人低声说道："玉女！"

有人问杨氏："你的宝贝叫什么名字！"

"叫金锁。"杨氏答道。

又有人低声说道："金童！"

大家都恍然大悟，屋里立刻爆发出一阵哄堂大笑！

第九章　天花袭击

　　小金锁一天大似一天，一天比一天好玩，一天比一天漂亮，人见人爱，一个个都喜欢逗他玩，再不开心的人，只要拉着他的小手，脸上的阴云也会消散大半。他也喜欢跟人玩，不知什么时候他学会了拉豆蹭①，他一和人拉起手来，小屁股就往后赖，要和人拉豆蹭。杨氏没事了，就跟他玩，跟他拉豆蹭，还教他一首拉豆蹭的儿歌："拉豆蹭，请外奶，外奶不在家，请个大舅妈，大舅妈，没裤子，下田撵兔子，剥皮做裤子。"他张开小嘴，咿咿呀呀地唱了一句，下面唱不下去了，经杨氏的提示，又唱了一句，下面还是不行。杨氏又带他复习几遍，他记住了，随时叫他唱，他都能唱出来。杨氏知道他的特点了，她每教一首，就反复帮他复习，巩固了再教下一首，温故而知新。

　　杨氏现在带金锁又有了新花样，金锁也越玩越有兴趣，越学越带劲儿，整天跟在杨氏屁股后面，人们说金锁是她的跟屁虫，她说是她的警卫员，保镖。

---

　　① 拉豆蹭：原意是用磨将豆子碾碎，用来做糕点或熬粥等。这里引申为动作类似推磨活动的一种游戏。

保镖也有失责的时候，不单是失责，还造成些小麻烦。

阳春三月，艳阳高照，春暖花开，生机勃勃。脱掉了棉袄棉裤的小金锁，一身轻松，蹦蹦跳跳地跑东跑西，摸摸这，摸摸那，从盐坛摸到酱罐。他对什么都感兴趣，对什么他都要弄个究竟。摸摸也就罢了，有些东西他还要尝尝滋味，放到嘴里嚼，摸到树果子，他往嘴里揣，摸到泥团子，他往嘴里揣，摸到小石子，他往嘴里揣……杨氏烦死了，说他也不听。有一次，他吃到忌讳上去了，杨氏下山芋种，她扒沟、施肥、下种，只顾忙自己的活。小金锁看到箕篮子里满满一篮子山芋，就拿了一个，玩了起来，玩玩就放到嘴里尝尝，嘿！好吃，他就吃起来了，他又怕妈妈吵他，他四处张望，一下子看到旁边有一只笆斗，这是杨氏背粪用的，现在粪下到地里去了，空笆斗放在那里的，他灵机一动，将笆斗放倒，往笆斗里一躬，顾头不顾腚地嚼起了山芋。杨氏忙了半天，才想起睥睨金锁，她四周睨个遍，也没看到金锁的影子。她紧张了，直起腰来，仔细看了起来，一看，笆斗口上露着他的小脚，再走到跟前一看，他躬在里面吃山芋种子呢！杨氏气了。这是吃不得的，老人说过，下山芋种时人吃山芋，老鼠会吃山芋的。老鼠吃山芋尽啃山芋头子，那就是发芽的地方，它啃了还发什么芽呢？不发芽哪儿来的山芋秧子栽呢？她家一季子山芋怎么办呢？她慌了，又气又急，跑上前去，把他从笆斗里拖了出来，轻轻掴了一下他的小嘴，又敲两下他的小手。他哇哇地哭了起来。杨氏气还在肚里，她只顾埋头干自己的活，不理他。他哭了几声不哭了，其实没有打多重，他是故意撒娇的。他见杨氏不理他，无奈，抹了抹眼泪，撒腿走了。杨氏也没在意，再等她干了好一会儿活，抬起头来看看金锁，哪里有哇？再到笆斗里看看，空的！她慌了，连忙去找。她跑到李氏家，见他正在跟玉珠玩呢！杨氏气不打一处来，但她这下忍住了，没有打他，将他拖到地里，把一个小玩意儿给他，叫他好好坐在那里玩。他这下真的乖了，真的坐在那里玩，没有跑，但是被他这样一搞，杨氏的计划任务没有完成，等到晚上马长汉外出回来，两个人加了一个晚班才完成。

他一天天长大了，在家里待不住了，像小燕子一样，要出窝了，他的小腿硬朗了，不停地要跑东跑西，他还很喜欢串门，杨氏一不注意，他就溜掉了。有一次，他将杨氏吓得不轻。杨氏在洗衣服，他就趁机溜掉了。杨氏将衣服洗好晾好，再来找金锁，里里外外找个遍，连个影子也没找到。她想，可能又是找玉珠玩去了。她第一脚就跑到李氏家，李氏说，没来。她就走了。她一连找了几家，都说没来。这下杨氏感到问题大了，她紧张了，她不到邻居家去找了，她将寻找的重点放到河边去了。她在河边转，一个码头一个码头地看，找了一大圈，都没找到，站在河边发呆。突然她听到有人叫她，她掉头一看，是她的一个好朋友在叫她。杨氏在迷茫中萌发出了希望，她连忙问："你看到我们家金锁了吗？"那朋友看着她吓得变了色的脸，有点内疚，回道："你找金锁呀！跟我走！"杨氏一下子看到了希望，跟着她就走。一进她家的门，她就喊："金锁，你妈来了。"金锁听说他妈来了，从房内跑出来，"妈！"

杨氏一颗悬着的心才放了下来，但是她又是高兴，又是气，"你这个小东西怎么跑到这里来啦？"伸手要打他。她的朋友一把拉住，连忙解释："不怪金锁，怪我，你不要打他，要打就打我！"杨氏瞪着两眼看着她，"怎么怪你呢？"

她说："是我把他叫来的。"

杨氏瞪大眼睛："你个死鬼，把我吓死了！"说罢，真的举起手来朝她肩膀上拍了一下。

她拉住她的手："消消气，都怪我。"

老朋友开玩笑的，还有什么好气的呢！两人握手言欢。

这一次虽然是有惊无险，却大大地给杨氏敲响了警钟。

尽管杨氏千防万防，但是天有不测风云，人有旦夕祸福。

春光明媚，百花齐放，万紫千红，生机勃勃，病毒也跟着肆虐。小金锁东跑西溜，精神抖擞，玩得欢天喜地，忘乎所以。

突然，他不玩了，不跑了，像被霜打过一样，虚弱无力，精神不振，倒在床上哼唧哼唧地叫："妈妈，妈妈！"杨氏走到床前问："什么事呀？"

"嗯，头疼！"

杨氏摸摸他的小脑袋，感觉烫烫的，责怪地说："叫你疯，到处乱跑，受风了着凉了吧？赶紧拱到被窝里捂捂。"说着就将金锁揣进被窝，上面还蒙上一件棉袄，又用手拍了拍，将个金锁捂得严严实实，才放心地走了。杨氏用的是农民们的老方法、老传统、老经验。他们祖祖代代都是这么办的，在那缺医少药、医疗水平低下的年代，一有头疼脑热，就用棉被捂起来，出一身大汗就好了。

哪知道，这个方法对金锁不管用，捂了一会儿，汗是出了，但疼痛依旧。他又叫起来："妈妈，妈妈！"杨氏问："怎么样？"

"疼！"

杨氏又来摸摸，汗是出了，而且是大汗淋漓，但是小脑袋还是烫烫的，她问："还疼吗？"

"嗯，疼死了！"

杨氏感到奇怪，一般的大汗一出，就不热了不烫了，头就不疼了，这办法对金锁怎么就不管用了呢？她捉摸不透，就跑到地里去，告诉正在干活的马长汉。

马长汉见她神色紧张的样子，批评说："这有什么大惊小怪的，头疼脑热的，不是常事吗？肯定是他疯出汗来了，脱掉衣服受了凉，用被子捂一捂就是了。"

杨氏说："捂过了，汗也出得不少，烧没下去，还喊头疼。"

马长汉也感到奇怪，他放下手中的活，跟着杨氏一道回来了。

马长汉摸摸金锁的额头，是热热的烫烫的。他问金锁："还疼吗？"

"嗯，疼，疼死了！"

马长汉估计是伤风感冒，但是捂也捂过了，汗也出了，还疼，怎么办呢？只有找医生了，也许吃两剂药就好了。他对杨氏说："我去找肖大先生。"

杨氏点点头，说："好！"在她心中也只有这样了，她也拿不出其他什么好办法。

马长汉所说的肖大先生，是离他们家不远的一个小镇上的一位老中医，人们都认为他医疗水平很高，称其为肖半仙，见了面都喊"肖大先生"。

马长汉跨进他家门的时候，他正在给一位病人看病，坐在那里，一副温文尔雅、安安静静的样子。他看到马长汉进来了，一手号着病人的脉搏，一手指指旁边的凳子，说道："请先坐一下。"马长汉就坐下来，静静地等。

肖大先生给那位病人开完药方，问马长汉："是你本人看吗？"

"不是，是我儿子。"

"多大啦？"

"三岁。"

"什么情况？"

马长汉将金锁的情况说了一遍。

肖大先生拿起笔来，就要开药方。马长汉说："先生，我儿子的病跟其他人的病好像不大一样，想请您去当面看看。"

肖大先生有点处难，"我这里病人多，说来人就来人了呢！"他说的是实话，他一般是坐诊。

马长汉还是执着地请他去。

肖大先生的两眉皱在一起，目光在马长汉的脸上停了一会，嘴角浮出一丝笑容，"好吧，跟你去一下。"

肖大先生走到床前，小金锁正躺在床上，闭着眼睛，脸上带着疼痛的样子。杨氏连忙端来一张凳子。肖大先生坐下去，端详着金锁的脸色，伸手去摸摸他的额头，又摸摸他的胸口，然后搭起脉来。

小金锁慢慢睁开小眼，看到一个陌生的老头儿，紧张起来，欠着身子，口里叫道："妈妈！"杨氏赶紧上前，轻轻拍拍他的肩膀，说："别动，爷爷给你看病呢，马上就好了，头就不疼了。"金锁听说马上头就不疼了，乖了，真的不动了。

肖大先生号着脉，静静地体会着，神情有点不大自然，又看了看金锁的舌苔和眼睑，又摸摸他的后背，问："疼不疼？"

"疼！全都疼。"金锁说，声音有点沙哑。

肖大先生进一步细细摸了起来，几乎摸遍了他的全身，片刻后，收起手，皱了一下眉，道："奇怪呀！"

"怎么啦？"马长汉一听，连忙出声问道。

肖大先生的医术，马长汉是知道的，现在他面露疑难，难不成金锁的病很厉害。肖大先生说："他的脉象和舌苔显示，他是高热引起的疲惫，但按理来说，高热不会造成全身疼痛，这很奇怪，于是我又进一步体察了他的体内，他没有中毒的迹象，但是体内却有一股毒气，这些毒气在体内肆虐，想要钻出体外，想来就是全身疼痛的原因。"

"毒气？"杨氏一听，差点昏过去，颤巍巍地说："先生，请您救救我的孩子！"说完，就要磕头。肖大先生连忙拦住了她，同时他说："你别急，听我说完，这种毒气是一种疾病，到底是什么病，它现在还在潜伏期。"

"那怎么办？"杨氏一脸的忧虑。马长汉的脸色也凝重了许多，说道："看来这病不轻呢！"

肖大先生的心里也在矛盾着，小孩儿到底得的是什么病，现在还不好说，因为现在还在潜伏期，只出现早期症状，病情还没有暴发，现在还看不出来，现在到底是细菌性的疾病还是病毒性的疾病还分不清，还不能断然地下结论，但是他想，总归要给人家一个说法，于是他说："现在他的病还没出来，还不好说是什么病，我只能根据迹象开些药，先吃着看看。"

马长汉说："好！"

肖大先生就开了药方，并交代："先用大火烧开，再用小火煮一支烟的工夫，然后凉温，趁热喝下。"

马长汉连连点头，送走了肖大先生后，他就赶紧去抓药，按照肖大先生的吩咐办了起来。他一心希望金锁只是简单的伤风。

他熬好了药，凉一会儿，自己尝了一下，感觉可以了，就端给金锁喝。金锁一口喝下去，哇的一声叫了起来。

"怎么啦？"杨氏问。

"苦！"

"良药苦口。"马长汉说，"喝下去就好了，身上就不疼了。"

金锁哪里知道什么良药苦口？他只是听说喝下去就好了，他希望好，于是眼一闭，咕噜咕噜，一口气喝下去了。

一连喝了两剂，马长汉和杨氏都在等待金锁的好转。他们一直在观察着，他们发现不但没见效，反而加重了，金锁的小白脸变成了小红脸，并且冒出了小红点。夫妻俩都觉得情况不妙。马长汉赶忙又去找肖大先生。肖大先生二话没说，跟着马长汉来了。

肖大先生一看，金锁那白白的小脸上，出现了一团团散开的深红色斑点，肖大先生心里有数了，这种病毒的潜伏期已结束，已正式宣告它的存在，已出现标志性的红疹，但是他还是按老规矩，号号脉，看看舌苔和眼睑，摸摸身上，望闻问切一遍，然后说："现在病出来了，天花。"

马长汉听说是天花，倒吸一口冷气，神情变了。他读过很多书，他在书上看到过关于天花的介绍，还看到描写身患天花病毒的患者的模样，那样子简直惨不忍睹！想到这里他浑身打冷战，鸡皮疙瘩都跑了出来，脸色也有些苍白。

杨氏更是感觉天旋地转，差点摔倒在地，幸好被马长汉扶住。

肖大先生沉住气，但神情慎重。

一时间，三人都屏住呼吸，沉默不语。

好一会儿，杨氏轻轻说道："怎么好好的就得了这种病了呢？"

肖大先生说："得这种病的元凶，是一种很细小的毒物，称之为病毒，这种病毒太小太小了，肉眼看不到，但它的毒性却非常剧烈，通过人体的唾液传播，使别人受到感染，感染了病毒，这种病毒经过时间的酝酿，开始暴发，也就形成了这种小红包。"

马长汉很害怕，愣在那里，一动不动。

杨氏见到马长汉的样子，心里不得底了。她问肖大先生："先生，这病能治好吗？"

肖大先生心里明白，人们一旦感染上这种病，只能是听天由命了，但是他在病人家属面前不能这样说，不能人为地造成恐慌。他慢慢腾腾地说："大家提到这个病，会有些害怕，其实这个病不是绝症，不少人得了这个病，也都挺过来了。"他列举了张三李四王二麻子一大堆。他说的是真的，马长汉和杨氏也相信，心情有些好转。

肖大先生看他们的脸色都有些好转，心情也放松了许多。

他进一步对他们做起了工作。他说:"你们这孩子天生一副福相,体质也很好,我相信他能闯过这一关。"

马长汉两口子听他这么一说,心里暖暖的,两个人都眼前一亮。

杨氏又问:"那么现在怎么办是好?"

肖大先生沉思了一下,说:"现在还是要再吃些药,帮助退退烧,减轻一些疼痛。"

马长汉觉得事已至此,焦急也没有用,只能走一步看一步了。他说:"那就请您再开了。"

肖大先生提笔开了药方,便告辞了。

第十章　大难不死

　　不知怎么的，金锁得病的消息不胫而走，人们都感到吃惊，纷纷前来探望。马长汉这一次有些怠慢客人了，他没有将客人迎进门，而是将客人安排在门外，端去凳子，让他们坐在地里晒太阳，边晒太阳，边聊天。马长汉向他们介绍了金锁的情况。他们觉得奇怪。有人问："金锁好好的，活蹦乱跳的，怎么突然就得病了呢？"

　　是的，对于这个问题马长汉也是一头雾水，连金锁自己也不知道。他哪里知道，他跑东跑西的时候，后面会有一群万恶的病毒在追逐着他，尤其是天花这个恶魔，爱拣小孩子欺负。他哪里知道，在那天花横行霸道的年代，被它残害致死的人无以计数。他哪里看到过，当年农村偏僻的乱坟滩上的一个个显眼的芦席筒，里面装着的都是被它夺去生命的人。现在这个恶毒的家伙又硬挣挣地钻进了这个无知幼童体内了。

　　有人想弄个明白，提出疑问："这个东西是从哪里来的呢？"

　　"它只要来了，山都挡不住，连皇帝都招架不住，明太祖朱元璋就患过天花，但是他没死，留下一副麻脸。康熙大帝也是一样，但他父亲福临就没有他这样幸运了，被天花病毒给毒死了。"

"这么厉害的家伙，就没有人来想办法对付它吗？"

"有的，可以把牛痘的脓液抽出来，扎到没得过天花的人身上，让人得一次病，但这病很轻，病好了之后就不会得天花了。现在人们说的种花儿，就是种牛痘。"

"种牛痘是这么一回事，那么不能给金锁种一种牛痘吗？"

"对呀！"有人说，"请花儿先生来给金锁种花儿。"

读过书的人说："迟了！那是预防，已经发生了，就不行了。"

"哎呀！"有人叹了一口气。一阵热闹的议论，一下子变成了沉默。大家都为失去这个机会而感到惋惜。

"那现在怎么办呢？"

"肖大先生开了药，正在吃药呢！"马长汉说。

提到肖大先生，大家都知道他的水平，大家都是信任的，但是对付天花这个病魔，他怎么样？大家还不得底。有人问："现在怎么样？"

"好像好一些。"马长汉说，"烧好像退了一些，现在他睡了。"

听说好一些，大家心里感到舒服一些，都希望金锁真的好起来。

马长汉更希望金锁从此就好起来。

哪知道，刚过了一天，情况就不妙了，高烧加剧，红点蔓延，手腕、手臂、躯干和下肢都出现了丘疹。金锁烦躁不安，出现了痉挛，好像在做噩梦，杨氏急了，赶紧用盆子打来热水，用热毛巾敷在他的头上，给他退烧。马长汉也急了，蹙着眉头，沉声道："怎么搞的？昨天还是好好的，怎么一下又变成这个样子了呢？"他的心里冒出了一种不祥的预兆，千愁万绪一瞬间堆上心来。

阳光和煦，清风徐来，邻居们依旧陆续前来探望。他们一看马长汉一脸忧心忡忡的样子，昨天那美好的憧憬，完全被失望和苦闷所代替。再一看杨氏，好像更是忧心似焚。

"怎么啦？"有人问，"情况有变？"

马长汉将金锁的情况细说了一遍。

"赶紧想办法啦！"

七嘴八舌一阵，也没有拿出什么好办法。

片刻后，有人说："去当和尚！"

当和尚，是一条出路，自古以来，人们陷于危难，常寻求宗教信仰的协助，因此当家人出痘时，也会自发地祈祷天地神灵庇佑。特别是在天花肆虐的地区，底层人民没有条件避痘，就只能依靠祈神来祈祷平安，这样至少可以带来心理上的安慰。

"可以！"有人附和，并列举了若干人都是在地狱门口承诺去当和尚，阎王老爷才放过一马的。

然而别人说的不算数，非得马长汉说了才能算数。可是马长汉皱着眉头坐在那里一动不动。

"长汉，该你拿主意了！"有人催了。

马长汉疑虑重重地说："做和尚就不能娶妻生子了。"

"那当然。"有人说，"这是戒律要求的。"

越急越拿不出办法，只有听天由命去吧！

有人强调："既做和尚就得做个真心和尚，正儿八经地修炼，修成正果，普度众生。"

在马长汉心里，儿子将来不能娶妻生子是他最伤脑筋的事情，这就标志着绝后了，他家几代单传，传到他这儿就断根了，他对他的祖宗怎么交代呀？他怎么能下得了这个决心呢？他心里像十五个吊桶打水，七上八下，很难拿得定主意。

他的心思大家也都清楚，不便细说，但是当局者迷旁观者清，眼下救命要紧啦！留得青山在不愁没柴烧嘛！只要留下一条活命，什么都好办。有人劝说："长汉，不要考虑得太多了，救命第一。"

马长汉迟疑着，情不自禁地叹了一口气，无奈地说："事已至此，只能这样了。"

他的话一锤定音，下面的问题是到哪个庙去呢？马长汉又在激烈地思考着，和尚庙多呢，附近东西都有，那都是小庙，大庙离得太远，行路有难处。他自言自语地说："到哪个庙去呢？"

这确实是一个大问题，是关系到金锁一生的大事情，马虎不得，有人说："就到西边小庙堂去。很近，方便。"

有人说："到三河南龙王庙去！"

有人说："对！要去就到大庙！"

有人说："那个庙不错。"

有人怀疑："何以见得？"

"那，真是有气势呀！首先它是用黄色琉璃瓦盖的顶。能够用这种顶子的都是得到了皇帝的许可，你看牛不牛？够级别的吧！周围有几家殿宇是黄琉璃瓦盖顶的呀？就这一条，其他的龙王庙都不行。"

有人说："不错，那个庙不但大，而且热闹，三月初九庙会及初一十五期会，香客云集，热闹非凡，道众经常举行斋戒科仪，为信众祈福，据说很灵验。"

"对！"有人说，"就到那里去！"

马长汉也心动了，但是他还是担心路远，说："要有好几十里呢！"

"几十里路算什么，骑我的小驴，快得很！"

马长汉说："好！"

不一会儿，那位将小驴牵了来，并备上了鞍子。七手八脚将杨氏母子扶上了驴背。马长汉当了赶脚。小驴好像很通人性，在前头嘟嘟嘟……一溜小跑，很快就到了。

山不大，风景极佳。马长汉一行沿着山路上到山顶处，绿树掩映，清幽静雅，花木葱郁，绿树成荫。只见一座大庙，庙门上"龙王庙"三个大字，十分醒目。

马长汉意识到儿子将要在这里度过他的一生，下意识地要细看一番，便在大槐树旁的一棵小树上拴下驴子，带着杨氏，静观默察起来。

经过一番静观默察，马长汉觉得儿子能在这里度过他的一生，也是不错的。他请一小和尚引路，来到后院生活区的僧房，找到了方丈。方丈热情接待了他们。马长汉说明了来意，方丈很是高兴，立马答应了。当方丈同意接纳以后，马长汉又有点不放心了，他问："我这孩子当和尚能行？"

方丈揭开抱被头，细细看了一番，说："你就放心好了。"

马长汉脸上露出了满意的笑容，但是他眼下最关心的还是金锁身上的病，他又问："孩子的病能好吗？"

　　方丈说："能!"说罢，又是一番交代，强调：十六岁时，将孩子递过来，剃度，正式出家修行。马长汉又是一连地鞠躬道谢，才离开。

　　从寺庙回来后，马长汉继续给马金锁吃汤药，两天以后，金锁的烧就退了，一天好似一天，很快疱疹就干缩结痂脱落了，只留下几个淡淡的斑点，若不介意，还看不出来。一家人又喜笑颜开，过上了安稳快乐的日子。

第十一章　两小无猜

金锁大了，既可爱又调皮，既精灵又淘气。他白净的脸堂上，点缀着几颗不显眼的暗红的小花，笑的时候还会出现小酒窝，人们都说，麻子点子多，一点不假。他那两颗大眼珠只要一转，鬼点子就来了。一双大大的耳朵，一张伶俐的小嘴，能讲会说，逗人喜爱。他很喜欢逗人玩，也很有组织能力，庄上小朋友们也都听他的，无意中他就成了小孩子们公认的小头儿了，一帮小伙伴都围在他屁股后面转。他能想着法儿带着大家玩，玩的内容丰富多彩，人多他有人多的玩法，人少他有人少的玩法。

和金锁玩的小朋友很多，但和他玩得最多的是李玉珠，他们是邻居，距离最近，一走出门两人就看到了。李玉珠长得很漂亮，圆圆红红的脸，像一只大苹果，一对大眼睛，玲珑秀气，头上扎着两只长长的牛角辫，跑起来就像燕子的两只翅膀，一颤一颤的，每次她跑过来的时候，金锁都觉得是一只小燕子向他飞来了，他马上张开双臂迎接着，就像抓小燕子一样。玉珠一有空就跑过来找金锁玩。金锁有时看不到玉珠，也会跑过去找她玩。他们两个人也会玩躲猫猫。

一次，小玉珠又跑到金锁家了。金锁约她捉迷藏，他们就玩起来了。刚开始,玉珠说:"我躲起来,你数到二十就来找我。"金锁说:"好的。"玉珠说:"那你藏起来。"金锁就躲到堂门后边去了。玉珠害怕他没躲好,又用小肩膀在外面抵了抵,按按实,就放心地去躲了。金锁在门后,小眼睛贴着门板寻找板缝,但是板缝太小,看不见,他将小脑袋探到门框外,一边数数,一边睨,可是他没有睨到玉珠的踪迹,一数到二十,他就迅速冲出门来,先在堂屋里找,桌底下、老爷柜下、墙角里,找了个遍,没有找到。他又来到房间里找,床底下、粮囤旁、墙角里,他都摸了一遍,没摸到,又细细摸了一遍,还是没摸到,他急了,急得像热锅上的蚂蚁团团转。他就大喊大叫起来:"玉珠!玉珠!"小玉珠也沉住气,任他怎么喊,怎么叫,她就是不作声,突然,他看到床头有一只土瓮子,他眼前一亮,估计她很可能躲在那里呢!他分析得没错,玉珠常来玩,对他家的情况了如指掌,她知道那只土瓮子里的粮食已吃完了,是一只空的土瓮子,她就揭开盖在上面的木板盖子,钻进去了,又将盖子盖好。金锁走到土瓮子跟前,小心翼翼地揭开木盖,啊,终于找到了!玉珠哈哈地笑了起来。

下面轮到金锁躲了,玉珠仍藏在门后。金锁轻手轻脚地脱掉了鞋,像小偷一样,轻手轻脚地走进了房间,他也不往床底下躲了,他受到了玉珠的启发,得找个地方躲进去,但是他不能再往土瓮子里拱了,那是玉珠熟悉的地方,而且她已经躲过了,很容易被她猜到,他要躲到另外一个地方,他在房间里睨了一阵,认准了靠墙的一只站橱。当时有高橱的人家是不多的,他家这只精制的高橱,还是祖上留下来的一件珍贵的家具。他轻轻打开橱门,里面挂的衣服不多,他就钻了进去,又轻轻将橱门关好。玉珠在外面大叫："好啦？"他抿住嘴，不答应，也不敢动，一直笔直地站在那儿。玉珠开始找了，她估计他是不会躲在堂屋的，径直一溜小跑，进了房间，首先就揭开土瓮盖子，一看，没有，又将手伸进去摸摸，没摸到，又在床上、床下、墙角……到处摸了一遍，没摸到。她又走出门来，在堂屋里睄、摸，没找着，她只好出来找了。金锁就一直站着，过了一会儿，他站累了，就坐了下来，可是坐了很久，外面还是没有动静，那里面又闷又热，但是他还是得坚持住。又过了好大一会儿，她还是没有进来。他很得意，心想，我藏的地方真好，可是他没想到玉珠迟迟不来，橱子里还有一种怪味，后来他才想起来，那是妈妈为了熏虫子而放的一种药，这让他很不适应，很难受，而且里面没有光线，黑乎乎的。他又不敢说，不敢叫出声，心里急呀！他皱了皱眉头，真想向她投降，他不行了，感觉马上就会被憋死。啊！老天爷也在惩罚他了，他刚才水喝多了，又想出去尿尿了，他实在忍不住了，推开橱门，冲了出来，刚冲出门外，碰到了玉珠。玉珠家屋前后地找了个遍，没找着，又回来了，正好与金锁撞了个满怀，她刚想一把将金锁抱住，哪知金锁挣开她，撒腿就跑，她就追。"金锁哥！金锁哥！"她一边追一边喊。他头也不回，一个劲地只顾跑。她感到奇怪，他莫是疯了？她还是一个劲地追，追到屋后，只见金锁正在脱裤子，她一下子明白了，掉头就跑。他方便完了，不见了玉珠，又撒腿去追，追到门前，看到玉珠在那里哭呢！他感到内疚，连忙抱住她，安慰道："妹妹别哭，是我不好，哥哥急了，实在忍不住了，别哭，啊？"玉珠也就真的不哭了，两人重归于好，继续玩起来。

他们不但玩捉迷藏，还玩过家家。他们像大人一样，做起了好吃的菜肴。金锁当厨师，玉珠打下手。金锁找来几块砖头，砌成四四方方的"炉灶"，又找来几块瓦片，当碗用，然后，拿起"刀"，装模作样地把"菜"卷了起来，得意扬扬地说："看！我开始切菜喽！"说着，便一刀一刀开始切，没想到，手没抓牢，"菜"没固定好，切下去便散了。他不服气，偏要做成一碗"炒青菜"。这下，他小心了，生怕再散了，他聚精会神地切了起来，切好了"菜"，他把它们放在一片稍大的被当作锅的瓦片上，搂衣摸袖一番，挥起锅铲，煞有介事地炒了起来，炒一会儿，装到碗里，得意地说："好了！可以吃啦！"

"不行！"玉珠说。

"为什么？"

"一个菜，太少了，我再弄一个。"

"那好，你弄一个什么菜？"

"我弄一个菠菜炒鸡蛋。"

"那好，你赶快弄，我饿了。"

"好！"

小玉珠就取来"菠菜"，挽起袖子，切了起来，切完后，放到锅里，又在锅里打了几个"鸡蛋"，挥"铲"炒了起来，炒了一会儿，装碟，双手捧到金锁面前："好了！现在可以吃喽！"

他们两个人就装模作样地吃了起来。金锁吃着，嘴里还夸着："好吃，很香！"

玉珠说："我做的菠菜炒鸡蛋比你做的炒青菜好吃。"

"是的，下次就让你当伙夫。"

"好!"

他们正吃得有滋有味，突然来了几个小朋友，接着后面又来了几个，看他们吃得不亦乐乎，都想参加进来。金锁只得接纳，怎能拒绝呢! 可是他一看，这么多人，家里场子太小了，他建议还是到打谷场上去。大家一致同意，就把场子移到了打谷场。

人多了，金锁提议玩新的。大家都同意。那得玩什么呢? 一个比金锁大两岁的叫三九子的小孩儿说："玩带新娘子!"带新娘子，就是结婚。

"好! 好!"大家都雀跃起来，并一致推选李玉珠为新娘子，金锁为新郎官。大家又变戏法似的掏出一些碎红纸，沾湿了，往金锁脸上一个劲的抹，又给他戴上了一顶帽子，真像个新郎官，大家爆发了一阵傻笑。接着又在李玉珠两个嘴巴上贴上了红纸，牛角辫上扎了红头绳，头上扎了花手帕，也活像个小新娘子。大家又是一阵傻笑。

三九子又任命了抬轿的、吹唢呐的、敲锣鼓家伙的……一切安排就绪，三九子宣布："带新娘子开始喽!"

在一片哄笑声中，李玉珠羞涩地和金锁靠在了一起。两个较大的小伙伴，将金锁和玉珠环扣的手臂抬了起来，小伙伴们有的吹，有的敲，有的唱，有的叫。一支欢快的迎亲队伍朝前缓缓走去，热热闹闹，走了一会儿，停了下来。三九子说："到家喽! 新娘下轿!"金锁搀玉珠装模作样地进了门。这里捣窗户的捣窗户，碾簸子的碾簸子，拿驴鞍的拿驴鞍，拿火盆的拿火盆……手里边做嘴里边说。捣窗户的说："捣得快，生

得快，生个儿子做元帅！"拿驴鞍的说："新娘跨驴鞍，一肚生十三！"拿火盆的说："新娘跨火盆，大人生小人！"……带新娘子的一套，他们都透熟，有哪家带新娘子了，他们都削尖了脑袋，钻进新娘房去看新娘子，现在他们把大人们的那一套全都搬来了。玩了一阵，三九子说："新娘子进门了，现在准备酒席，喝喜酒！"大家又忙了起来，有的"洗菜"，有的"切菜"，有的"烧火"，有的"炒菜"。一会儿三九子喊："菜好了，入席！"一个个围着圈坐了下来。三九子又喊："拿酒！"他给每人面前散了"酒杯"，又斟上了"酒"，自己带头举起"酒杯"："来！一起祝贺一对新人喜结良缘！"大家都人模人样地喝了起来。

大家欢乐了好一阵子，三九子宣布："喜酒已喝好，仪式完毕！"个个鼓起掌来，拍起小手散开了。

金锁、玉珠，这一对金童玉女玩得很开心，玉珠妈李氏看在眼里，喜在心里。金锁爸马长汉看着，喜忧参半。喜的是金锁会玩，想着法儿玩，显示出他的聪明才智，金锁是马家的一棵好苗；忧的是一味地玩下去，好苗也成不了好材。他掐指一算，小金锁已虚岁六岁了，已到了开蒙入学、启智立德的时候了。在马长汉心里，他当然是想聘请一位名师宿儒在家设帐，一对一地教，那是最好的了，但是他盘算盘算他的家底，玩不起，拿不出这么大的一笔开销，只能去上私塾。私塾周围有好几家呢！但是大家公认的比较好的是后庄小承先生开的私塾馆，小有名气，桃李满周边。马长汉决定将金锁送到他那里去读。小承先生，不姓承，姓马，他的班辈是"承"字班，大家就称他小承先生。

马长汉为金锁筹办了入学用品，主要是一套学习用的桌凳和文房四宝，还为先生准备了一些礼品和学费，还请人写了邀请函，以表尊敬。马长汉选了一个良辰吉日，送金锁去上学。这天早上，杨氏特意给金锁换上新衣服，穿上红鞋子，还为他准备了早餐。临走时，杨氏拉住他的手说："乖乖，我的金锁也上学堂了，也当学生了，到了学堂要好好学，不要调皮，要听先生的话，先生讲的话，教的什么，都要一个字一个字地记在心里头！"

"嗯！"金锁点头答应着。

杨氏又说："等我们金锁学了一肚子学问，我们马家也出个小秀才！"小金锁又是连连点头。

马长汉就怀揣礼品学费和邀请函，扛着书桌，金锁扛着凳子，一道去学堂了。小承先生热情接待。

那一天，和马金锁一起入学的共有五人。在村里一位德高望重的长辈的主持下，举行了开蒙礼和开笔礼。

现在，小金锁正式成为学生了。

第十二章　优秀学生

　　马金锁去的那个私塾，先生教的学生较少，只有十来个人，先生可以对每个学生负责到底。那时没有什么优秀教师的称号，也没有什么升学的压力，学生读书也没有什么选择重点学校的困惑，但是"教不严，师之惰"，对先生是一个约束，对先生的要求就是一个"严"字。小承先生对学生的要求也是很严格的，在私塾中体罚盛行，小承先生也不例外。有一次，一个学生连续两天没背好书，小承先生气得揿住他的手，用戒尺在他的手心狠狠地抽了两下，打得那学生鬼喊，一个劲地往桌底下钻，他还将戒尺伸到桌底下去捣他。在他手下的学生几乎都被他体罚过，就是马金锁没受过这个罪。

　　马金锁在学堂里先识"方块字"，老师在一寸见方的纸上，写上楷书字，教他认，他识到一千多字的时候，老师教他读《三字经》《百家姓》《千字文》，还教他写仿。小承先生写一张正楷字，让他垫在一张空白纸下面照着描，如同描红一样，一天描一张，描到一定程度了，就将下面先生写的那张字拿掉，自己照着字帖写。

　　马金锁学得很认真，接受能力也很强，老师也乐意教他。私塾历来实行的是个别教学，小承先生也是因材施教，他对马金锁很是负责，他能接受多少教多少，按照他的接受能力前进。教完了"三、百、千"，就教四书。马金锁认真地读，认真地背，认真地默，每次老师让他背书，他都流利顺畅，不错不漏。老师很满意，但是马金锁自己不满意，他觉得囫囵吞枣、糊里糊涂、不知其味，他很想知道他背的是什么意思。有一天，小承先生和年纪较大的两个学生讲书，讲的是《孟子·梁惠王》。马金锁偷偷地凑到一旁听了起来。他听了之后，觉得这书很有味，既有故事，又有道理。他寻一个机会找先生，说："我也想听您讲书。"先生说："你还没到时候，到时候我自然会讲给你听的。"

私塾馆里只教语文，不教算术，在古人看来算术是属于细枝末节、旁门左道，小承先生为了适应农村实用的需要，加教一点珠算。与马金锁同时入学的五个小伙伴一起学珠算，先从小九归开始，仍然是老师先嘴念口诀，手拨算盘珠，打一遍，然后让学生打。马金锁跟着就来一遍：一上一，二上二，三下五去二……一归学会了，学二归，二归学会了学三归……马金锁只需要老师打一遍，他就会了，一个上午他就把小九归拿下了。下午学归除，从一归一除开始，学会了，学二归二除，再学三归三除……马金锁学到三归三除，他突然醒悟，由此类推，他自个儿一直打到九九八十一归。小承先生没有让他停下来，继续往下教，教他"斤求两，两求斤"，那时的秤是十六两制，不是十两制，要知道一两等于多少斤，一斤等于多少两。这时其他的小朋友还停留在小九归上，只有马金锁一人跟着学。他像连珠炮似的，嘴念口诀，手打算盘珠："一六二五，二一二五，三一八七五……"老师打一遍，他就跟着来一遍，一看就会了。接着教非归，教算田、算体积等日常实用的具体算法。小承先生出了大量的日常计算事例，让马金锁算，他都一一算得准确无误，又教他加、减、乘、除混合运用，他都一一掌握。这下小承先生拿出了他的撒手锏，出了一道有一定难度的题目考考马金锁，题目叫作："五个山头五只虎，出门遇见九三七五，人人会打，当中有个拦路虎。"就是在算盘中拨上代表五的五个珠子，去除以9375，再乘，还原。现在，小承先生不打算盘了，他只管出题，不动手，让马金锁做。这道题，确实有点难度，里边是有一些难点。马金锁看到题目，心里也有点不着地，到底是什么拦路虎？到底是几只？胸中无数，但是他还是胸有成竹地打了起来，结果一路顺风，没费劲，打得准确无误。小承先生打心眼里佩服，说："马金锁，你的珠算就学到这儿，够用了，下面的问题就是要多练，巩固，可以自己出题，也可以请别人出题来练习，你把这把算盘带回去，天天抓点时间练一练。"马金锁学意正浓，正在兴头上，还想学点什么，但老师已说到这个分上了，他也不好再说什么了，只好拿着算盘，谢了老师，回家了。

马金锁胜利回府了，而那几个小伙伴，连小九归还没过呢！有的被难在了四归，有被难在了七归。人们说："四七归，憋成尿。"他们真的被憋住了。

马金锁拿着算盘，回到家里，马长汉喜不自胜，夸道："乖乖，真是飞算盘！"他嘴上是夸了，心里还是不着底，他一连出了好几道题来考考马金锁。马金锁全都算对了。他又叫马金锁将书拿来，让他一连背了好几段，马金锁背得顺畅无误。他又叫他默了几段课文，马金锁亦是正确无误。马长汉甚感欣慰。

第二天一早，小承先生家来了一位客人，这位客人就是马长汉。小承先生一边热情接待，一边心里打问号，难道我没教好吗？马长汉坐下后直表来意，他说："先生，我孩子在你这儿学得很好，学了不少知识，这点我深表感谢，劳你费神了。"

"哪里，哪里，不用谢，这是我的责任，传道、授业、解惑，这是教书先生的天职，你孩子学得好，是他自己的努力。"

马长汉说："不好意思，我今天来，一方面要感谢你，一方面还有事要同你说。"

"直说无妨。"

马长汉就说了："我孩子在你这儿学得很好，但是迫于家庭情况，没办法，只好给他停下来。"

"你家有什么情况？"

"我家地多劳力少哇！"

"你家有多少地？"

"八十多亩呢！"

"真不少，不过，你家劳力少，他一个孩子能干什么？"

"衬衬手哇，有人用人，没人用猴哇！"

是的，他家几乎代代如此呀！他爸就是几岁就被拴在大地上了，很年轻就得了痨病，三十几岁就抛下老小离开了人世，那时他只有虚七岁，只读了几年私塾，就扛起了耕种八十多亩大地的重担，十三岁就耕田耙地，人没有犁梢高，双手举到头顶上扶住犁梢，随牛拖。

小承先生说:"你不能将地卖掉一点吗?"

"不能啦,种田人,有田种是好事呀!家里种一耙,抵外面苦一夏呢!没有地种,吃饭就没有保障了,再说在我们这几代单传时,看起来地是多了,说不定哪一代是弟兄三个弟兄四个,那就不多了。"

小承先生想想,他说得有道理,但是他又想,一个小孩子能顶什么用啊?他说:"你说得没错,但是他这么小,既不能挑,又不能抬,你让他做什么呢?"

"放牛哇!这个事不重,小孩子能顶起来,他放牛就顶上一个大人了。"

"唉!"小承先生长长地叹了一口气说,"可惜呀!你的孩子聪明过人,几乎是过目不忘,是一块好料子,你这样安排,是要埋没人才的呀!"

"没有办法啦,现在已经开始春耕大忙了,我们两个大人都扑到地里去了,牛没人照看了,牛是农家宝哇!牛养不好,地就没法种了,我只能是顾眼前了!"

小承先生想了一会儿,说:"这样吧,大忙时让他回去帮你忙,到农闲时,你再把他送过来,怎么样?"

马长汉一想,这是两全其美呀!立即满口答应:"那太好了!"

小承先生真是惜才如金!经过他的一番努力,终于为马金锁留下了一点希望。

马长汉回到家里,忍着心痛和马金锁讲了这个事情。马金锁一点思想准备都没有,他本来如饥似渴拼命地读,满怀信心地要将小承先生肚里的知识,都装到自己的肚子里,他还梦想走出乡里，去上中学、上大学，光耀门庭。他勤奋地学，刻苦地读，抓住每一时、每一刻以顽强的毅力向着他梦想的顶峰攀登。现在听爸爸这么一说，他茫然了。他万万没有想到在他狂奔求学的道路上，突然刹了车，眼看着他的梦想即刻变成了肥皂泡，他如同一下子掉进了万丈深渊，急得顿时呜呜地哭了起来。

马长汉很理解儿子的心情，他当年不也是这样子的吗？但是他这样做，也是没有办法的办法啦！他好心地劝儿子："乖乖！你的心情我很理解，你聪明好学，爱读书，是好事，这也是我们家的传统，但是根据我们家里的实际情况，不能不从实际出发呀！你看看，我们家里这么多地，就我和你妈两个人，你不帮我们衬衬手怎么弄呢？除非把地卖了，地卖了，你们以后怎么办啦？没有地吃什么？出去打雇工啊？那种寄人篱下的日子好过吗？再说，这是祖宗留下的财产，一动都不能动的，家业要守，不能败，不能当败家子呀！你想想，我爹去世的时候，我才七岁，那时是多么的困难啦！也没卖过一分地呀！"

马金锁一声不吭地听着。

马长汉又说："乖乖，三十六行，种田为上啊！民以食为天，吃饭第一，种好田，吃饭有保障啊！"

马金锁现在也算是有文化的人了，读书明理嘛。他觉得爸爸说得有道理，无可奈何地说："那就听你的吧！"

马长汉一听，很是高兴，一把抱住儿子："乖乖，你真是我的好儿子！"他又拍拍儿子的肩膀，安慰地说："好在小承先生说了，寒天还可以再去，到时候再说吧！"

就这样，马金锁步了马长汉的后尘，现在马金锁的身份又变了，从一个学生变成了放牛娃。

第十三章　杰出牧童

　　马金锁退学以后，根据马长汉的安排，他的任务就是养一条大黄牛，要喂草，要喂水，要打扫牛场地。那牛粪，一夜过去就是一大堆，他要铲了，背到家后粪堆子上去。更多的时间是割牛草、放牛，牛耕田耙地、拉车打场了，他就割牛草，小肚子吃得饱饱的，肩挎一只空竹篮，手拿一把弯镰刀，轻轻快快地出门下地了，几个小时过去，小肚子饿了、瘪了，他鼓足劲扛着满满一大篮子牛草，低着头，弯着腰，死撑活挨地往家里奔。牛不干活了，他就要拉出去放。那时孩子们都是赤脚，没有鞋子穿的，他光着脚牵着大黄牛去堤坂、去河岸放牧，他在前面走，牛在后面跟，遇到有草的地方就停下来，让牛啃。他看着牛啃，啃完了再走，走走啃啃，啃啃走走。渐渐地，他感到他的脚很痛，原来没在意时，茅草尖把脚戳了，有的能拔出来，流点血，无所谓，有的茅草尖断在了里面，留下了又粗又深的刺，拔不出，抠不出，疼得往心里钻。有的刺回家用针都挑不出来，长成肉刺，形成后患。有时一不小心，踩上了锋利的瓦砾，就要划成口子，就要出血，他学着土办法，忍着痛，抓点干碎土面子，捂在上面吸血，咬着牙，继续放。久而久之，他觉得老是这样不行，得想个法儿，解决这个问题。他想来想去，有了，必须得骑到牛背上去。他就试着去爬。大黄牛有大人高，他爬不上去。他一看，牛前腿有个拐，如果脚能搭到拐上，撑一下劲，就能上去了。他就试着踩拐。哪知道大黄牛不给他踩，踢了他一脚，可能它也像人一样，怕痒。他想，多磨磨它，它习惯了，也许就好了，就能让他踩了。可是他一次不行，两次不行，大黄牛就是不给他踩。他不相信，决定非征服它不可，他一人不行，弄几人，人多力量大，没有征服不了它的。于是他邀了几个小孩，一起来对付它。正好时值汛期，水大，有的旱田满了水，他们将大黄牛牵到水田里去，由一人牵着牛绳，几个小孩在后面打，让牛跑，一直不停地让它跑，那牛腿在水田里，一陷老深，再拔起来，是很费劲的，跑一会儿就没劲了，懒得动了。这时马金锁左脚踩着它的前腿拐，用力一撑，身体往上一蹿，两手够到了它的脊梁，再一撑，抬起右腿，翻身上了它的脊背，下面的小孩子们继续打着大黄牛跑，跑一阵，再下来，下来再上去，反反复复，搞得大黄牛毫无办法，只好认输，俯首甘愿让马金锁骑，任他上上下下地摆弄它。就这么一招，将大黄牛驯服，久而久之，大概它也习惯了，不怕痒了，任凭马金锁自由地上上下下。到此，马金锁还不罢休，他还有新的花招，仅仅让它把拐，还不行，他要叫它把角，要从它的头上爬上去。于是，他们用同样的方法，让大黄牛把了角。这下马金锁要骑大黄牛，想从旁边搭拐上也可以，想从前面扒角上也可以。大黄牛通人性，马金锁从前面上，两手抓住它的角，它的头就低下了，当马金锁双脚踏到它的脑门上时，它自动头往肩上一抬，马金锁就顺顺当当地爬到它的背上去了。

现在，马金锁放牛舒服多了，他可以坐在牛背上了，不用在草地上跑了。他要到哪里，只需左手将牛绳一晃，右手在牛屁股上轻轻一拍，牛就去了，轻轻松松要到哪里就到哪里，堆坂河岸上，牛多的地方，草被吃完了，他就骑着大黄牛到田埂上去吃，老牛吃嫩草，一会儿就吃饱了。他就骑着大黄牛打道回府了。

他们几个放牛娃，有时要找乐子，要玩玩，他们就将牛牧起来，牧起来就是将牛绳绕在牛角上，让它自己去吃草，不管它，他们几个小朋友就可以玩了。他们可以用烂泥搓出棋子，用小砂姜或瓦片，在路上画出棋盘来下棋，他们通常下的叫"六路州"，很简单，又好玩，他们玩得津津有味。天热了，太阳晒人，他们就在水里玩，玩扎猛子、栽冬瓜。栽冬瓜，就是由一个人手揣一团草，一个猛子扎下去，找一个地方将草团子埋到泥底下去，别的小朋友扎猛子下去找，谁找到，就算谁赢，谁就获得一次栽冬瓜的机会，他就再栽给别人来摸，找不到冬瓜的小朋友，就要受罚，就要连扎三个猛子。马金锁憋气大，他一个猛子能扎七八丈远，他栽的冬瓜，找到的难度大，他一个猛子下去，要绕几个弯，找一个隐秘的地方将冬瓜栽下去，又在水底游了好远，才浮上来。别人没法估计到他栽的地方，他栽的冬瓜十有八九别人是找不到的，小朋友们个个都要挨罚。

好天，烈日炎炎，他们这些放牛娃要挨晒，问题不算太大，有时身上披一块白布小服子。有时随它晒，晒出泡了，塌层皮，再晒，再塌，最多塌三层皮，就不塌了，皮就禁得住晒了，任它晒，晒得黑黝黝的，冒油，都不会再塌皮了。然而，下起雨了，不太好受，雨坠得睁不开眼，算小事，而扎到身上还就有点够呛，雨借风力打得身上麻疼，尤其是汛期，三天一场大雨，两天一场小雨，有时天天不是大雨就是小雨，搞得他们疼痛难忍，但是别看他们人小，鬼点子还不少。他们想出法儿来对付它。他们跑进高粱地里，扳来高粱叶子，学着编起了蓑衣。有了蓑衣任它怎么坠，他们都不怕了。雨再大，他们戴上斗篷，穿上蓑衣，往牛背上一坐，逍遥自在，随牛到哪里去吃，都无所谓。

转眼，马金锁十岁了。现在，他头顶斗笠，身穿蓑衣，稳稳地坐在大黄牛背上，俨然一位神气十足的放牛郎。

一个秋高气爽的上午，马金锁骑在大黄牛背上，和着天上的白云，慢悠悠地逛着。马长汉跟在后面，也一步一步地逛着。马金锁今天赶着大黄牛，不是去放牧，而是奔集市去了。他们逛了几里路，到了离他们最近的一个集市，穿过熙熙攘攘的人群，来到布满牛群的牛行。马金锁找了一根牛桩，将大黄牛拴上了。他们今天是来卖牛的，是要将大黄牛卖掉。一般人都不明白，好好的一头牛，把它卖了干什么呢？别人不知道，马金锁也不知道，只有马长汉知道。马长汉对这头大黄牛也是疼爱有加，这头大黄牛在马长汉家已辛勤耕作十多年了。这十几年来，它和马长汉已经建立了深厚的感情，马长汉怎么舍得卖它呢？但是现在它已进入了老年期，体力下降了，马长汉家地多，耕作任务重，它有点吃力了，它拉着原来的那张犁，跑得没有以前那么快了，马长汉只能勉为其难，让它到一个任务轻一点的人家去吧！于是他决定将它卖了，换一头小的、年轻力壮的。

　　大黄牛傲立牛群中间，犹如鹤立鸡群，身材高大魁梧，不时有人来看看、摸摸，都连声称赞："好牛！好牛！"

　　看着大黄牛，想买的人很多，就是迟迟没有人下手。过了好半天，终于有一位买客下手了。他拉着大黄牛走到空地上，转了好几圈，前头看到后头，左边看到右边，又扳开大黄牛的嘴，看看它的牙。看来这是一个很有经验的牛把式，有经验的牛把式会看牛口，看牛口就可以看出牛的年龄。他看出来了，这牛的里口已经卸了，它的年龄是偏大了一点，但是它的体格还是健壮的，精神还是不错的，力气还是可以的。他决定就买它了。他和马长汉攀谈起来了。他真是个老牛精。他既想买好牛，又不想出好价钱，和马长汉砍来砍去，始终谈不妥，最后还是找开行的。所谓开行的，就是中介。他找的那个开行的，就是马长汉的堂舅，姓杨，他不知道。马长汉当然是不会同他讲的。既然是堂舅，心里总归是要偏着马长汉一点的。作为开行的，一张嘴都是能讲会说的，也精通生意经，在他的精心撮合下，终于成交，一手交钱，一手牵牛，再见！

　　过了两天，马长汉忙碌了一整天，借着月光吃晚饭，为了省油，没点灯，一家人，在打谷场上放一张小桌子，开开心心地喝着棒头麻糊粥，嚼着棒头面子饼。马长汉正望着寂静的天空，美美地吃着。突然，隐隐约约地听到了声音，有人声，有脚步声，渐渐地看到了一片黑影子，仔细一看，有人影，还有牛影，还听到了牛的脚步声，嘿，还向着他家走来了，马长汉再仔细一看，那牛正是他家的那条大黄牛，领头的是他的堂舅，后面跟着的是那买牛的，还有一个，他不认得，奇怪！莫非是倒账吗？

看着看着，他们就走到跟前了，马长汉立即起身迎接，舅老爹上门了，不能坐着不动。"什么事，这么晚的？"

"无事不登三宝殿啦！"堂舅说。

"什么事？这么晚跑来！"马长汉明知故问。

堂舅指着他们两个说："喏！他们要倒账呢！"

"好说。"马长汉端来凳子，"请坐，慢慢说。"

他们坐定，马长汉问："怎么回事呀？"

堂舅说："我也不知道。"向那两人说："你们说说呢！"

买牛的说："你这牛有点毛！"

"怎么毛法？"马长汉问。

"踢人！"

"不会吧！"

见马长汉不相信，那人将裤子搂到大腿根，用手指着一片瘀青，说："你看！"马长汉低下头去看，真是青，问："它是怎么踢你的呢？"

"我准备拉它去吃草，刚走到它跟前，还没捞到解绳子，它就给我一脚。"

"哎呀！"

"不仅踢人，还触人呢！"那人又进一步说道。说着，他又褪下裤腰，指指屁股上的一点黑斑。

马长汉说："这牛很好的，性格不暴，从来不触人，也不踢人。莫非是你激怒了它？"

"好好的，我激怒它干吗呢？它就是这个脾气呀！不仅这样对我，其他人去，它也会这样子的。"

马长汉说："在我们家不是这样子的嘛！不仅对大人不

会，对小孩子都不会。"

"哎呀！小孩子根本靠不了边。"

"来！"马长汉说，"我们试试！"

"好哇！"

马长汉就叫马金锁去试试。

马金锁胸有成竹地抓起牛绳，走到大黄牛跟前，"哇！"叫了一声过后，又用小手拍拍它的肚子，左脚搭上它的拐，往上一撑，两手扒住它的脊梁骨，一个使劲，抬起右腿，翻身上了牛背，轻轻将牛绳一抖，"驾！"大黄牛就迈开四蹄，像打场一样，在打谷场上转起了圈，转了好几圈，马金锁又将绳子轻轻一抖，它停住了。马金锁又搭拐下来了。

那人眼睁睁地看着，嘴里说不出话来。

马长汉说："怎么样？"

"真奇怪。"那人怀疑着。

马长汉说："不踢人吧？不仅不会踢人，更不会触人！"

那人还是怀疑。

"金锁！你再试试！"

马金锁走到牛头前，"哇"了一声，双手抓住牛角，大黄牛将头低了下来，马金锁双脚站上了牛额，大黄牛慢慢抬起头，将马金锁送到背上。马金锁爬上去，转过身来，轻轻一抖牛绳，"驾！"大黄牛又转了起来，悠悠荡荡地转了几圈，马金锁又"哇"了一声，它听话地停了下来。

马长汉说："怎么样？触人吗？"

那人莫名其妙，连声说："奇怪！"

堂舅说："看来这牛不踢人不触人，你还是用的问题。"

"我说的是真的呢！我这伤还能是假的吗？"

"它是初来乍到"，堂舅说，"牛和人一样，它还不习惯呢！对你们不熟，没有感情呢，熟了以后，产生了感情，它就会好的。"

"这个看来有难度。"

"人家一个小孩都能这样，何况你一个大人呢！"

那人不作声，还是怀疑着。

"回去吧，就这样了！"

那人愣了半晌，说："我没办法，还是要找倒账。"

堂舅说："你这什么人？你说牛踢人，牛根本就不踢人；你说牛触人，牛根本就不触人，你还有什么话说呢？至于办法嘛，总是人想的，回去好好想想办法，畜生是通人性的，慢慢来，不着急！"

那人叹了一口气："哎呀！我还是想请您帮帮忙！"

"你这人啦！男子汉，大丈夫，说话算数，怎么会出尔反尔呢？"堂舅连推带搡地，"走吧走吧！"

那人只得心不甘情不愿地牵着大黄牛走了。

大黄牛卖了，马长汉张罗着再买一头牛。

马金锁不放牛了，就找李玉珠去了。李玉珠一见好伙伴来了，很是高兴。打马金锁上学，他们就很少见面，李玉珠嘴上没说，心里还是有点想念，想当初马金锁去上学，她还和家里闹了一下，她也想去上学，可是她爸她妈就是不同意，说："农村哪有女孩子上学的？好好地学学烧火弄饭、针头线脑。"是的，在重男轻女的时候，农村是没有什么人家让女孩子去上学的，她只好认了，但是心里很是羡慕金锁，能识字多好哇！她也很想识字，今天她一见到马金锁就问："你在学堂里都学些什么东西呀？"

"三百千啦！"马金锁信口答道，可是说得李玉珠一头雾水。她问："什么三百千啦？"

"就是《三字经》《百家姓》《千字文》啦！"

"你说些我听听呢！"

马金锁就背起了《三字经》给她听。她越听越想听，最后她提出了要求："你不能教教我吗？"

面对老朋友的要求，马金锁不好拒绝，于是就教起她来了。马金锁说一句"人之初"，李玉珠说一句"人之初"，马金锁说一句"性本善"，李玉珠说一句"性本善"……草堂里飞出了琅琅的读书声。

第十四章　逼走他乡

　　马长汉跑遍了周围各个集市，八处张罗，千挑万选，终于买到了一条他十分满意的大青牛。它全身青黑色，皮毛油光发亮，长得就和那大黄牛一样高大魁梧，坚强有力，而且勤勤恳恳，默默无闻地为人贡献。

　　这头大青牛是马长汉的好帮手，有它的勤奋耕作、无私奉献，马长汉的地种得顺风顺水，收种及时，抓住了季节，丰产丰收，当年就取得了良好的收成。第二年也顺顺当当地完成了春耕春种、夏收夏种，夏粮入仓的时候，马长汉两头房的粮囤一直囤到二路梁，地里的高粱、玉米长势喜人，丰收在望。

　　哪知道老天爷和人们作对，夏收夏种刚刚完毕。它就翻脸了，乌云压顶，霹雳裂空，雷雨交加。人们意识到一场大难即将来临，立即行动起来，奋起抗灾。怎么抗？老办法——堵。这里的人们饱尝水患的痛苦，对付的办法，就是一个"堵"字。将四周的圩堤加高，向外排水，将水堵在圩堤之外。这马湖的来历，就是如此。四周的圩堤加高，小水能挡住，大水就抵抗不住了，圩堤一崩溃，水漫泗洲，白浪滔天，好端端的一个村庄，转眼间，就变成了一个湖。所以这马家庄，人们通常就称马湖了。

　　这一次，马湖人又开始堵了，别无他法，水排不出去，村庄后面就是一条很大的下水河，但是只能排到东湖，再向下就不通了，而东湖的容量有限，加上一旦有大雨，上游的客水滚滚东流，很快就将东湖灌满了，溢满了就逐渐上涨，还会出现倒灌，所以采用"排"的办法是不管用的，到一定程度就是倒排了，只有用"堵"，能堵一时是一时。

　　在乡长的带领下，人们都集中到圩堤上，从堤下取土加高圩堤，马长汉当然是其中一员。人们在不停地堵，大雨在不停地下，水位在不停地升高，很快水就淹没了田野，逼近了村庄，高粱、玉米都站到水里去了。马长汉既顾前方，又顾后方，从前方忙到后方，白天在圩堤上参战，晚上回来加固土屋。他从屋后较远的地方取土，挑到房内，将房内地面垫起一层，又在墙外用土围了一圈，夯实加固。就这样他还害怕水位升高到一定位置，土墙将会坍塌。好在他家的房子是有排山①的，每一道内山墙，都有杉木架支撑着，他锯来树棒子，将屋檐口撑起来，四角用杠子抵起来，这样即使墙倒了，屋顶还会支撑着。

　　围堤外狂涛怒卷，大有翻江倒海之势。突然，轰的一声，围堤被撕开了一道口子，肆虐的洪水，奔腾直泻，向马湖猛泻，带着泥土轰然而下，像发狂的猛兽呼啸着直扑向村庄、良田。水到之处，房屋就跟着趴倒，眨眼的工夫，全没了踪影。秀美如画的马湖村，一下子被汹涌的洪水吞噬，马湖真的成了"马湖"了，一些地方成了孤岛，散布在汪洋中的群众，有的

---

　　① 排山：即排山墙。在土墙肚里立着杉木支架，即使土墙经水泡胀了，倒塌了，杉木支架还会将房顶支撑着，房子不会倒塌。

爬上屋顶，有的攀上树杈，处于孤立无援的境地，大人、小孩的呼救声，家禽和牲畜的嘶鸣怪叫声响成一片，滔滔洪水严重威胁着人们的生命财产安全。

危急之中，有人扒开屋顶的茅草，抽出房料，绑成木筏，载着一家老小和能带走的牲畜，漂到还没有沉没水底的圩头。大家纷纷行动起来，弹丸之地马上挤满了人和牲畜。

马长汉家的几间茅屋，因地势较高，加上他的精心防护，虽然凶恶的洪水已经逼到墙根，但是没有趴倒，只是堂屋后沿墙倒了，将一张祖传的二十洞大桌子砸断了一条腿。马长汉看着纷纷逃走的人群，心里矛盾着、斗争着，走？还是不走？走，都挤到那圩顶上，能是个长久之计吗？不走，他这被洪水四面包围的危房，能支撑得下去吗？即使不倒，人也不能进去了，它说趴就趴。经过一番深思熟虑，他决定将杨氏、金锁和大青牛，送到圩顶上去，其余的按兵不动。于是他锯来几根树棒子，扎了一只木筏，载着杨氏、金锁，牵着大青牛，上了圩堤。他又卸下所有门板，在门前搭起了水台，他以台为家，与洪水抗争。

这漂在水上的大圩头，人们视它为救命顶，野兽也视它为救命顶，蛇虫们也纷纷挤过来，与人们争地盘。

马金锁牵着大青牛在圩头上找草吃，突然，他听到有人叫："有蛇呀！有蛇呀！"马金锁跑来一看，一条三四尺长刚孵化不久的火赤链蛇，出来觅食，张着大嘴，昂着头，凶神恶煞地游动着。面对这条火赤链毒蛇，人们纷纷退让，好多孩子被吓哭了。马金锁立即意识到，这毒蛇不除，后患无穷，假如咬了人，后果不堪设想。怎么办？打！绝不能让它到处作恶，怎么打？这里一无棍，二无棒，手无寸铁的人们都被吓得直跑。他灵机一动，一个箭步，冲向那大蛇，一把抓住它的尾巴，提了起来。那家伙头勾上来，张开大嘴，要咬他的手。他勒紧它的尾巴，激烈地抖动了起来。那家伙拼命地勾头，连连咬动嘴巴。他一个劲地抖动着，那家伙头勾不起来了，软掉了，大概是骨头散了。他趁势扬起手来，拎着它，甩起来往地上掼，左掼、右掼，一而再、再而三，直到那家伙的头被掼破了，鲜血直流，他才罢了休。围观的人无不竖起大拇指，连赞："英雄！好样的！"

无独有偶，马长汉家里也有类似的情况发生。他家屋西边堆了一堆麦秸，一条大蛇选择了它，作为栖息之所。它是早出晚归，很有规律。这条蛇有多大，人们无法用秤去称它，只见它来了，躲进草堆的时候，它巨大的身躯蜷缩成一个很大的圆盘，草堆就明显大起来了。它走了，草堆就明显小了。一个月光闪亮的晚上，它来了，马长汉见到了它的真容，足有三丈长，大碗口粗，头上还长着角，一条细长的舌头时不时地从嘴里射出。据说蛇的嘴可以张得很大，可以吞下比它大好几倍的动物。不过，马长汉没有看到它吃猎物时惨不忍睹的恐怖场景，他没有惊动它，任它自由自在，独来独往。它也自觉，没有进攻人类，过了几天，它自动游走了，不告而别，无影无踪。

马长汉负责给杨氏和马金锁递饭，一天三顿，按时按点，到时候了，他就撑着木排出发了。他的木排上，总是蹾着两个大盆子，里面装满了粥，或者是饭，或者是玉米面疙瘩。他心里装着的不仅是自己一家人，而是堆上的那么多人。他说的是实话，堆上那么多人，他这两大盆子，哪能够吃呢？但是他也没办法了，他每次用他家的大锅，要煮两大锅，忙了半天，才能煮好，再多，他就忙不了啦！他只能尽力而为了。

他每次将两个大盆子端上堆顶，就招呼着："来吃饭啦！"开始大家都不好意思去吃。他大声劝说："来呀！不要不好意思，我就这么一点，大家匀着吃一点，度度命啦！"饥饿难忍，大家就每人装了一小碗吃了，都没有多吃，真是度度命而已，杨氏和马金锁也只是各吃一小碗。

马金锁很乐观，他将大青牛放饱了，就找人玩了。他将他的小伙伴邀来，脱得光溜溜的，下水游泳，栽冬瓜。河里水深，孩子们一个猛子下去，都扎不到底，冬瓜都栽不下去。马金锁能，他一个猛子下去，不但扎到了底，还能向前游几丈远。他手揣一个草团，一头扎到水底，栽下了冬瓜，向前游了两个弯儿，然后将头冒上来。大家去找他的冬瓜，哪能摸得到呢？孩子们摸不到冬瓜，就得罚，栽三个猛子。大人们在岸上看着他们玩，也很开心。

马金锁的开心没有能持续多少天，驴脊梁似的一条长堤，挤了那么多的人，那么多的牛，那么多的猪，那么多的……不仅仅是人没有吃，就连牛也没有吃了，圩头上仅有的一点青草，没有几天就被啃光。马长汉看着肚子饿得瘪瘪的大青牛，心如刀绞。

怎么办？走！三十六计走为上，不走也得走，逼上梁山了。于是马长汉将四面环水的一个家，像一只碟子漂在水上一样的家，很不放心地交给了杨氏。他挑着被窝、换洗的衣服和一点干粮，带着马金锁，马金锁牵着大青牛，出发了，开始了逃难生涯。

第十五章　夜战恶狼

　　往哪里逃？往山里逃，起码能给牛找一口草吃吃。马金锁牵着大青牛在前面走，马长汉挑着担子跟在后面走，一路向南，又转向西南，因为那里有山。俗话说："在家千日好，出门时时难"，出门第一天就遇到了困难。他们从早一直走到晚，筋疲力尽了，就走进一个村子去找宿住，连找了三家，都没找到，人家一见他们是个逃荒的，还牵着一头牛，都拒绝了。马长汉打算继续走，到下一个村庄再找，但是看到金锁已疲惫不堪，走不动了，就在村头场角的一个草堆头上住下来。马长汉在场边的一棵小树上拴好大青牛，又从草堆上扯下些干草，铺在边上，解开行囊，掏出被子，铺在草上。他整理好了铺，就掏出一块玉米面饼，和马金锁一人一半，而马金锁早已迫不及待地躺下去了。他将一瓣饼角揣到金锁嘴里，说："吃一点，饿了！"饿了，这是实话，还是五更头吃的早饭，连马长汉肚里都早已翻江倒海了，何况他一个孩子呢？马金锁的小嘴动了动。马长汉又说："拿着，自己吃。"他就拿着了，但是小嘴动了两下就不动了。马长汉又说："抓紧吃，吃了再睡。"可马金锁不但嘴不动了，连手也不动了，小手握着那半边饼，压在胸口上一动不动，鼻子里打起了呼。马长汉心里疼，就让他睡去了。他自己将半边饼吃了，也睡了。他睡了一会儿，觉得不对劲，这么累，睡下去肯定是很沉的，假如有人趁机将大青牛偷走，怎么得了？他又起来，把大青牛拉过来，将牛绳扣在自己的腰上，让牛和他一起睡。这下应该放心地睡了，可他身子累，心也累，心里絮絮叨叨的，睡不着，觉得这日子真不是个滋味，而这才是开头，往后……他不敢想了，眼一闭，随他去吧！

睡着睡着，老天爷又来捉弄他们了。他在蒙蒙眬眬中，感受到有一滴一滴的凉水砸到他的脸上。眼一睁，黑沉沉的低空，落着淅淅沥沥的小雨，树上草堆上沙沙作响。一阵小雨过后，天上忽然雷电交加，一道道雪亮的闪电，一阵阵隆隆的雷声，接着是瓢泼大雨，向这座草堆倾泻着，小小的草堆在电闪雷鸣中像披上几十条飘带一样，挂上了奔泻的雪白的瀑布，整个大地都在战栗着，马长汉的心也在战栗着。他赶紧从草堆头下边往外扯草，扯出一个洞来，将金锁往里推推，他也往里就就，躲开那吃人的瀑布。他和金锁终于有了藏身之地，但是对于大青牛的问题，他茫然了，眼看着大青牛在雨地里睡，毫无办法，只有随它去了。好不容易等到天快要亮的时候，雨停了，他的心才舒服了点。他一夜未眠，还在疲惫中，还想睡，但是睡在这儿总不是个办法啦！他硬着头皮，叫醒了金锁，卷起铺盖，挑起行囊，牵着大青牛出发了。

他们在泥泞的小道上跋涉了一天，人困牛倦，马长汉想，必须要想办法好好睡一觉。他想，不能再睡草堆头了，再这样下去，着了凉，生了病，那可就麻烦了。他对金锁说："乖乖，打起精神来，再坚持一下，今晚我们到前面去找个旅店住住。"马金锁没住过旅店，不知道旅店是什么样子，一听说要住旅店，高起兴来了，真的打起了精神。这是马长汉实在没有办法的决定，他带的钱很有限，他要有一个长远打算，这才开头哇！但是面对昨天的屡屡拒绝，也不得不这样办了。他们坚持着，又走了几里路，来到了一个小镇上，到一家小旅店住了下来。

一觉醒来，付了住宿费，继续走。第三天晚上，比较幸运，马长汉尝试着到一户人家去借宿，出乎意料，没有吃闭门羹。他叙说了前天晚上的艰苦，那家人表示同情，没有拒绝，接纳了他们，并且在堂屋里放了一张草绳凉床，让他们睡。他们还向主人要了两碗冷水，一人一碗，喝下去了。这一夜，他们都睡了个好觉。

太阳刚出，他们就又上路了。走到午后，就进山了。他们在山涧河边，一边走，一边望，走了没有几里远，看到河边有一户人家。马长汉让金锁牵着大青牛在河边吃草，他一人进户了。他和主人聊起了家常，聊着聊着，双方都觉得很投机。那家主人姓宫，是个木匠，家里也只有一个儿子，和马金锁同年，小名大张子，家里也养一头小花牛。马长汉请求援助，想暂住他家。老宫答应了，马长汉十分感激。

老宫做木匠手艺，要给人家盖房竖料，做门窗。当时盖的房都是土墙草苫，大量需要人工脱土脚、苫屋顶。而马长汉呢？当地人称他是茅匠，对于造土屋，除了有关木匠的工艺，他不在行，其他的，脱土坯、砌墙、苫屋顶，他样样精通，尤其是苫屋顶，他草理得顺，草层压得紧，泥巴抹得实，是当地苫屋的高手，所以大家都称他为茅匠。他与老宫那真是绝配。

老宫将马长汉带了出去，同他一道干起了造房。马长汉现在由一个农民变成了一个打工者。

马金锁和大张子这一对同年同岁的小兄弟，玩得很投机，他们一起放牛，一道来一道去，一道吃一道睡，互帮互助，无话不谈，从家长里短到风土人情，相互交流，知无不言，言无不尽。一次马金锁问大张子："你们这里有狼吗？"马金锁听人说过山里有狼，狼会吃人，他有点害怕，一直担心这个问题，很想问问大张子，又不敢问，这一次他实在憋不住了，鼓着勇气向大张子问了这个问题。大张子感到突然，一提起狼，他也有点害怕，他们小朋友在一起玩，一般都不谈这事，这是不吉利的，但是现在伙伴问了，他不得不说。他回答："有哇！"大张子生在大山里，知道关于狼的事情太多了。

马金锁一听，心里很不是个滋味，连忙问："它吃人吗？"

"吃人，就在前不久它还在西头涧边叼走了一个小孩！"

马金锁顿时毛骨悚然，脸变了色。大张子一看，马上向他解释："其实，狼这个东西并不可怕，它还是怕人的，你只要手里拿根棍子，它就不敢靠近你了。"

马金锁一下想起来了，他听人说过："麻秸打狼，两头怕。"麻秸这武器其实并不厉害，它很脆容易折断，拿它打狼的人害怕对狼起不到什么作用，而狼看到人拿杆子打它，也会害怕。

马金锁经大张子这么一提醒，他找到了一个对付狼的武器，心里就不害怕了，脸上忽然乐开了花。

马金锁和大张子照常放牛，马金锁的大青牛很是引人注目，不但放牛的孩子们喜欢来看看、摸摸，还有不少大人们也会来看看、摸摸。一天一个中年男子，牵住大青牛看了又看，摸了又摸，问金锁："你这牛替人打场耕地吗？"

马金锁想了一下，说："可以呀！"

"一个工多少钱？"那人问道。

"随你们给！"马金锁不假思索地干脆回答。

那人说："那好，明天就给我打场，场打完了，耕地，好不好？"

"行！"马金锁说。

那人说："好！就这么定了。"

马金锁问："你家在哪里？"

那人说："就在西边庄上，明天一大早我来带你。"

马金锁说："好！"

第二天一大早，那中年人真的来了，他牵着大青牛在前面走，马金锁在后面跟。一到他家，他就套上大青牛，驾起石磙子，打起了稻谷。马金锁就拿来镰刀，割起了青草。中午就在他家吃午饭，大青牛扣在桩上吃青草。天黑收工，半天下来，马金锁又割了两大捆青草，足够大青牛一夜吃的了。他用绳子将草捆好了，往牛背上一担，牵着大青牛回府了。

马金锁依偎着大青牛，在寂静的小路上行走。他小小的心灵里，一点都不感到害怕。他将大张子给他讲的故事牢牢记在心里，白天就做好了准备，他爬到大柳树上，选择了一根五尺长酒盅粗的树枝，放在他割的青草摊子边，现在他将它紧紧地攥在手里，心想，"麻秸打狼两头怕"，我这可不是麻秸呀，是真家伙，只有狼怕，我是不怕的。他胸有成竹地回到大张子家，拴好牛，把好草，轻轻揭开大张子脚头的被子，拱进被窝睡了。

天蒙蒙亮，他就起身，赶着大青牛去干活了。一连干了好几天，那家的活干完了，又到了下家，接着干了好几家。后边庄上的缺牛户，听说了，也来找他去给他们耕地，依然是早出晚归，他也还是老办法，干完一天的活，晚上两捆青草往牛背上一担，手揩柳树棍，大摇大摆地回住处。多少天下来都安然无恙，可是有一天晚上，情况不大对劲。

马金锁牵着大青牛悠悠荡荡地走着。一缕缕柔和的月光，抚摸着他的脸，他感到惬意。他朝左右睥了睥，路左侧一片草地，突然，从里面冒出一只比大狗还大的家伙，他定神一看，是狼，确实是狼。它穿出草地，跳上了路，立在路中央，两只绿莹莹的眼睛盯住他看。他停住了，不敢前进，双手紧握树棍，也立在那里朝它看，双方对峙着，有三四丈远。他手中的棍子只有五尺来长，够不到它。他从地上拾取一块泥块，猛地向它扔去，砸偏了，没砸上，那家伙"嗷呜"了一声，往后退了一下，随即猛冲过来。他双手用力，甩起一棍，正打到它的前胸，"啪"一声。大概是他人小，劲儿小，那家伙块头大，壮实，没买账，只愣了一下，又嗥叫着扑了过来。他往路边一让，它扑了一个空。大青牛发出一声怒吼，猛冲上去，一个低头，迎风角一挑，将那家伙甩出去一丈多远，重重地掼在了路旁。它迅速爬起。大青牛刚要低头，再触那家伙，就在大青牛攒足劲往前冲的时候，那家伙十分机警，腾地一个旋跳，凌空跃起，在半空划出一道弧，飞到牛后面去了。大青牛倏地扭身，与狼面对面，怒目圆睁。那家伙心里一惊，旋跳起来，大青牛立即投入战斗，左冲右突，横扫双角，大青牛恶狠狠地一顶，那家伙一让，大青牛还是扑了个空。这时马金锁从惊呆中醒来，举起树枝再次向那家伙砸了过去。那家伙看到钢枪一样的家伙和寒光闪闪的犄角，吓得屁滚尿流，转身就跑，一头钻进了草地。大青牛追到草地边停了下来。马金锁没有去追，他拉回大青牛，抚摸着它的头说："好样的，干得好！要不是你，我今天小命就没有了。"他再次摸摸它的角，拍拍它的脑袋，将大青牛甩到地上的两捆青草举起，重新担在牛背上，继续前行。

他继续牵着大青牛给人干活，每天晚上，他都密切注视着草地里的狼，很想用新的战术再干一场，那家伙一直都没有出现，使他放下心来。

马长汉打了一阵零工，听说家里水下去了，种麦的时候也到了，他决定回家。马长汉的工钱都向人家要的现钱，好带。马金锁挣的钱，人家都没给现金，全给的粮食，不是稻谷，就是玉米、小麦等，大大小小的袋子，墙角堆了一小堆。马长汉只带了两只袋子，一袋稻谷，一袋小麦，两只袋子对头一扎，往牛背上一担，父子俩就回家了。其余的粮袋，马长汉全都留给了老宫家，并且还千恩万谢了一番，才告辞。老宫家也是感激不尽，一家人将他们父子俩送了老远，才依依不舍地挥手告别。

第十六章 儿童团长

马长汉的逃荒还算不错，既背回了两袋粮食，又挣到了点钱，更重要的是，大青牛享了一阵子口福，养得膘肥体壮、油光水滑、气宇轩昂。这主要是马金锁的功劳。

一回到家，马长汉就驾起牛犁，及时开始了种麦。第二年获得了大丰收，大家又过上了有吃有穿、快快乐乐的日子。然而，好景不长。

一天下午传来噩耗，西边村子里闯进来一队日本兵，鬼子一进村就开始烧杀抢掠，对手无寸铁的老百姓毫不留情。一把火将一座房屋烧毁，面对滚滚的浓烟，还不肯离去，还用眼盯住烟雾腾腾的室内，等着老百姓逃出来继续加害他们。放火之后就开始抢老百姓的东西，被褥、粮食等，可以拿走的东西，统统拿走，鸡鸭鹅等能逮到的家禽，统统逮走。抢完了东西还比较谁抢得多，显示自己的厉害，甚至还围在一起拍照，简直是无耻至极。他们无恶不作，做尽坏事之后还组织人巡逻，不让老百姓出门，有想逃命的老百姓想逃也逃不掉，年轻力壮的男子，被抓去当作苦力，建碉堡、挖战壕等。他们看到漂亮的女子，也要抢走，逼迫她们做自己不愿做的事情。有不从的，杀！杀人，对他们来说，简直就是小菜一碟。

马长汉所在的头门，闻讯乱作一团，青壮年男女纷纷出逃，还牵着牲口，背着粮食。

马金锁踮着脚抻着脖子向西看，看不清，只听到哭声，特别是小孩子的哭声、哀叫声撕心裂肺。

跑出去的人们，在东南的一个大圩拐里躲了一夜，第二天，看没有动静了，没有了鬼子的影子了，一个个就又跑了回来。大家一合计，鬼子一定会再来的，必须设岗放哨，看到日本人在向村庄进发的时候，提前让村中的女子和青壮男子，全部逃走避难，村中只留下一些老弱病残。马金锁主动请缨，要求站岗，得到了大家的同意，又选了马银光、双顶子、大罐子等五个小孩，由他们自己安排，轮流值班。

他们一连值了好几天，时时提防观察着鬼子的动静，没有发现任何蛛丝马迹。他们还是耐心守候，丝毫没有麻痹。他们爬到大树上，放眼远眺，静观默察。

嘿！来啦！

有一天，还是下午，还是在那个西边的方向，他们看到浩浩荡荡上百人的队伍，直奔头门而来。他们没有进昨天去过的那个村，大概是因为那里的东西被他们抢掠完了。队伍中间还有几个姑娘，她们都被绳索捆绑着。后面的两个鬼子兵端着插上明晃晃刺刀的枪。马金锁对双顶说："那枪可能就是三八大盖，我听人说过的。"

"那就叫三八大盖？"双顶也听说过，但没看过。

"是的，肯定是的。"其实马金锁也是连估带猜。

"不知那几个姑娘犯了什么罪？"双顶说。

"她们有什么罪？她们就是长得漂亮，鬼子要把她们带去当……当什么妇的？"

"叫慰安妇！"双顶也听说过。

"不管了！"马金锁说，"赶紧通知！"

他们立即发出通知。老百姓们早已准备停当，一听到通知，立马行动，背着的、牵着的、拖着的……潮水一般奔涌而出，一眨眼的工夫，就剩下了一个空村。

那队人马还在老远的地方，就不断朝天鸣枪。正在值班的马金锁和双顶子已完成了任务，一咪溜钻进了村前的一个大竹园子，埋伏在那里，观察着鬼子的动静。

鬼子一进村就像疯子一般开始挨家挨户地抢夺粮食财物。有两个家伙钻到双顶子家去了，把他家那只正在下蛋的老母鸡吓得到处乱窜。那两个家伙家前屋后地撵，终于在墙拐里捂到了。一个家伙把眼睛瞪得鼓鼓的，朝双顶奶奶走去。双顶奶奶没有跑，现在她看到鬼子撵她的鸡，她心疼，跟在后面睥。她满希望她的鸡能跑掉，飞过河去，躲起来。哪知道它不会飞，只在家前屋后跑，哪有不被抓的呢！那家伙提着鸡，咧着大嘴，笑着用半生不熟的中国话说："你的，杀了，烧给我们吃！"双顶奶胆小，一辈子没有杀过鸡，而且现在杀的是她亲手养大为她下蛋的一只鸡，可见她的心里是个什么滋味？但是这时她无奈，只得杀！手抖抖地捎着菜刀，捋了半天，才将鸡的喉咙割开，血汩汩地流了出来。

双顶恨得牙齿咬得咯咯响，可惜这时仅他们两个毛孩子，即使有一身的本领，也无法施展。

不大一会儿，那两个家伙就端着盆子，来到风口，用勺子在盆里边搅边扬，热气随风缕缕飘走，搅了一会儿，那两个家伙张大嘴巴，大口大口地吃，大口大口地喝，狼吞虎咽，三下五除二，盆底就朝天了。那只老母鸡，连肉带汤全灌进了那两个家伙的肚子。他们吃饱了喝足了，还不满地抓起盆子，使劲扔出去两三丈远，摔得粉碎，然后每人又背起了一袋子粮食，屁颠屁颠地走了。

"哔——哔——"哨子声响了，鬼子集合了。有的扛着粮食，有的提着鸡或鸭，有的牵着羊……又排着队走了。

没过两天，村里突然来了几个八路军战士，那个大个子的兵还是个连长，二十大几的年龄。他也姓马，不知道他是哪里的马，但是他来到马湖，感到很亲切，他自己说，他到家了。他们看马金锁很神气，都喜欢同马金锁玩，马金锁要玩他们的枪，他们也给。马金锁拿着枪，学起了射击。他端着枪，歪着头，边跑边叫："嘟嘟嘟——"

马金锁人小劲小，歪着身子，枪也没端正。一个八路军叔叔叫他趴下来，教他卧射，叫他枪杆下垫两块砖头，肚皮贴地平卧，枪屁股抵住肩，枪身和人身保持一定的角度，眼睛准心和目标三点一直线，食指轻轻扣扳机，说着他的手指在马金锁的屁股上轻轻按压，叫他就这样使劲。马金锁照着他说的扣了几下扳机，好像斜着身子不大自在，他将身子磨正了，和枪杆子成一条直线。他急了，连声说："不可，不可！"马金锁问："为什么？这样不是舒服些吗？"

他说："不行！子弹射出去是有反冲力的，那样后坐力大，震动大，容易跑线，保持一个角度，起一个缓冲作用，准确度就大了。"

马金锁明白了，他很快就学会了打枪。

马金锁自从学会了打枪，就一心想实弹射几下，可是八路军叔叔不给他子弹，说他还小，枪还扛不好，等他长大了，带他到部队去打枪。他高兴得屁颠颠的，一直记在心里，就盼着这一天。

八路军叔叔在村子里住了下来，发动老百姓挖战壕。一个个青壮年男子汉，分布在村头庄尾，一双双铁铸似的膀臂，挥舞起一只只大铁锹，一块块黑压压的泥土纷纷直飞。很快一条条蜿蜒曲折的战壕就将各个村庄连了起来。

马金锁望着蛇游一般的战壕，很好奇。他拉着双顶子，沿着战壕四处跑了一遍，熟悉了路途以后，他又聚集一些小朋友到战壕里来捉迷藏、玩游戏，将战壕变成了他们的天地。

战壕挖成以后，八路军便开始组织抗日游击队、儿童团。马金锁当上了儿童团团长。

第十七章　站岗打倭

　　提起儿童团，人们都以为一个团，不知有多少人马呢。其实马金锁的儿童团就是十几个毛孩子，但是马金锁可认真呢！马连长和蔼可亲，还经常辅导儿童团出操。他还教孩子们唱歌：

　　　　吹起小喇叭，嗒嘀嗒嘀嗒！
　　　　打起小铜鼓，得龙得龙咚！
　　　　手拿小刀枪，冲锋到战场。
　　　　一刀斩汉奸！一枪打东洋！
　　　　…………

　　歌声吸引了更多的孩子要求加入儿童团，李玉珠也加入了儿童团。

　　马金锁的站岗放哨，总是在树上，看得远，发现早。他值班的第二天上午，就发现了敌情，他看到五六里地外，有一支日伪混合队伍向头门移动。他立即下树，跑到八路军连部，报告了马连长。

　　马连长出门举起望远镜，果见几十个伪军急速奔来。马连长手下三个排的兵，分别驻扎在马湖的头门、二门、三门，连部就设在二门。他立即招来二排长，下达了命令。

马连长命令队伍埋伏起来，等敌人进了沟口再关门打狗。

敌人渐渐逼近，马连长一声令下："打！"全副武装的战士从沟顶冒出头来，伸出黑洞洞的枪口，啪啪地向敌人张开了嘴巴。就在同时，对方的首领也命令射击。八路军随即加重了火力，压住了敌人的冲锋。他们趴在地上射击。双方对打起来。不知什么时候，一个八路军战士扔出去一颗手榴弹，随着嘭的一声，不知是弹片的功劳，还是枪子的功劳，鬼子的阵地上几个家伙趴在了血泊中。他们见形势不妙，扛起同伴的尸体，掉头就跑。没跑多远，随着啪的一声，跑在最后面的一个家伙，连他肩上的尸体一起趴倒了。

马连长一声命令："冲！追！"战士们一起跃出了战壕，向敌军冲去。边追边喊："缴枪不杀！"小鬼子弃枪丢甲，逃之夭夭。

"子弹也丢下！"这边有人喊道。小鬼子听懂话似的纷纷丢下子弹。

还有两个侥幸分子，仍死死地揩住枪不放。

又是一声枪响，趴倒一个。另一个见状，立即扔掉手中的枪，只顾逃命去了。

八路军战士追了一阵，停止了追逐。回过头来，马连长一脚踢翻刚刚趴下的那个鬼子，只见脑壳掀掉一块，脑浆和着鲜血汩汩地流了出来，他伸手摘下他腰间的子弹袋，又大步走到先前趴下的那两个家伙跟前，还是飞起一脚，那两个家伙都翻了个脸朝上，仔细一看，一死一伤，死了的是个小兵，活着的还是个中尉军官。中尉只是腿上中了一弹，无大碍，但是他脸色苍白，浑身筛糠，已经魂不在身了。

"起来！"马连长大喝一声。

那家伙不知是没听懂，还是被吓昏了头，死猪一样躺在地上一动不动。旁边的一个战士一把将他从地上拎起来，又往下一蹾，命令道："站好！"

那家伙欠着身子，摇摇晃晃，站不起来。又上去一个战士，从另一侧将他拎起，两人架住，那家伙才颤巍巍站着。

"架回去！"马连长命令道。这两个战士就架着那家伙一瘸一拐地走了。

这里，马连长命令排长带着战士，搜寻敌人丢弃的枪支弹药，他还吩咐："不能遗漏一枪一弹。"

"是！"排长领命而去。

老百姓听说抓到俘虏了，都纷纷跑来。他们看到鬼子那狗熊相，都气不打一处来，有的上去就是一个巴掌，有的抡起拳头，砸向他的后背，有的提起脚，踢向他的腿部……那家伙嗷嗷直叫。

马连长大声喊道："不许虐待俘虏！"

大家停住了手脚。突然有人喊道："那里还有一个死的！"大家又纷纷跑过去，一个个也不顾那家伙裹着满身浸透湿漉漉的血衣，怒不可遏地踢去一只脚，你一下我一下地踢个不停，踢得那"死猪"翻过来倒过去，一个个都没有解心头之恨。

有人说："把这家伙埋了，太瘆人了！"

几个身强力壮的小伙子，回家拿来了锹，七手八脚，将这尸体埋到沟崖畔去了。这算便宜了他们，否则必然揣到野狗肚里去。

八路军这一仗打得很漂亮，收获不小，不仅俘虏了一个，打死了两个，伤的更不知多少。并缴获了大量枪支弹药，连部堆了一小堆三八大盖和子弹。

马连长对那俘虏进行了审问，没审出什么名堂，从他那半生不熟的汉语中，只知道他叫黑田一郎，28岁，中尉中队长。马连长也没有用多大的劲头去审，审不出名堂就算了，就将他关进连部屋山头的牛棚里，交给了马金锁的儿童团看管。马连长除了交代马金锁这项看管任务，还交代给了他一项更重要的任务，就是站岗放哨，密切注视敌人的动态。他强调，敌人吃了亏，必然反扑。马金锁立即召开了儿童团会议。做了分工，兵分两路，一路看管黑田，一路放哨。他像个大人似的宣布：我们一定要提高警惕，密切观察敌情，确保大家的安全。

马金锁领了任务后，他主动带上几个小伙伴奔西而去，亲自放哨。

他们一边走一边望，走走望望，望望走走，最后他们站在一块高地上望。望了半天，却不见敌人的影子。马金锁想起，听大人说过，西边雄坝那里驻扎着许多鬼子兵，他决定跑过去，摸个究竟。他们赶到雄坝的时候，天已黑透，只见一个大剧场里驻扎着密密麻麻的鬼子兵，至少有二百人，正在吃晚饭。

马金锁和几个小伙伴向马连长做了汇报。马连长正在操练游击队，他得到这个消息，决定给鬼子一点颜色看看。他经过一番深思熟虑，决定把伏击日军的战场放在三门。他立即给游击队员发了枪和子弹，又召集他的队伍和游击队，一起开了会，做了周密的部署。

马金锁的儿童团一夜没睡，密切注视着敌情，直到天亮，他们终于发现敌人来了。几个儿童团员飞快地跑回去，报告了马连长。

马连长立即按他的部署开始了战斗。他首先派出游击队的一支小分队佯攻前来之敌，小分队边打边退，日寇穷追不舍，不料正入马连长精心设计的伏击圈。

这一仗打得非常出彩，八路军游击队击毙日军百余人，缴获大批武器弹药和军用物资，而八路军和游击队无一死亡。八路军和游击队高兴，老百姓高兴，儿童团高兴，马金锁更高兴。

第十八章　农会委员

倭寇被打得落花流水，无条件投降，中国人民的抗日战争，取得了伟大的胜利。面对胜利果实，蒋介石掉转枪口，疯狂掠夺。人民哪能答应反动派继续骑在头上作威作福呢？在中国共产党的领导下，奋起反击，打响了史无前例的中国人民解放战争。在解放战争中，儿童团做出了自己的贡献。马金锁因为在儿童团的时候贡献突出又热心，成了一名农会委员。

一天中午，马金锁正吃中饭，乡农会长跑来说，下午农会在这里开大会，会场就在他家打谷场上，要他站岗放哨，那时国民党的部队和日本鬼子一样，经常下乡扫荡，无恶不作。如果他们知道共产党领导的乡农会有活动，那是非来破坏不可的，再说了，这正是他们抓壮丁的好机会，岂不是正中他们的下怀吗？马金锁接到任务，感到事关重大，他三口两口将碗里的高粱米饭吃掉，拔腿就走。他找了几个农会委员，开了一个小会。根据他的分析，国民党军盘踞在雄坝，他们下来扫荡，一般都是从西边来，而农会会员众多，万一国民党军来了，撤离速度不可能太快，必须要有一个充分的时间。因此，他将岗哨扎去五六里路远，而且人员分开，他将队员编了号，依次排好，至少三四百米远一个，能看到前面的人就行，每个人带一块白布巾，一发现情况，白布巾往头上一扎，后面的人看到前面的人扎上白布巾，立即也将白布巾往头上一扎，一个传一个，最后一个赶紧跑回来报告。他还将他的安排告诉了农会长，大家都以白布巾为号。

他刚安排好，就有农会会员陆陆续续地来了。他们几个立即排成队，马金锁打头，跑步前进，迅速进入了岗位。马金锁一口气跑了五六里路，爬到路边的一棵大树上，瞪大眼睛，注视着西方。后面的小伙伴都一个看着一个，盯住目标不放。大家瞪了半天，没有动静，安然无恙。马金锁实在太疲劳了，就休息一下。他坐在树杈上，将眼儿一闭，养一养神，可再等他睁开眼，定神一看，远远地晃出一支队伍来了，他又仔细望望，只见一列几十米长的队伍，一个个穿着黄狗皮，扛着枪，摇头晃脑地走着。啊！龟孙子，果然来了，他赶紧跳下树，将白布巾扎上头。后面的一个看一个，都相继行动。最后一个是双顶子，他一看到目标，马上掏出白布巾，边跑边扎。

会场上有人看到双顶子扎着白布巾跑回来了，立即报告农会长。农会长三言两语地做了小结，就散会了，各自迅速躲开。国民党军扑来的时候，已是一个空庄子了，他们只拿了一些粮食、鸡鸭之类的东西走了。

大家都夸马金锁精灵，有办法，会办事，否则，国民党军来了，连锅端，后果不堪设想。

马金锁在外边冲冲杀杀了一阵子，突然掉转风向了，他要将革命的矛头由外转向内，他要在家里闹革命了，这个革命的对象就是他的老子——马长汉，儿子要革老子的命了，这还得了！这不是冒天下之大不韪吗？是的，而马金锁这个识字明理的小子，就偏偏要干这种大逆不道的事情。这个问题的起因是从一堂政治课开始的。

有一天，马金锁所在的乡农会请来乡指导员，上了一堂政治课。课上指导员说："大家要宣传党的政策，围绕党的工作中心开展活动。"他还说："现在我们党除了要领导人民打败国民党反动军队，推翻国民党的反动统治，还要开展土地革命，实行'耕者有其田'，彻底铲除封建剥削制度。"

马金锁听了指导员的一番话，他一动不动地坐了许久，他的眼光虽然注视着会场上的人们，他的思想却沉浸在焦虑中。他的思想正在他家的土地上飞翔。他在想，他们属不属于革命的对象？如何去革？谁去革……一时他的头脑乱成了一锅粥。

那天晚上，他辗转反侧，他想，他家的地，在他们庄上是多的，但是够不够地主呢？他想，不够，他记起，有一次他和老爸一起去过西南他三姨爹家，人家才能算是真正的地主呢！三姨爹家有地五百多亩，除了自家种一部分，大量的都租出去呢！坐在家里收租子。有三宅大院落的房子，均为砖墙瓦苫，有三头耕牛，还有骡子马，长工十个，有水车，有旱车，有槽方，酿酒坊，有烟店……听说还有枪！相比之下，他家这点地算什么？不但算不上地主，连富农都够不上，最多只能算个中农。而且他家也没有剥削，只是大忙时请些短工，对这些短工，他家没有亏待他们，他家还用牛替他们耕种，等于是换工，三春天断炊了，他家都接济点粮食，让他们度命，更多的是，农闲时都在他家聚集，娱乐消闲，也在他家吃喝，他妈也跟着忙。这样一弄，到了三春天，他家和他们一样，断炊，不得不下地挖野菜，和他们没有什么两样。可是，他又一想，这种甘苦谁又能介意呢？人家看到的就是你家的地多呀！这是客观存在的事实嘛！人家人多劳力多，而地少，不够种，你家人少劳力少，而地多，种不了，这是不公平的嘛！这不符合"耕者有其田"的政策嘛！虽然你家没有剥削，但这种人少地多的现象，也是封建制度的产物嘛！也是属于民主革命的对象嘛！既然是革命的对象，就得革！怎么革？主动革！自己革！革命靠自觉。怎么自觉？献！主动献！拱手相送！该送的，统统送出去，只留一小部分该留的，留着，自己种，够吃的就行。

想到这里，他眼前一亮，这不就解脱了吗？祖祖辈辈都累死累活在这几十亩土地上，祖祖辈辈都短寿，都是累死的呀！尤其是他的祖父，逝世的时候，只有三十几岁，逝世时他的儿子，即金锁的父亲——马长汉只有虚七岁，一个小小的孩童，就担起了这个家庭的沉重的担子，真是泰山压顶啊！打他记事起，他就没看到他的爸爸妈妈轻轻松松地过过一天，都是在忙忙碌碌中度过。

再说，他不也是一样吗？还在童年玩耍和应该上学的时候，就被拴到牛腿上去了，一头牛就包给他了，整天围绕着牛屁股转。稍大一点，也只有七八岁，就像大人一样干活了，锄田、割麦、挖山芋荸荠……人们看到都说："有人用人，没人用猴"，将他当猴子耍。但是他也不怪父母，他们也是没办法的办法啦！那么多的活要人干呢！他想来想去，估计下一个短寿就是他了。

他考虑了整整一夜，得出了结论：捐！三十六计，捐为上！当一回败家子吧！

　　然而，他当不了家，在这个家里暂时还轮不到他说了算，"父在堂前子不立"，还是他爸一言为定，怎么样通过他爸这一关，这是个大问题。于是他的小脑袋思考起这个问题来了。他很清楚，对这个问题，他爸肯定是一百个不同意，因为这是列祖列宗代代死守的家产，是留给后人的传家宝，也是他爸要死死保住的命根子，要叫他轻易撒手，绝非易事。他决定先敲一下边鼓，先和他妈杨氏沟通一下，若能取得他妈的同意，两人结成统一战线，力量就大得多了。

　　于是，他将他的想法和杨氏说了，杨氏感到吃惊："小子，你从哪里冒出这个想法的？"

　　马金锁将政治课的内容同她讲了一遍，也将他自己的想法和她谈了。

　　杨氏犹豫着，他死缠硬磨，磨得杨氏心软了。她不是心里想通了，她是心疼儿子，她凡事都顺着儿子的毛摸，这一次她是"外甥打灯笼照舅（旧）"。

　　马金锁很高兴，他计划的第一步获得成功，对他是一个极大的鼓舞，他充满信心地往前走了。他恳请杨氏和他一起共同做马长汉的工作。杨氏答应了。

　　现在，母子俩一起商量下一步的做法了。

　　马金锁认为，要同他爸坐下来好好地谈谈呢！杨氏有同感。马金锁叫杨氏弄几个菜，从来没喝过酒的他，准备破天荒地弄两杯，和他爸边喝边聊。

　　第二天晚上，马长汉忙碌了一天，一进家门，就闻到香喷喷的菜味儿，再仔细一看，果然是五颜六色的一桌，红的是红烧排骨，绿的是青椒炒牛肉，黄的是烧南瓜，紫的是烧茄子……真是色香味俱全。他惊奇地说:"今天有什么喜事吗?"

马金锁迎上去说:"爸,今天我陪你喝两杯!"

"好哇!"儿子陪酒,哪里找呢!

马金锁拿来马长汉打来的散酒,邀来杨氏一同坐下。他给每人都斟上满满一杯。每人两筷菜下去,马金锁主动举杯:"我先敬爸妈两杯!"

杨氏平时不喝酒,今天也举杯了,但是她说:"我一杯两销。"

马金锁说:"可以!"大家都痛痛快快地两杯下去了。

酒过三巡,话匣子打开了。马金锁说:"爸,今天我有一件事情想同您谈谈。"

"我就知道有事,你说!"

"那,我就直说了。"

"你说!"马长汉摆出一副洗耳恭听的样子。

马金锁说:"我说了,你不要责怪我是败家子呀!"

"你说,我们家也没有什么可败的。"

"有哇!"

"什么?"

"土地呀!我们家的地不是多吗?"

"地多也不能把它砸碎,怎么个败法?"

马金锁笑着说:"爸,我想把它送给人家。"

马长汉一愣:"你这想法从哪儿来的?"

马金锁说:"现在的土地制度是多少年的封建制度,有人多,有人少,有人没有,很不公平,造成了'有人无田耕,有田无人耕'的不合理现象,这是人剥削人的根本原因,现在的民主革命，就革到这一步了，要平均地权，实现耕者有其田。"

"你是怎么知道的？"

"乡指导员给我们上了一堂政治课，指导员在课上讲的。"

指导员是党的书记，这是党的声音，马长汉心里明白，他感到这话里面的分量。但是他又一想，我这点地算什么？再说，我也没有剥削呀！他说："我家的地不算多，我也不存在剥削，他不会革到我的头上。"

马金锁说："不算多，但同村里一般人家比，毕竟是多了一些呀！"

"多，这是祖宗留下来的，也不是偷来的！"

"对呀，这就是封建制度的产物哇！就需要铲除哇！这是明摆着的革命对象啊！"

马长汉一时无语。

马金锁就直奔主题了："爸，我们把多余的献出去算了。"

这是老祖宗当命一样保存下来的宝贵遗产，一下子拱手送人，这一百八十度的弯儿，他哪能一下子就转过来了呢？他犹豫了一下，说："不能，我不能做败家子，我不能做对不起祖宗的事！"语气有点坚决。

杨氏说："不要抱着死鱼头啃了，不要再拿老命来保这点家产了，我们也要歇歇，喘口气，养养精神，多过几天。"

马金锁说："妈说得对，我们家代代为了保住这几十亩地，代代劳命伤财，代代短命，我们不能再延续下去了。"

马长汉无奈地叹了一口气："唉！没办法啦，我不能留下骂名啊！"

杨氏说:"现在大家都在革命。你现在不捐,才是骂名背定了!你不要香的不吃吃臭的!"

马长汉说:"让他革去吧,听天由命!"

马金锁说:"爸,革命靠自觉,要主动,不能被动。"

马长汉死下一条心了,马金锁和杨氏都拿他没办法,马金锁精心准备的一场谈判,无果而终。

然而,马金锁不死心,他不达目的誓不罢休!他绞尽脑汁,又想出了一个办法。他不行,他要请出比他行的人来做这项工作。他想到了他的一个堂叔——马长坠。马长坠在他们村里是一个了不起的人物,是个大力士,他可以一手爬树,一手夹住大石碌子,将它放到树丫巴上去。他头一拱,屁股一撅,可以将十三个人甩出去一丈多远。他主张正义,专打抱不平,村子里曾经窜来一个土匪,横行霸道,偷吃扒拿,强奸妇女,无恶不作,搞得鸡犬不宁。马长坠冒着坐牢的危险,逮住这个土匪,为民除了一害。他很有经济头脑,识时务,跟上形势。早些年,离马湖几里路的一个村庄,要建设集市,他闻风,立即卖掉家里的几亩薄田,到那里去盖了几间门面房,开起了店,经起了商,搞得风生水起,挣到了大钱。大家都称赞他有眼光,对他都很崇拜。他当然也是马长汉崇拜的对象,而且他们是堂兄弟,关系很好,无话不谈。马金锁想请他,让他出马,来解决这个问题。

第二天一大早,马金锁就去了,同这位堂叔谈了此事,堂叔很支持他的做法,还表扬了他。说:"你叫他到我这里来一下。"

马金锁考虑了一下,觉得由自己来叫父亲,不合适,一来他磨子小压不住,二来这样父亲就知道是他出的主意,增加了父子之间的隔阂。他说："叔叔，由我来叫，恐怕不大行。"

马长坠一想："对对对，你小小年纪考虑问题蛮周到的呢！好样的！"

马金锁如释重负，高兴而归。

没过两天，马金锁受到了一次特殊待遇。马金锁结束了一天的活动，回家了，一进门就看见一桌香味扑鼻的佳肴。他惊奇地说："嘿！今天有什么喜事吗？"

马长汉迎上来说："乖乖，今天是有喜事，爸请你客！"

马金锁有点受宠若惊："爸，你请我什么客？"

"乖乖，你长大了，比我懂事，我为你祝贺。"马金锁一听，心里有数了，他肯定去过坠叔那里了。

杨氏也高兴地说："你爸说了，你有眼光，比他看得远，他要向你学习呢！"

"哎呀，爸，看你说的，我哪能比得上你的远见卓识？我还要好好跟你学习呢！"

杨氏说："相互学习，孙子有理是太公！"

马长汉也很赞同。他连忙招呼："家庭小宴开始！"

几杯酒下去，马长汉先打开话匣子："你坠叔让我去了。"

"怎么样？"马金锁问。

"哎呀，你坠叔那张嘴，能说会道，叫你心服口服，不得不服。"马长汉敬佩地说。

"那你通啦？"马金锁问。

"通了，不打不通！"

"好！"马金锁端起酒杯："爸，敬你四杯！"

马长汉高兴地接受了儿子的四杯酒。

马金锁又将杯子举到了杨氏面前："妈，你也是功臣，也敬你四杯！"杨氏乐滋滋地端起酒杯，象征性地饮了四次。

马金锁又将话题引到主题上了："爸，下一步怎么办？"

"按照你的办啦！在'献'字上做文章。"

马金锁动起了脑筋，真的在"献"字上做起了文章。他沉思了一下，说："'献'，有两种献法，一种是，我们自己找几个对象，直接献给他们。一种是，报告乡里，请他们出面，处理这事。"他摆出了自己的想法，又征求马长汉的意见："爸，你看呢？"

马长汉很赞成后一种意见，他说："请乡里出面最好！"

杨氏也赞成这个做法："对，公事公办！政府出面是公办，最好不过。"

马金锁也倾向这种做法，他对马长汉说："爸，是不是由你出马？"

马长汉极力推辞："你来，你是农会委员嘛！当然由你出马合适了。"

马金锁义不容辞："那就我来啦？"

马金锁就跑到乡政府，说明了来意。乡领导非常赞赏马金锁一家的明智做法，不日，乡指导员、乡长、乡农会长等人就来到头门，召开了群众大会，由大家协商讨论，推选出五户穷大农，作为接受对象。几位领导又带着双方，丈量了土地，做了田契。马长汉家一共献出了五十一亩良田，包括三十一亩空茬，二十亩麦田。时值冬闲，空茬田须耕翻冷冻，而这些接田户都没有牛，马长汉驾起了自家的牛犁，一家一家地替他们耕好，大家都感谢不尽。

第十九章　支援前线

　　解放战争进入了关键阶段，著名的淮海战役打响了。经过土地改革运动，消灭了封建的生产关系，广大农民在政治经济上翻了身以后，政治觉悟和组织程度空前提高，革命热情空前高涨，积极筹粮、筹草、筹物资，支援前线。马金锁加入了支前队，忙得不亦乐乎。队员们会用牛，他们就在用牛上做文章。马金锁家不仅有牛，还有牛车，他想用牛车来运，装得多，又省劲，但是仔细一琢磨，觉得车架太宽，万一遇到小路，难以通过。他灵机一动，就用它的两个轮子，另外再做一个窄的架子。他家有得是木料，请两个木匠，一天就做成了。

　　马金锁和队员们筹集好了物资，准备拉着粮草出发。

　　马金锁一直只顾自己忙碌，没有顾及他爸，哪知道马长汉也很积极，他也报名参加了支前队。杨氏闻讯，拉住儿子的手说："乖乖，有你爸去就行了，你就不要去了，免得我不放心。"几乎是哀求的口气。

　　马金锁很理解妈妈的心思，但是面对战争的形势，前方正需要物资的时候，他这个支前队员怎么能袖手旁观呢？他对杨氏说："妈，解放军拼死拼活地为老百姓同国民党反动派打仗，连命都丢了，你说我还能安心在家里过日子吗？"杨氏觉得儿子说得也有道理，想说什么也说不出来了，就默认了。

马湖村的一支支前队伍，在民兵营营长马长生的带领下，浩浩荡荡地出发了。

这一天，是个冬日里难得的好天气，马湖村的老百姓们，一个个嘴上喷着白烟，脸上溢着笑，纷纷赶来为这支支前队伍送行。这天，正好逢集，上街赶集的人们，听说支前队伍出发了，也都围了上来。乡下人不善于直露地表达感情，没有寒暄，没有祝福，只是默默地站着，恋恋地把目光倾注在这支生龙活虎的队伍身上，直到队伍走远了，看不见了，他们才依依不舍地离开了。

队伍上了路，马长生就发话了，趁着好天，走快点。大家都赞同，都提起精神来赶路。马金锁牵着大青牛，拖着一车粮食加干草，雄赳赳气昂昂地走在队伍前头。二十个人挑着担子，十个人牵着牛、拉着车，排成一路纵队，沿着田间土路，不停不息地飞速地前进。头两天，天气不错，每天行路都超过五十公里。到了第三天，天气变化了，下起雪来，积在地上一尺多厚。马湖的支前队，就在雪地里深一脚浅一脚地蹒跚着。

他们蹒跚了一天，筋疲力尽，人困牛倦。马长生叫马金锁进村去找个宿，大家住一住，歇一下。马金锁领命而去。

马金锁进了村，天还没黑，家家户户都关了门。人们都是一天吃两顿饭，老早就吃过晚饭了，加之大雪拥门，天寒地冻，家家都早早地上了床。马金锁敲门，怎么敲都不开，理也不理。马金锁又来到下家，继续敲，一样的结果。他不死心，再到下一家，敲了好一会儿，一老妇开了门，她伸头一看，一队人马，又将头一缩，哐当一声，关了门，不理他了。马金锁一家一家地敲，敲到最后一家，是一个大院子，看样子是一个大户人家，正合他意，他就使劲地敲了起来，没敲两下，一位老爹爹开了门。马金锁说明了来意，老人家一听，出门来一看，一队人牛站在雪地里。他连忙走上前去，招呼大家赶紧进屋。马金锁这才如释重负。老人家邀请了客人后，又进屋，将家人统统叫起。他有三个儿子，三房儿媳妇，对他们一一做了分工，烧水的烧水，做饭的做饭，扫雪的扫雪。他吩咐大儿子将院心里的雪扫干净后，铺上草，将牛统统拴到院心里，一一放上牛吃的过夜草。队员们又给牛盖上从家里带来的芦席片子。

安顿好了牛之后，老人家就招呼大家进屋。大家一进屋，老人家的二儿子、三儿子，就端来了热水，让大家洗脸、洗脚。大家一洗好，那边厨房里，老人家的三个儿媳已将饭做好了，往堂屋的大桌子上端了。晚饭是粥锅里下汤圆子，粥是玉米面做的，汤圆子是高粱面搓的，有干有稀，大家早已饿得肚子咕咕叫了，一见到香喷喷的粥碗里睡着"驴打滚"，不禁垂涎欲滴，立马狼吞虎咽地吃了起来。主人大概知道客人们已是饥饿难忍了，煮了满满两大锅，尽吃尽喝，一个个肚子吃得像鼓起的皮球，才住嘴。吃完了饭，老人家又吩咐，将堂屋里的桌凳一律搬走，扫得干干净净，铺上软草，一个偌大的地铺又做成了，他就催促大家抓紧时间休息，天不早了。

第二天，天还没亮，三个儿媳就忙乎起来，三口大锅齐烧，两口炀山芋，一口煮高粱米稀饭，都是满满当当。等客人们一觉醒来的时候，主人将早饭早就忙好了，坐等客人起来用餐。大家都感激不尽，但是这些老实巴交的农民，拙嘴笨舌，心里有数，嘴上说不出来，只是怀着感激的心情，埋头吃饭。一锅稀饭喝完了，两锅山芋没吃完。老人家发话了："吃剩下的山芋，你们统统带着，留着路上吃。"真是雪中送炭，大家更是感激，非常时期，就不客气了，叫带就带着。一个个吃饱了，喝足了，还揣了许多大山芋。

临走时，难分难舍，问及老人家贵姓，得知老人家姓王，大家异口同声地称："王老爹！"

就在此刻，双方认了干亲，并留下了地址，后来处得很好，来回走得很热乎，还有生意来往，并且延续到下一代。这是后话。

支前队向着既定的目标出发了，寒风刺骨，他们无所畏惧，把衣领高高地扯起，遮住半个脸颊，顶着大风匆匆向前奔去。马金锁的大青牛，一马当先，迈着蹄子，昂首阔步，默默前行。

突然，后面一声尖叫："不好！牛跌倒了！"马金锁吆喝住大青牛，往后一看，马银光的小黄牛跌倒了。大家都停住了，一个个都大惊失色。有的跑过去，细细看起了趴在地上的小黄牛。

马银光紧张地说："糟糕！可能腿断了！"他站在那里一动不动，心里焦虑起来，这怎么得了？这牛不但不能拉，而且它还要人抬呢！在这半虚空里，上不着天，下不着地，怎么办？想到这里，他万分难受。大家都默默地看着他痛苦的样子，一个个都束手无策。

马长汉俯下身子，抓住牛腿摸了起来。马长汉是个和牛打了大半辈子交道的老把式，应该能摸出些名堂，大家都把希望寄托在他的身上。只见他扳着牛腿，一条一条的，仔仔细细地摸着，摸完了，他指指右前腿根，说："无大碍，就是这里脱臼了。"

大家一听，都将悬着的心放了下来，马银光那颗怦怦乱跳的心也安顿了好多，但是毕竟脱臼了，还是个问题呀！他迷惑地问："那怎么办？"

"推拿呀！"马长汉肯定地说。他又蹲下去，揹住那条腿，猛地一推。大家都听到了"咔"一声，他说："好了，上去了！"他将那条腿轻轻地揉了揉，直起身来，对大家说："好是好了，但毕竟是受了伤，暂时还不能负重。"

那怎么办？大家都发了愁。马长生当机立断："把它放到老百姓家，回头再去牵。"

大家一起动手，将小黄牛扶了起来，又将车上的粮草统统卸了下来。马长生安排了几个人，牵着小黄牛、抬着车子，去了北边隐约能看到的村庄。

马金锁自告奋勇，将小黄牛的那一车货，全部装到他的大青牛车上。马长生看看大青牛那健壮的样子，放心地说："好！"他的声音一落，队员们七手八脚忙活了起来，有的提起粮袋往车上扔，有的抱起草捆往车上甩，有的爬上车去，码袋子，摞草捆，将马金锁的车装得满满的。等到安排小黄牛的几个同志回来的时候，这里已一切停当，整装待发。

马长生一声令下："继续前进！"

大青牛仍然领头。马金锁领着队伍又浩浩荡荡地前行了。

没过多久，太阳出来了，路上的雪开始融化，出现了泥浆，虽然吸脚，一踩一个脚印，但是比起原来的路面，走起来要稳重多了。

马长生大声喊道："现在路好走些了，大家打起精神来走，争取今晚赶到。"

今晚赶到，他说到大家心里去了，大家都巴不得一脚跨到目的地。大家鼓足了劲，打起了号子吆喝起了牛，后面留下他们践踏过的泥泞和混杂的印迹。

大家一鼓作气，牛不停蹄，人不歇脚，不知不觉送走了落日，迎来了弯月。没有人说话，只有人的脚步声、牛蹄声和车轱辘声，夹杂着沿路村庄狗吠的声音，打破了这夜间的寂静。马金锁肚子饿了，脚也开始痛了，痛得像针刺，像火燎，又辣又麻。他暗暗埋怨自己，唉！怎么这么不争气。他咬着牙，忍着痛，心里重复着说："坚持呀，坚持！"

突然，马金锁耳朵里好像听到了枪声，他屏住气，静静地听，是的，是枪声。他高兴地说："快啦，听到枪声喽！"

大家都静下来听了一下，都听到了，没错，是枪声，大家都坚信：快了，瞎子磨刀，望见亮了！一个个好像都来了精神，不知不觉地加快了脚步。

有人问马长生："我们的目的地是哪里呀？"

马长生说："碾庄！"

有人说："是不是问问人，看还有多远？"

马长生说："看来还早呢！等枪声近了再说。"

大家就继续走。不一会儿，枪声越来越清楚了。马长生一打听，离他们要去的地方还有五六里路。他低声地对大家说："快要到了，大家再鼓足一把劲，但是不能说话。"大家明白，离目的地近了，离敌人也近了，不能暴露目标。大家排成一路纵队，沿着砂石泥路不停息地飞速前进。

很快，这支支前队就奔赴到了上级指定的地点。张副连长接待了他们，将他们的粮草卸了之后，在连部安排了他们的晚饭和洗浴，又将他们和牛一起安排到老乡家里去休息。

这支支前队到此就顺利完成了任务，原来那绷着的神经都放松了。马长生对大家说："现在的任务是睡觉，大家都放心地痛痛快快地睡他一觉，明天早上没有起身时间，爱睡到什么时候就睡到什么时候。"

稻草铺上，大家一躺下，就酣然入梦，一夜好睡。第二天，日近中午才开始吃早饭。吃了早饭，大家都以为要打道回府了，可是张副连长通知马长生去一下，说是有任务。到底是什么任务？一个个都在翘首以待。

不一会儿，马长生回来了，大家都围上去问："什么事？"马长生说："好差事！"

"什么好差事？"

"上前线！"

听说"上前线"，一个个都来了精神，都想去前线和敌人拼搏一番。

"是去打仗吗？"有人问。

"跟打仗差不多，但是不拿枪。"马长生说。

"不拿枪，打什么仗，那不是送死吗？"有人疑惑地说。

马长生说："是运伤员！我们需要全部都去，团结起来力量大。"

大家纷纷同意，一个队统统上，时间定在晚饭后。

夜幕刚一降临，马长生的支前队，在一名解放军战士的带领下出发了。没走多远，传来一阵射击声。

那位解放军战士命令："牛车停下，让牛卧倒！"然后他将徒手的支前队员带到一处战壕边。在照明弹的亮光下，可看见地上躺着十来个伤兵。那战士对队员们说："现在将他们背走。"队员们立马上前，两人架起一个，往另一人的背上一放，背了就走，到了停车处，将伤员放上车，一共是十二个伤员，只有九辆车，只好有三辆车每车装两个伤员。放好伤员，吆起牛，拉了就走。

牛车刚动身，战斗就再次打响了。支前队的牛车拉着伤员，一路狂奔，将耀眼的炮火很快甩在了身后，进入了安全的后方。到了医院，安顿好了伤员，队员们才坐下来喘口气。

至此，马长生率领的这支支前队真正地圆满完成了任务，次日就班师回府了，马银光的小黄牛也恢复了健康，拖着它的运输车，容光焕发地归了队，原套人马，一个不多，一个不少，马金锁驾着大青牛领头，气宇轩昂，精神抖擞，兴高采烈地凯旋。他们不辱使命，不负众望，大功告成，在马湖的光荣史册上写下了浓墨重彩的一笔。

第二十章　如愿以偿

支前队回来以后，中国人民解放军节节胜利的消息不断传来，中华人民共和国诞生了。新中国成立以后，广大农民过上了安居乐业的好日子了，农村呈现一片积极建设新社会的景象。马长汉家也很幸福，过上了"三十亩地一头牛，老婆孩子热炕头"的温馨而幸福的日子。然而，令马长汉没有想到的是，他家里发生了一场战争：

"咱家就你这根独苗哇！"这是马长汉的声音。

"那是战场啊！"这是杨氏的声音。

"鬼子都要爬到咱们头上了，你们还说这样的话，不行，我一定要去！"这是马金锁的吼声。

原来，中华人民共和国刚刚成立，百废待兴，然而就在这个时候，和我们唇齿相依的朝鲜爆发了战争。

马湖的团支部特地召开了团员大会，响应国家号召，动员大家积极报名参加抗美援朝。会场上，刚刚加入青年团不久的马金锁坐不住了，他在想：参军当兵的一般都是弟兄比较多的人家，至少是弟兄两个。会议上也有这个精神，要求他们去动员参军的对象一般应该是弟兄较多的，自己没有兄弟，而且他家已是几代单传了，他去参军，父母这一关能过吗？他想到这个问题，踌躇起来了，到底是报名还是不报名？报名，走了，丢下他们两个老的，一年老似一年，无依无靠，于心不忍，而且他们也不会同意的。不报名，不走，又怎么对得起党？对得起祖国？怎么向团组织交代？还能算得上是一个称职的青年团员吗？得出的答案是否定的。怎么办？怎么办？

他一直在思考这个问题，散会了，都没想出个结果。一散会，他就匆匆跨出门来，踏上回家的路。一路上他的思绪还是围绕着这个问题转。

迷迷糊糊中，他忽然忘了会到底散没散，他停下脚步，掉头一看，李玉珠跟在后面呢！心里不禁一喜，正好可以征求征求她的意见。李玉珠是和他一起入团的团员，今天也是参加支部大会的。

他问："玉珠，后面的同志都散了吗？"

李玉珠笑着说："散了，你看你，大家散没散你都不晓得了！"

"哎呀，我头脑里一直在想一个问题，没顾那么多。"

"想什么啦？"李玉珠明知故问。

"会议精神你都是知道的，我还能稳坐钓鱼台吗？"

"怎么样？想报名啊？"

"那还用说！"

"对！这才是个大男子汉呢！"李玉珠十分赞成。

"可是有难题呢！"

"什么难题？"李玉珠还是明知故问，马金锁的难题是明摆着的。

"你看，我是庙门上的旗杆，独一根，能走得了吗？"

这个问题也难住了李玉珠，马金锁没有兄弟，暂时无后，顾了前面，就顾不了后面，顾了后面，就顾不了前面。她用那双细长的眼睛灵活地扫了他一眼，说："这是一个现实的大难题，是得好好地想想。"

马金锁低声地说："你帮我想想！"

李玉珠一时拿不出主意，马金锁暂时也没有主意，他们就信步往前走，你望着我，我望着你，不说话，也不分南北东西。在李玉珠的眼睛里，没有路，也没有人群，只有马金锁。她好长时间没有仔细看过他了，现在细细一看，忽然觉得他长大了，真像个男子汉了。是的，没错，不知不觉中，他们都长大了。

走了一程，马金锁憋不住了，问："你有主张了吗？"

李玉珠又朝他看了一下，心想，这样的男子汉能办大事，应该出去闯一闯，待在家里不行，庭院里跑不出千里马，她鼓足勇气，大声说："男儿志在四方！"

马金锁觉得她说得对，男儿应该志存高远，他对李玉珠说："你说得对，现在国家有需要，我应该以国家为重，服从祖国需要。"

李玉珠说："这就对了，这才是男子汉的本色，'自古忠孝难两全'。"李玉珠上过几个冬学，已经不是文盲了，冬闲时大人们唱书说书，她跟着听，她也知道不少关于"忠"与"孝"的故事和道理。她接着说："危难关头，当'忠'和'孝'无法兼顾时，应该毫不犹豫地选择'忠'而不是'孝'。'孝于家'应该让位于'忠于国'。"

李玉珠对刚才的会议精神理解得透彻，执行得迅速，一走出会场她就宣传起来了，令她没有想到的是，她宣传的第一个对象竟是马金锁。

当局者迷，旁观者清。马金锁被她说得心服口服，一下子主意拿定："那我就准备报名了！"

李玉珠说："你别急着去报名，家里你还得沟通沟通，先做做思想工作，把家里思想工作做通了，然后痛痛快快地去报名，不好吗？"

"是是是。"马金锁连连点头。

当晚，马金锁到家，就和父母谈了这事。

马长汉和杨氏听了都一愣。马长汉说："去朝鲜，那多危险哪？"马长汉认识到，大敌当前，应该全力以赴，打退侵略者，然而他转念一想，打仗不一定都非上前线哪，在后方搞好支前工作，也一样是参战啦！就像解放战争中他们的支前队，不也是叫参战吗？他对马金锁说："你还是在后方吧，搞好建设也是抗美援朝嘛！"

马金锁一听，有点急了，说："不行，后方有得是人，前方缺人，美国鬼子纠集了十五个同盟国的军队打来了，朝鲜在危急存亡关头，我国的安全面临严重威胁，前方大量需要人，需要大量的身强力壮的年轻人，你就让我去吧！"

马长汉还是摇头，坚决不同意。马金锁再三解释、恳求，没用，就是死活不同意。

马金锁无奈，回到自己的房间，双手抱着脑袋，在室内来回踱着步子，寻找着解决问题的办法。忽然，他想起了李玉珠，或许她能帮他解决这个问题。于是他信步来到李玉珠家，细说了刚才的情况，请她帮帮忙。

李玉珠现在是个大姑娘了，这几年，经过儿童团到青年团的磨炼，相当成熟了，能说会道，妙语连珠。她跟着马金锁来到了马家。她面对二位老人，用温柔的声音、和蔼可亲的笑容，热情、生动、流利的语调，从国际讲到国内，从古讲到今，从大道理讲到小道理，讲得头头是道，说得马长汉夫妻俩低头不语，无言以对。半晌，夫妻俩只得同意儿子的选择。最后李玉珠又安慰二老说："你们放心，金锁走了，家里有什么事，找我，我会尽力帮助解决的，我解决不了，还有组织呢！"

马长汉笑着说："有你这话我就放心了。"

第三天，马金锁高高兴兴、痛痛快快地来到了乡政府。一个穿着旧军装四十出头的老军人接待了他。他用崇敬的目光看着老军人。老军人也用欣喜的目光看着面前这位风度翩翩的英俊少年，问：

"你叫什么名字？"

"我叫马金锁。"

"你为什么要参加志愿军？"

他挺起胸膛回答说："支援革命、打倒坏蛋。"

老军人问："你知道志愿军的目的和任务吗？"

他说："抗美援朝，保家卫国。"

老军人又问："打仗会流血牺牲，你害怕吗？"

他大声说："革命不怕死，怕死不革命。"

经过体检，马金锁顺利地被录取了。他疾步如飞，很快地回到村子里，他没有先回家，而是第一时间将消息告诉了李玉珠，李玉珠内心也充满兴奋和喜悦。

　　这天晚上，马金锁一个人坐在自己的房间里，他想到几天之后他将走出这间小屋，进入另一个世界。那个世界会是个什么样子呢？他头脑里一片茫然，但是他到过淮海战役的战场，会不会就是那样呢？可是又一想，不对，淮海战役是在国内，那是在国外，淮海战役打的是蒋介石，这战争打的是美国鬼子，可能不一样。到底是个什么样？他想了一下，想不出。他想，反正是战场，是打仗，无非就是烽火连天，千军万马，枪林弹雨，短兵相接，冲啊！杀！他想象着自己端着机关枪，冲进敌阵，嗒嗒嗒……将敌人撂倒一大片。

　　这天晚上，李玉珠也在辗转反侧。马金锁的参军，是在她的极力鼓动和做工作之下才得以实现的，当时她是坚决支持马金锁去打鬼子的，而现在已成定局，马金锁就要走了，这一走，他们将相隔千山万水，不能再形影不离，不能在家里嬉戏打闹，不能在一起傻傻地笑，呆呆地哭。人有悲欢离合，月有阴晴圆缺，她的心里很不是滋味，打她记事起，与马金锁相处的一幕一幕，像放电影一样在她的脑海里闪现着、滚动着。她想到这些年来，马金锁像亲哥哥一样关怀着她、呵护着她。

　　有一次，阳春三月，他们一班小伙伴来到一处大圩头上打猪草，有两个贪玩的小男孩，一到那里就在圩头上用泥弹子下起了棋。她和马金锁看到圩头上一摊好草，又嫩又大，猪最喜欢吃，他们立马埋头铲了起来，一会儿工夫，他们就将那摊好草铲光了，每人都装上满满的一篮子，准备回家。那两个下棋的家伙，抬头发现原来的好草被他们铲光了，耍起了无赖，要将他们篮子里的草分了。他们欺软怕硬，不敢惹马金锁，就对李玉珠动起了手。他们伸手去扯李玉珠篮子里的草。李玉珠急得直哭，没有办法，任他们扯。马金锁看不顺眼，一声怒吼："住手！放回去！"

那两个家伙不听，还是扯，嘴里还说："关你屁事！"

马金锁火了："你们真是欺人太甚！"上去一把抓住一个，扯起来猛起往前一扔，那家伙一个嘴触地，弄得满嘴衔泥。又上去一把，抓住一个，又是一扔，又一个嘴巴啃地。那两个家伙躺在地上直叫。叫了一会儿，爬起来，要和马金锁动手。马金锁更火了，挥动两拳，飞起双脚，左砸右踹，三拳两脚，打得那两个家伙趴在地上直求饶。马金锁命令他们将李玉珠的草装好，那两个家伙乖乖地将草原样装好。马金锁为李玉珠报了仇，解了恨。

…………

想到这些，李玉珠心里甜丝丝、乐滋滋的。然而，当她想到他即将离开她，她将失去一把遮风挡雨的保护伞，她将失去一棵可以依靠的大树的时候，一股失落感涌上了她的心头，不知不觉，泪水在眼眶里打转，转了一会儿，她的双眸又渐渐清晰，她突然想到她应该送一件礼物给马金锁。

第二十一章　扬帆远航

　　送礼，送什么？送衣？部队是统一军服，家里的衣服再好，一到部队就要换掉。送吃？能吃几顿？能带多少？部队都是统一伙食。送用？他去打仗，最要用的东西是枪，你有吗？拿不出！到底送什么？她心里一团乱麻。她想了半天，觉得送鞋最好，打仗要跑路，需要合脚的结实的鞋。对！就送他一双鞋。她主意定了，就想立马去实行。她翻身坐起，点上小煤油灯，翻箱倒柜，翻出了春节时糊的鞋底布骨子，拿起剪子就要动手剪。真正要剪的时候，她犹豫了，金锁的脚有多大呢？看上去比她的脚大一些，到底大多少，不知道，她没量过。不知道就不能随便乱剪，这是做鞋，不是做衣，衣不争寸，鞋不争分，而且现在是做军鞋，军鞋尺寸要分毫不差。军人要打仗，要冲锋，鞋子必须合脚，既不能大，也不能小，大了，不跟脚，要掉，掉了鞋，光脚板怎么冲锋？小了，勒脚，要疼死人的，怎么冲锋？必须要不大不小，将将好，这下难住她了，必须将金锁的脚样取来才行。她本想将鞋做好了，送给他，给他一个惊喜，现在看来不行了，非得惊动他不可了，可是这夜深人静的，也不好去敲人家的门，怎么办？金锁说走就走，时间紧迫呀！她心急如焚，无奈，只好又爬上床，可是，怎么睡也睡不着，大花被蒙住了她的头，蒙不住那窸窸窣窣跳动的心。好不容易挨到了天亮，她带了春节用剩的一角红纸和粉笔，来到了马金锁家，大门关着，她不等了，"咚咚！"敲起了门。

金锁妈起来开了门："哎唷，玉珠哇！这么早的？"

"我要找金锁！"李玉珠说。

杨氏就去叫出了金锁。

马金锁惊愕地走了出来，眨了眨眼睛，问玉珠："这么早，有事吗？"

李玉珠二话没说，将手里的红纸往地上一放，说："鞋子脱了，踩上！"

马金锁糊里糊涂，不知道这是干什么的，想问，杨氏在身边，又不好问，只好顺从地脱掉鞋子，把个光脚板朝纸上一放。

李玉珠用粉笔沿脚画了一圈，将纸拿了就走。

马金锁实在憋不住了，问了一句："你这是干什么？"

"把你的脚留下！"李玉珠甩给他一句不明不白的话，只顾走她的，头也不回。

马金锁站在那里，痴呆呆地望着李玉珠远去的背影，心里一片茫然。

李玉珠回到家里，马不停蹄地忙了起来。她照着脚印剪好了鞋底，又用白布搪了一层，就用麻线纳了起来。纳的时候，她在两只鞋底上精心设计了几个有意义的字，一只是"抗美援朝"，一只是"保家卫国"，在上鞋面的时候，她又在两只黑色鞋面上认真设计了一个图案：鸭绿江。鸭绿江她不知道什么样，她想了想，反正就是大河吧！她将粉笔头削得尖尖的，在两只鞋面上都轻轻地画了一条曲曲弯弯的河，又用绿丝线绣了一下，真像是一条绿波滚滚的大河。她夜以继日，仅用了两天一夜的时间，一双军鞋就做好了。她仔细端详了一番，觉得很满意，想表达的意思都表达了，准备晚上给金锁送去。

马金锁已接到通知，第二天集合。晚上，马长汉夫妇俩为儿子饯行，菜不多，但少而精，一碗红烧肉，一碗烧公鸡，一碗青菜烧豆腐，一盘青葱炒鸡蛋，一盘油炸花生米，一盘红烧鲤鱼，六六大顺。不但数字吉利，菜还有寓意，特别是那盘红烧鲤鱼，这是马长汉特意为儿子去市场上买的。

他们还没有开席，李玉珠一脚跨进门槛，手里抱着一双鞋。她一看，将鞋往马金锁手里一揣，丢下一句："送给你的！"掉头就走。杨氏一把拽住："你这伢子，怎么到这儿就走呢？"

"哎呀，我还有事！"

"你再有事也得放一放，金锁明天就要走了，坐下来我们一起给他送个行。"

李玉珠的樱桃嘴朝马金锁手里的鞋一噘："喏，我已经送他鞋子了！"

"你光有鞋，连个话还没有呢！坐下来，好好地聊聊。"

杨氏这话说到李玉珠心里去了，她怎么不想同马金锁聊聊呢？她想啊！可是有其他人在场，她不好意思开口哇！她拒绝说："你们家里人好好地聊聊吧，我真的还有事呢！"

杨氏还是不让："你这伢子呀，你和金锁从小一块长大的，就跟一家人一样，怎么说起两家话来了呢？快坐下，天大的事也要放一放。"说着，硬将李玉珠往凳子上按。

"就坐下吧。"马长汉也成全，"金锁这一走，还不知什么时候才能回来呢？机会难得，坐下坐下！"

李玉珠见盛情难却，就勉强坐下了。这下家庭小宴就开始了。在马长汉的带动下，大家频频举杯，李玉珠只是腼腆地端端杯，靠靠嘴。

马长汉看着不舒服，批评说："玉珠这伢子，到这里还拘礼呢，家庭宴会就是要放开来喝，放开来吃。"他是久经酒场的，喝酒的办法多多，他对金锁说："金锁你敬玉珠四杯，玉珠送你鞋，你不感谢吗？"他借题发挥了。他把话说出去了，又感到欠妥，他不知道玉珠到底能不能喝，假如伢子真的喝多了，他这个做长辈的是有责任的，他又补充说："这样，金锁四杯，玉珠两杯，一杯半销①。"

马金锁生在酒门，几杯酒当然不在话下，他得令连忙举杯。李玉珠这下不好意思了，马金锁一杯干了，李玉珠也遵命喝了个半杯。她两杯酒下去，面不改色心不跳，看来还是有几杯量的。马长汉看了，放心了，又叫玉珠再回敬两杯。李玉珠照办了。

频频举杯，临别依依，要说的话很多，但千头万绪，一时不知从何说起，酒喝了不少，话别还没沾边。马长汉将话锋一转："现在吃鱼，吃鲤鱼。"他先夹了一块，递给了马金锁，说："这鲤鱼是特意为你买的呢！"

---

① 一杯半销：一杯酒分两次喝完，一次喝半杯，别人一次喝一杯，喝半销的人一次喝半杯。

马金锁朝马长汉望望,不解地问:"为什么?"

马长汉说:"你们知道鲤鱼跳龙门的故事吗?"马金锁摇摇头,杨氏和李玉珠愣住不作声。马长汉就口若悬河地讲起了鲤鱼跳龙门的故事,讲完了故事,马长汉就借题发挥了,他说:"现在我们金锁跳龙门了,就要跳过农门,跨进军营了,来,我们向他表示祝贺。"在马长汉的提议下,马长汉、杨氏、李玉珠一起端杯,敬了马金锁两杯。

两杯过后,马长汉又说:"跨进军营还不行,还要跨过鸭绿江,消灭鬼子,胜利归来。"大家又是两杯。

马长汉又对金锁说:"'西出阳关无故人',东跨鸭绿江也无故人啦,你赶紧敬玉珠两杯,机会难得。"

听马长汉这么一说,马金锁略有所思,说:"这样,我敬爸、妈、玉珠,一起两杯。"

马长汉也很赞成,大家又共同干了两杯。

经过左两杯右两杯,话匣子打开了,马长汉对儿子说了不少的希望和祝福,杨氏也说了一堆关爱的话。

现在就剩玉珠没讲话了,金锁几次把眼光射往玉珠的脸上,玉珠也不时地看金锁,心里矛盾着。她心中有千言万语,却又不肯说出口,好像她的话都从眼睛里说出来了。金锁故意地追问她说:"玉珠,怎么不说话啦?"玉珠脸上泛起红色,有些害羞,她愣了一下,鼓足勇气,端起酒杯:"敬你两杯,祝你一路平安,照顾好自己,我等着你回来。"金锁爽快地举杯奉陪,他的脸也因兴奋和感激而发红。

"好!"马长汉高兴地鼓起掌来。

马长汉觉得再好的宴席也有结束的时候,他说:"今天就这样了，早点休息，明天我们一起去送金锁。"

李玉珠起身告辞，刚要迈出门槛，马长汉说："金锁送一送，把玉珠送到家。"

杨氏突然明白，也连忙说："对对对！金锁送送，玉珠喝酒了！"

两个老的想到一起去了，小孩子第一次喝酒，不知道深浅，安全问题，就这几步路也不能大意。

马金锁也会意了，跟着玉珠出了门。这时马金锁心里不是个滋味，他觉得李玉珠送了他鞋，礼物很重，心意很重，他也应该送个什么礼物，表表心意才好，可是一时又想不出、拿不出。他抱歉地对李玉珠说："玉珠，你送我礼物，我也没送礼物给你，实在对不起。"

李玉珠心里很想得到金锁的一个纪念品，一直没好出口，现在马金锁提起了，她便趁势说："你是应该送一个纪念品给我。"

马金锁这下没有退路了，送什么呢？他一时脑子里乱乱的，嘴里自言自语道："送什么呢？"

李玉珠知道他为难了，其实李玉珠不要珍贵的，只要有纪念意义就行了。她说："你给我一张照片就行了！"

照片，是个好办法，可是他又犯难地说："照片是有，还是前年照的，有点旧了，要知道前两天去照一下，现在来不及了，周围也没有照相馆，要跑到县城去呢！"

李玉珠说："哎呀，不管新的旧的，给我一张就行了。"

马金锁无奈，只能这样了。他说："好，你等我一下。"

他跑到家里，趁马长汉夫妇在厨房洗锅抹碗之际，连忙从床头纸夹里摸了一张照片，又急急忙忙跑了回来。他把照片给了李玉珠，又将她送到家门口。两个人没有作声，怕惊动李玉珠爸妈，只是摆摆手，依依不舍地告别了。

李玉珠说不清，她为什么对马金锁会如此恋恋不舍？马金锁也道不明，他为什么会对李玉珠如此缠缠绵绵？二人都带着疑问进入了梦乡。

第二天，他们都起了个大早，太阳一出，他们就来到了乡政府。

全乡的欢送新兵大会，在乡政府门前的操场上举行。红旗飘动，锣鼓喧天，人山人海，热闹非凡。乡领导、征兵办的同志，全体新兵及家长都参加了欢送大会。

二十名入伍青年，都像小老虎一样活蹦乱跳。第一次穿上军装的新兵，幸福得感觉自己就像鸟儿一样，不是用脚走路而是在飞。雀跃似的让父老乡亲们看看，自己是一个真正的革命军人了。杨氏看着儿子远去的背影，眼中的泪水不自觉地涌出了眼眶。李玉珠呢？这离别在她的心中也蒙上一层阴霾，她想起一句古诗："少小离家老大回"，古人从小离家出去，到老了才能回来呢！但金锁不会这样的，他打败了美国鬼子就回来了，想到了这里，她似乎得到了一些安慰。

第二十二章　暗度陈仓

新兵继续前进，第二天晚上在一个镇上，和其他地方的新兵会合，进行了休整。首长讲了对新战士的要求，不能想家，不能畏战，不能开小差。违纪将受到严惩。新战士个个热情似火，纷纷表示决心，服从命令听指挥，苦练军事技术，争取杀敌立功。

当晚，会上就给新兵发了枪，马金锁从首长手中接过枪的时候，流下了幸福的眼泪。过了若干年，他还能清晰地向人们讲述当时那种激动的心情。

首长说，从现在开始我们要开始军事训练，新战士第一要学会睡觉，第二要学会走路，第三要学会吃饭，第四要学会射击。

他们上规矩了，开始了军事化，住的房间要打扫得干干净净，弄得整整洁洁，被子、衣服都要叠得方方正正。次日，就开始军事训练了。

一大早，他们迎着晨风，抖开战旗，练兵场上传来一阵阵噼里啪啦的响亮而清脆的旗声。旗声和着口令："齐步走！""一二一！一二一！""正步走！""一二一！一二一！"

马金锁全身不敢有半点松懈，做得认认真真。虽然苦，但他还是感到乐滋滋的，特别是迈起整齐有力的步伐行走的时候，他体会到了喜悦。

接着学习打枪，他们学习了步枪、冲锋枪、轻机枪、重机枪的使用，马金锁总结了步枪学习的经验，在后来的实弹射击中，都取得了优异的成绩。

突然，一天夜里，天还没亮，寝室里就响起了起床号。原来是野外拉练，这是军队里一个很重要的训练科目。在这次拉练中，马金锁有了很大的收获。

不久，这些新兵就被编入志愿军序列，坐上火车北上，向安东市①进发。马金锁和另一个名叫赵大千的新兵，编在一个班。班长名叫赵青，别看他才二十出头，他可是个参加过解放战争的老战士。火车经过三天三夜，于第四天的中午赶到鸭绿江边的安东市。大家都是第一次到安东，都想一睹这座城市的美丽风采。可是他们没走多远，就感觉出她已经受到战争的侵害了。

这时，组织上已传达了朝鲜前线的紧急情况：美国侵略者已于1950年10月1日越过三八线，向朝鲜北部大举进犯。朝鲜的临时首都平壤沦陷。

马金锁所在的部队已接到命令：争取在敌人到来之前抢占有利地势，要求做好一切准备工作，于当晚渡江。过江的时候，干部又向战士们强调，要保持寂静，大概是怕惊动敌人，于是每个人都默默地走着，一声不吭。

马金锁也抿着嘴，挺着胸，瞪圆两眼，盯着前方，随着大军雄赳赳，气昂昂，跨过了鸭绿江。

---

① 今辽宁省丹东市。

第二十三章 连续作战

一过鸭绿江，马金锁的心情就变得非常沉重。朝鲜的村镇和公路上尸横遍野，惨状不堪入目。

马金锁随着队伍不断前进，一路上，只有人的脚步声。部队静声静气地走着。半夜里敌人的部队也摸过来了。马金锁听到枪声了，大概是交上火了，部队哗啦啦地跑起来，直往前面山上冲。

山上到处是树，根本没有路，马金锁和那个叫赵大千的新兵因为紧张老是摔跤，就像地下冒出许多魔鬼，将他们一次又一次地拽倒。枪声忽远忽近，战况非常激烈。

渐渐地月亮露出了小半个脸来，敌人的枪声好像见不得光明似的，不响了。马金锁的班接到首长命令，前出潜伏。

马金锁向班长建议，把手榴弹挂到树上，等待敌人。

班长说："行!"

他们又脱下自己的军装挂到树枝上，引诱敌人。马金锁的办法还真的奏效，这一仗打得很漂亮。战斗一结束，部队进行了总结，马金锁受到了表扬，并被提升为班长。

上级命令部队在山上密林中隐蔽休息，准备黄昏后再出发。

忽然有人手举战报，大喊："胜了！我们胜了！"

"什么胜了？"有人问。

"入朝出师的第一个战役我们胜了！"

原来，在这次战役中，各路大军猛打猛追，连续突击，给了敌人极大的打击，粉碎了"联合国军"在感恩节前占领全朝鲜的计划，使其迅速占领全朝鲜的狂妄企图化成泡影。

志愿军乘胜南进，敌人节节溃退，落荒而逃。马金锁所在的部队追了两天，乘着十轮大卡的敌人已经逃到三八线以南去了。

兵团司令部考虑到徒步追击难有收效，遂下令停止追击。

部队进行了休整，志愿军战士们迎来了战斗的春天。后续兵团源源到来，马金锁所在的连也得到了补充，马金锁的班还补充了四个新兵蛋子呢！整个班一下子显得生气勃勃。马金锁从心眼里喜爱他们，他们也喜欢马金锁，见了他总是笑嘻嘻地问："班长，什么时候有任务哇？""战役什么时候开始呀？"

终于，在战士们的渴盼中，部队由集结地整装向前出发了。

这一年春季雨水多，马金锁的鞋已经坏掉几双了，他干脆打着赤脚走。直到大家坐在路边休息的时候，人们才发现马金锁光着脚呢。赵大千有点心疼，他想起他包里还有一双鞋，他解开背包，掏出那双鞋，递给马金锁，说："班长，赶紧穿上，脚磨破了，就不能走路了。"

马金锁看着赵大千，又惊又喜，没想到在这大家都需要鞋子的关键时刻，他能雪中送炭，马金锁心中顿时升起一种敬佩之情，十分感激地说："谢谢，这鞋你还是留着自己换吧！"

赵大千执意要给他:"这一路上全是砂石,你光着脚板,怎么能吃得消呢?"说着,硬将鞋子往他手里塞。

马金锁边推边说:"谢谢,我有鞋,我想磨炼磨炼脚底板老皮。"

"你真有鞋?"赵大千疑惑地问。

"我真有。"马金锁说。

"那你拿给我们看看!"

马金锁没说假话,他真有鞋,李玉珠送给他的那双鞋,他一直没舍得穿,当宝贝一样收在包里,这时他不得不拿出来了。他解开背包,掏出那双崭新的鞋。

"哇!班长真有鞋!"一个个惊讶起来,争着过来拿着鞋子看:

"漂亮!"

"好看!"

"结实!"

…………

大家赞不绝口,有的指指鞋面上鸭绿江的图案:"寓意深刻!"

他们看过了正面,又翻过来看看鞋底。不看则已,一看更加惊讶了,上面绣着"抗美援朝,保家卫国",这把全体志愿军、全国人民的心愿都绣出来了,大家不约而同地一阵赞叹:"好哇!好哇!"

赞叹之后,有人回过味来了,说:"班长这鞋肯定是女朋友送的!"

马金锁什么也不说,只是笑着。

"班长默认了！"

"好！好！"又是一阵狂欢。

忽然有人夺过赵大千的鞋，发现也做得很好，很漂亮，很结实。又把它和马金锁的鞋并起来比比看，一双是黑色的，一双是蓝色的，一双大一点，一双小一点。再翻过来一看，"哟！"大家又不约而同地叫了起来，原来那鞋底上也纳了"抗美援朝，保家卫国"几个字。

这真是"心有灵犀一点通"啊！

马金锁说："这说明大家都是心往一处想，劲往一处使呀！这是大家的心声！"

"对对对……"

当大家都冷静下来的时候，有人建议："班长，你还是穿上，完成你女朋友的心愿吧！"

"对，班长，你还是穿上，保护脚要紧，万一你脚磨破了，怎么带领我们打仗啊？"

马金锁觉得大家说得对，就到路心弹坑积水塘里，洗掉了腿上脚上的泥巴，穿上那双心爱的宝贝鞋子。他觉得很合脚，很舒服，心头涌上一股热酥酥的滋味，不由得想起了李玉珠，不知道她现在怎么样了？他想着想着，忽然脑海里又冒出刚才战士们说的"女朋友"三个字，什么叫"女朋友"？他对这个概念一直是迷糊的，她是我的女朋友吗？他对这个问题更是迷糊的，他从来没朝这方面想过，他们就是糊糊涂涂地在一起玩，在一起工作的，一直是两小无猜的状态。他想着想着，不知不觉地在心里暗暗地笑了。

队伍继续前进，他们一路打，一路前行，小仗、大仗、恶仗，一次接着一次。马金锁立的功一次接着一次，奖章一块接着一块地拿。

部队在山坡上的松树林里开会，又进行了总结，表扬了一批，提拔了一批，马金锁受到了表扬，并且批准了他的入党申请，这叫火线入党，从此，马金锁成为一名光荣的中国共产党党员，他更加坚定了共产主义信念，立志为共产主义奋斗终生。与此同时他还被任命为排长。赵大千也被提升为副排长，为马金锁的副手。

第二十四章　凯歌嘹亮

　　马金锁当排长了，这是他没想到的事，他忠于职守、争强好胜，他埋头苦干、奋力拼搏。入朝以来，他跟着部队冲、杀，指到哪里打到哪里。他也不问是第几次战役了，有仗，他就打，有锋他就冲，服从命令听指挥。现在是排长了，他决心要带领全排打好仗，冲好锋。

　　这时的马金锁，已经是一个十分成熟的大小伙子了。青春和激情在他年轻的生命中熊熊燃烧，伟大而崇高的理想像太阳一样升起在他精神的天空上，照亮他前进的道路。

　　现在战争形势变化了，我军由战略进攻转入战略防御，开始执行毛主席指示的"持久作战，积极防御"的作战方针。而敌人方面，由于连续遭到我军的沉重打击，兵力不足，士气不高，也被迫转入战略防御。我军为了适应这一形势，大搞坑道工事。这样，形成了以坑道为骨干与地面堑壕相结合的防御体系，把战线稳定在了三八线附近地区，战争转入相持阶段。眼见速战速决目的破灭，美国为首的"联合国军"，开始寻找谈判的可能。1951 年 7 月 10 日，一场旷日持久的停战谈判，拉开帷幕。但仍是谈谈打打、打打谈谈，战争还是在相持着。马金锁带领全排战士居于洞中驻守阵地。忽然有一天队伍接到大反击的通知，战斗两天后开始。

第二天，坑道里就开始了大反击的动员准备工作。第三天，一切就绪，人们静静地等候着进攻的号令。

终于，战斗打响了，一阵炮火袭击后，我军又发起了冲锋，枪声更紧密了，子弹的尖叫声更激烈了，手榴弹的爆炸声排山似的轰鸣着。火光冲上了天，烟柱打着盘旋。

"冲啊！打！"

这是一个大家熟悉的声音，这是团长的声音，这是命令！马金锁毫不迟疑，跟着大喊一声："冲！"全排战士随着一声呐喊，腾跃而起，越出壕沟，与同时越出壕沟的我军战士，汇成灰色的人浪，喧嚣着，向敌人袭去。

我大军攻城略地，势不可当。敌军垂死挣扎，出动飞机、坦克狂轰滥炸，企图阻挡我军前进的步伐。敌机成群结队，在我军扇形的进攻线上不停地轰炸、扫射。

马金锁对战士们挥手叫道："卧倒，不要惊慌，轻重机枪向天空瞄准！"

敌机又在天空吼叫了。那家伙越飞越低，越来越近，眼看要俯冲下来。

"打！"

随着马金锁的一声令下，密集的枪弹、炮弹，冒着火光向天空冲去。

呜呜呜呜呜……呜呜呜呜呜……

嗒嗒嗒嗒嗒……嗒嗒嗒嗒嗒……

疯狂俯冲的敌机一下子被压住了，飞了回去。

马金锁趁势率领全排战士冲了过去。

　　敌营那边的炮声猛烈地响起。马金锁感觉敌人是在竭尽全力做最后的垂死挣扎，当前的战斗正在胜利的边缘。

　　轰的一声，一颗炮弹在马金锁的面前爆炸了，他眼前一黑，头脑里嗡的一下，就什么也不知道了。

　　…………

　　营长沈立明接到一个消息：阵地上，大批美军士兵开始了攻击！

　　枪声停止后，沈立明派人去寻找，结果只找到三个活着的人，排长马金锁和副排长赵大千都不见了。

　　沈立明想到马金锁，他的顽强精神令他肃然起敬，他打心眼里称赞、钦佩，他不由得潸然泪下……

　　这一仗我们终于胜利了，迫使对方在谈判桌上签了字。

　　记者们以最快的速度，把有关停战的消息，发向各自国家的通讯社。在朝鲜和中华大地上，都顿时弥漫起浓浓的喜气，到处都载歌载舞，欢庆这一特大喜讯，欢庆这一伟大光荣的胜利。

第二十五章　带伤援朝

马金锁从昏迷中醒来的时候，已躺在医院里了，他低头一看，腰里的皮带钻了好几个洞，又看看身上其他的地方，没有找到别的受伤的地方，感到很欣慰。

马金锁想喝水，他渴了，不是一般的渴，他的嘴唇已起了皮，但他没有要水喝，他认为他不能喝，因为他知道他的"下水管"断了，他怕喝了水，淌到肚里，麻烦就更大了。马金锁也疼，而且不是一般的疼，疼得牵肠挂肚，但是他忍了，他咬着牙忍着，他不叫不哼地等待着医生对他的处置。

马金锁在医院里经过手术，就被送进了病房。

马金锁睡在床上，抬头一睁，睁见了躺在旁边的一个人，好像很熟。他仔细一看，是赵大千，连忙轻声叫道："大千!"

赵大千也认出来了，哼哼着："排长!"

"怎样?"

"负伤了。"

原来，就在马金锁被炸昏的时候，赵大千也受了伤，并且是重伤，几颗弹片钻入了腹腔，不止一个脏器受伤。他们手术后，经过疗养，很快就回到了自己的部队。

马金锁和其他伤愈的战士们回来后，不但受到了战友们的欢迎，还有幸观看了中国人民赴朝慰问团的精彩演出。马金锁受到了优待，坐在前排，得以从近处观看鲜花歌舞，在最前面观看战士们整齐的演出，听鼓舞人心的报告，会场上掌声不断，可是这些都没有激起马金锁多大的欢乐，相反，他多少次看着看着便发了呆。心里有个声音在问自己：他有多少战友没能来参加这个大会？他们现在在哪里……他相信，坐在队列里失去战友的士兵，很多人也会和他一样吧！

归队以后不久，赵大千就回国了。马金锁又随着部队在朝鲜待了五年，帮助朝鲜稳定局势、恢复生产，帮助朝鲜人民春种秋收，修建被炸毁了的水库、道路和桥梁，抢修重要设施，帮助他们重建家园，志愿军们做出了不可磨灭的贡献。1958 年年底，他站完了最后一班岗，也是最后一批，随大军光荣回国。

当马金锁乘坐的列车，到达首都北京的时候，他的心激荡起来。这是他第一次来到他久已仰慕的那个神圣的地方，他决定在这个历史悠久的城市逗留两天，一睹她的风采。于是他下了车，在一家小旅馆住了下来。他游览了长安街、王府井、颐和园、八达岭、十三陵、圆明园、北海、故宫等，最后在天安门前徜徉，望着伟大领袖毛主席的巨幅画像，心潮澎湃，令他深感遗憾的是，没有赶上国庆节，没有亲眼看到毛主席他老人家。他雄赳赳气昂昂、跨过鸭绿江，就是响应他老人家的号召，在朝鲜战火纷飞的战场上，他多少次想念着他，和战友们亲切地谈着他，在睡梦里梦见过他，总想有一天，战争胜利了，回国能见到他老人家了……他在金水桥上站了很久，最后在天安门前拍了一张照片，作为纪念，然后才恋恋不舍地离去。

第二十六章　荣归故里

一路颠簸后，终于又看到了阔别已久的风景，乡间曲折的小路，碧绿的河水，一望无际的麦田，一排排掩映树中的草房，一切的一切仍然是那么的熟悉，那么的亲切。他伫立村头，望了许久，然后直奔村西头他最熟悉的茅屋走去。

马金锁回来了，消息像长了翅膀，一下子飞遍了全村。男女老少都来看他了。马金锁的名字对于许多孩子来说，如雷贯耳，但他们就是没见过他人是什么样子，这下都争着来了。村里带新娘子也没有这么热闹。

此时，最兴奋最焦急的是李玉珠。自从马金锁入伍那天，她目送着马金锁远去的背影，她的心就跟着马金锁一起去了。从此，她的心里老是装着马金锁，老是装着朝鲜战场。她不时地打听朝鲜战场上的消息。她的心中七上八下，乱糟糟的。她十分期盼志愿军能够打胜仗，马上有捷报传来。可是，那时通信不发达，消息很难传到她的耳朵里。她左等右等，什么消息也没有。她还是在想，在盼！时间过得真慢，一刻好像一天。她有时在心里责怪马金锁，怎么不写个信回来呢？她一想，这不能怪他，他是在打仗，东一榔头西一棒，漂泊不定，又是在异国他乡，这信怎么寄呀？她又在心里原谅了他。

她的担心不无道理，志愿军面对的是强大的以美国为首的"联合国军"，志愿军的人数、装备都处于劣势，而且敌人还有飞机在空中掩护，志愿军要战胜敌人难度是很大的。尽管她深知马金锁胆大心细、精明强悍，但谁也说不定会不会有闪失，所以她的心总是吊在半空，不能落实。她不愿往坏处想，可是坏的想法老是挥之不去。想急了，她就摸出马金锁临走送给她的那张照片。这一张小小的照片，伴她度过多少晨昏。

现在，她牵挂眷念的人回来了，她喜出望外，心中的那块大石头落地了。她在静静地听着隔壁热闹轰轰的气氛，巴不得一下子飞过去，扑到他的怀里，诉说一番衷肠，然而，她又不敢，连边都不敢沾。她极力压抑住内心的激动，静静地等待着，等到隔壁的客人散去再说。

儿子回来了，马长汉夫妇热情地招待着客人。杨氏一面看着扒前扒后的孩子们，一面忙起了晚餐。太阳还没下山，她的晚餐就做好了，招呼马长汉说："吃晚饭了！"

马长汉立即说："各位！就在这儿吃个便饭。"

大家都很明白，这么多人，往哪里坐？他家又能煮多少饭呢？一个个都说："不用客气了，再会！"大家都自觉地离开了。

这里，杨氏就上菜了，马长汉拾掇着桌凳，马金锁也帮着忙活起来。

时间短促，杨氏未能上街买菜，就在家里凑凑，好在他们家有一个习惯，总要在家里存放一点能储藏的菜，准备突然来客时应急使用。她找了一些库存的，又到菜园里去采了一些冬天的时令菜。她烧了一碗红烧咸猪肉、一盘红烧咸鱼、一盘韭菜炒鸡蛋、一盘油炸花生米、一盘生炝青萝卜丝、一盘菠菜炒百叶、一盘小葱烧豆腐，一盘蛋皮炒蒜苗。人不多，八个菜，有荤有素，也算得上是丰盛了。

菜上齐了，马长汉沉思了一下，对杨氏说："把李玉珠叫来呀！"

杨氏说了一声"对"就要往外走。

提到李玉珠，马金锁心里是五味杂陈。他身在异国他乡，常常思念的除了父母就是她了。

有时在夜深人静的时候，与李玉珠多少年的相处之事在他的眼前重现了。他想起了有一天，玉珠把他带到她家里去，她坐在茶桌上用她刚买回来的龙井茶招待他，他简直有些手足无措。后来，他将满满一杯香喷喷的龙井茶，喝得一干二净。随着友谊的增长，他觉得她充满了神秘的力量。然而，那时他们还很年少，还很幼稚，他们还站在爱情的重门之外。随着一年又一年思念的增加，随着一岁又一岁年龄的增长，他承认自己是爱上了她，关于爱情关于和她在一起的幸福，他做过诗意的计划，并且在心里日益诗意盎然。

这时，他突然醒悟，他应该亲自上门去请，立马说道："妈，我去！"

李玉珠的晚饭已烧好，她爸妈都不在家，她独自盛了一碗，从厨房端到堂屋大桌上，刚一坐下，正准备吃，目光中瞥见晚霞映照着一个人影，大步流星地直奔她家而来。迷迷糊糊中，像是一个军人，中等偏高的身材，十分结实，一身褪了色的军装，但还是笔挺的，没有皱褶，风纪扣也是扣得紧紧的，没有戴领章和肩章，但穿得整洁而得体，显得非常优美，步履雄健、神采飞扬，彰显出他的革命情操。当他渐渐走近的时候，李玉珠看出来了，是马金锁，是她朝思暮想的马金锁，好像比在家时高了一些，经过这么多年的朔风吹拂，日晒月照，征尘涂染，还有枪林弹雨、炮浪风雪的袭击，原来那白白嫩嫩的面皮儿黑多了，然而，留在军衣上的斑斓纹痕，和那帽檐下在宽阔的前额上的浓眉，眉下掩着的明亮的眼睛，那严谨而宽厚、坚定而谦逊的方整容貌，更加显出一个替中国人民争了气，为朝鲜人民立了功的光荣战士的独特本色。

她连忙站起，眼睛里突然现出惊喜的光芒。

马金锁深情地叫了一声："玉珠！"不由自主地向她扑了过去。可是李玉珠却呆呆地站着，红了脸，小声说："是你……金锁！"

马金锁看着李玉珠那深情的眼眸，情不自禁地端详了起来。

"玉珠，这些年你辛苦了。"马金锁心疼地说。

"不辛苦。"李玉珠说，"再辛苦，也没有你在部队上辛苦！"说着，她下意识地去抓他的手。他也连忙伸出手来。两个年轻人的手紧紧地握在了一起！

过了一会儿，马金锁觉得他爸妈要等急了，松开手，对李玉珠说："走，过去吃饭。"

李玉珠指指桌上的碗说："我饭烧好了呀，正准备吃，要不，你就在我这里吃吧！"

"不！"马金锁说，"我妈做了好几个菜呢！特地为我洗尘的。你一起过去聚聚。"

"不！你们家庭小宴，我去，夹在中间不好。"

"不，我爸我妈就没把你当外人，特地让我来叫你的。"

"你先回去吃饭，我吃了饭过去，我本来就打算吃了饭过去的。"

"哎呀！不要磨了，不要让他们多烦神了。"说着，他连拖带拽，将李玉珠拖走了。

李玉珠刚一落座，杨氏就说起了李玉珠的好。

"金锁呀，你不在家，这些年我们多亏了玉珠了，一到大忙，她总是丢下她们家的活，来帮我们家干，替我们家干完了，她才回去和她爸她妈一起干她们家的活。"

李玉珠不好意思，连忙阻止："阿姨，不用说了，那都是应该的。"

杨氏忍不住，还是一个劲地说："我和你爸一有个头疼脑热的，玉珠总是忙前忙后的，又请医又拿药，还煎好了，端给我们喝。前年，我大腿上害了一个疽，她跑了十几里路去请一个老中医，用家传秘方，给我治好了。哎呀！比亲闺女还好！"

李玉珠抬起右手直摆："阿姨，别说了，别说了！"

马金锁端起酒杯，举到李玉珠面前："哎呀！真多亏你了，感谢！"

李玉珠连忙说："你搞错了，要感谢的是叔叔阿姨，你们把独苗送去打美国鬼子，保家卫国，这是一般人做不到的事。"她也端起杯子："来！我们一起感谢感谢叔叔阿姨！"

两个年轻人齐刷刷地站起来，将杯子举到马长汉夫妇面前。老两口子也乐意地接受了。四个人痛痛快快地喝了个满堂红。

　　两杯酒下肚，马金锁的两眼立即向装着菜的盘子睥去，嘴里说着："吃菜!"不知他是邀父母的，还是邀李玉珠的，没有主语，也许是邀大家的。嘴里说着，手里的筷子已经伸到盘子里了，夹起一块红烧肉，往嘴里一丢，香甜地嚼了起来。

　　马长汉见马金锁吃得很香，笑了笑，举起筷子，望望杨氏和李玉珠，说："来，吃吧!"大家就都伸出筷子，在自己面前的盘子里夹了起来。

　　几样家常菜，被杨氏烧得鲜美可口，大家都吃得津津有味，特别是马金锁，吃了一筷又一筷，发挥了在部队连续作战的作风。连续几筷下去，垫好了底，他举杯齐眉到李玉珠面前："这下尽我的地主之谊了。"

　　"对!"马长汉极力赞同，"金锁做得对!"

　　李玉珠看着二老，还在犹豫。马长汉催着说："端哪! 玉珠!"跟着他又夸奖了马金锁一下："金锁做得对，先宾后主嘛!"他意犹未尽，进一步补充说："乖乖，金锁这几年在部队锻炼起来了，有礼貌了。"

　　得到老爸的夸奖，马金锁更加积极主动，又晃了晃杯子："老爸都说了，先宾后主，我们一桌就你一个客人，你还迟疑什么呀?"

　　李玉珠只好端起杯子，亦举杯齐眉，两眼深情地望着马金锁。马金锁也深情地望着李玉珠，四目相对，咫尺相觑，情意绵绵，缠绵了一会儿，马金锁一仰头，一饮而尽，又将杯子展示给李玉珠看："先干为敬!"

　　李玉珠真诚地奉陪，也一饮而尽。

　　马长汉和杨氏夫妻俩看在眼里，笑在心里。

马金锁敬了李玉珠之后，跟着就敬老爸老妈了："爸、妈，这些年你们辛苦了，儿子敬你们两杯。"

马长汉说："不辛苦，在共产党的领导下，我们的生活像芝麻开花节节高，一年比一年强。"他说着就和杨氏一起抬杯，陪儿子把酒干了。马长汉说得没错，新中国成立后的日子比之前真是强多了，但是生活中，哪能没有磕磕碰碰的呢，苦处还是有的，这个中滋味，他自己清楚，然而，他不说了，免得儿子烦心。马金锁心里也明白，苦多多少少总归是要吃些的，罪多多少少总归是要受些的，但是吃也吃过了，受也受过，说也没有用了，也就不必多问了。而马长汉倒过头来问起了马金锁："这些年你在部队情况怎样啊？"

"很好，一切都很顺利。"马金锁随口答道。

马长汉说："听说志愿军是一口炒面一口雪？"

"那是很少的，一般情况下还可以。"马金锁嘴上是这样说了，心里其实不是个滋味，在他看来，那一口炒面一口雪，还算是不错的呢！有时什么吃的都没有，连喝的水都没有。他记得很清楚，在那防空洞里，没吃没喝，实在渴得没有办法，喝自己的小便，小便没有了，用舌头舔洞壁上洇出来的一点点潮水。他将这些都瞒起来了，闭口不谈。

杨氏问："那仗是不是经常打呀？"

这个问题，马金锁不回避，去就是打仗的，他说："是的，不打仗，美国鬼子就能认输，心甘情愿地跑了吗？大仗、小仗、恶仗经常打。敌人来了就打，他不来，也要追着他打。"

杨氏问："你受没受伤啊？"

"没有没有!"马金锁嘴里说着,手不自觉地摸了一下肚子,他连忙缩回头,害怕露出马脚。其实他嘴里说这话的时候,当年那一幕幕死里逃生的场景,在他的脑海里清晰地展现,他立即将它压下去了,他不愿意给别人带来不必要的惊吓和伤害。

简单地叙了一下旧,又灌下去几杯酒,马金锁心中乐陶陶的,他开始放开肚皮,尽情地享用美味佳肴了。杨氏做菜,是庄上公认的高手。马金锁最喜欢吃妈妈做的菜,时隔这么多年才重新吃到妈妈亲手做的菜,他感到非常开心,将每一样菜都尝了一筷,细细地品味着。大家陪着他吃,边吃边聊,言语欢畅,其乐融融。吃了一阵,又来喝几盅。马金锁也是多少年来才尝到了家乡酒,亦是开怀畅饮。他敬老又敬小,小宴进行得从容又安逸。

马金锁这顿洗尘宴,吃得心满意足。他酒足饭饱之后去送李玉珠,杨氏洗碗抹碟,马长汉为他收拾床铺。等他回来的时候,马长汉已收拾停当。他宽衣解带,倒头就睡,不一会儿便酣然入梦。

第二十七章　公社社员

一切暂时作罢，梦醒再说。

马金锁一觉醒来，简单洗漱后，喝了两碗稀粥，就准备去乡政府，他要办有关的手续，比如落户、办理党员组织关系等。

马金锁走后，农村里发生了一系列的变化。

马金锁临走时，农村里都是一家一户分散经营的单干户。后来政府出于尽快帮助农民彻底翻身的考虑，鼓励走集体化的道路，号召组织起来，发展生产，在农村普遍组织互助组、合作社、人民公社。

马金锁家的马湖村变成了马湖大队，他家的头门就是第一小队，也叫生产队，那么二门就是第二小队，三门就是第三小队……马湖大队属于雄坝公社，上面的县，名称没变，还是白水县。那么马金锁家现在就叫：白水县雄坝公社马湖大队第一小队，或者叫第一生产队。马金锁弄明白了之后，他欣然来到雄坝人民公社民政办公室，落了户口关系，又来到公社党委办公室，办理了党员组织关系，支部建在大队，他又到大队报了到，落了户。

白水县的初冬，本来寒意很浓。今年的天气又怪，刚入冬不久就降了一场小雪。小雪过后天气更加寒冷。河里的冰有寸把厚,麦苗冻得发黄,野草枯折,树木枝头光秃秃的,田野上萧条冷落。可是白水县红白渠水利工地上,却是另一番状况。数十万水利大军分布在百里河床上,展开了一场气势磅礴、史无前例的开凿河道的人民战争,长长的河床成了一条人河,挖泥、挑土、推土的行列,像长龙在河床内游动。举目望去,一眼看不到头。整个工地红旗招展、人声鼎沸、喇叭齐鸣、热气腾腾,呈现一幅蔚为壮观的沸腾景象。

原来历史上白水县的农民一直从事着旱谷种植,产量一直很低。老百姓一到三春天,青黄不接的时候,就断炊了。

聪明的白水人,根据自身的情况做出了大胆的决定:旱改水,将种植旱谷改成种植水稻。当时,水稻的产量普遍是旱谷的几倍,若能旱改水,就能一下子将粮食产量提高几倍。而且白水县种植水稻是有条件的,白水的地理条件得天独厚,上口是白水湖,是天然的水库,下口是红马湖,是排水的好去处,中间是平地,一马平川,只要水路修好,一马平川水自流,灌得进,排得出,稳产高产。以前没有种植水稻,就是没有水渠,白水湖里的水,束之高阁,流不下来,没有把它很好地利用起来。现在他们看清了问题的所在,认准了这个好办法,就下定决心干了起来。他们准备在县境的南北各开挖一条横贯东西的灌溉干渠,北曰"红白渠",南曰"横流渠",然后再开挖一些支渠,建成河网化,实现自流灌溉,现在正在开挖的是红白渠。

晴空万里的时候,站在红白渠工地上,举目四望,令人心潮澎湃,英雄的白水儿女,没有机械,全靠人工,有的用锹挖,有的用担子挑,有的用独轮车推,苦干、实干、拼命干,热火朝天的社会主义劳动竞赛一浪高过一浪，雄壮悦耳的劳动号子响彻云霄，真是"奔腾急，万马战犹酣"。

在那推车区，挖的挖，上的上，拉的拉，推的推，一双双铁铸似的膀臂在舞动，一锨锨泥土飞进了车厢，一辆辆双斗独轮车装得又尖又满，一个拉一个推，泥土像一座座小山一样移动，一车车黑色的泥土仿佛长了翅膀，飞了起来，一个接着一个排成了队，就像一长串展翅飞翔的大雁。嘿！打头的竟然是马金锁。马金锁深知自己是一名共产党员，他处处事事都要用一名共产党员的标准来严格要求自己。他一脱掉军服，穿上便装的时候，就和社员们打成一片，凡事都积极参加，会干的带头干，不会干的学着干，不遗余力，苦干实干。这时，只见他穿一身崭新的蓝色卡其布外套，这是他的母亲杨氏在他脱掉军装后，为他特制的一身外套，配上他在部队穿过的一双半旧的解放鞋，显得非常的独特、耀眼。人家一般穿的都是半旧或者是打上补丁的旧衣服，也没有解放鞋，穿的大多是布鞋或草鞋。只见他昂首挺胸、敞开衣襟、裸露着坚实的胸脯、肩搭车绊、两支粗壮有力的臂膀撑开，双手牢牢地攥住车把，双脚分开，凭着在部队锻炼出来的一副强健的体魄，稳稳地推着一车子小山似的黑泥土，在前面拉绳的牵引下，迈着大步飞也似的上来了。他是昨天才学的推车，开头他不会推，车子推不稳，左右晃动，在斜坡上还翻过一次车。今天他就会了，他车头又大又稳，上了坡顶，要推过三十米的平路，才是倒土区，他猛虎下山似的冲了过去，车把一掀，车篓一翻，准确无误地将一车土干净利落地倒进了目的地。在他后边，一个接着一个，都是飞一般，谁也不知什么是疲劳，谁也不甘落后一步。在马金锁的带动下，大家都是"晴天一身汗，雨天一身泥"。堆坡上下你来我往，你追我赶，车轮滚滚，穿梭一般。

看！那边挑担区又是一道奇特的风景。堆坡下飞过来一串串挑担的号子声，挑担的队伍像无数条长龙在堆坡上游动，每个人的肩上，颤悠悠地挑着一担土。人们的脚，随着号子的节拍，有节奏地在堤坡上踏过。走近去，可以看到队伍中还有不少女同志，她们额上的汗珠，沿着两颊往下流，却都顾不得用颈上的白色毛巾去擦一擦。其中有一个将长长的乌发绕在脑后的姑娘领着号子，人们一听，就知道是李玉珠。

李玉珠在马金锁入伍的这些年，进步得很快，不仅入了党，还当上了大队的妇联主任。她处处事事以身作则，甘当表率。这次工程她被任命为马湖营的副营长。上了工，她一直捎着扁担不放松，第一天没到晚上，她的肩膀就磨破了皮，脚底起了泡。她咬着牙，继续挑，有姑娘要换她，她坚决不让。哪知道，疼痛也是服硬不服软的，她就那么一坚持，这一关就闯过去了，既不疼又不痛了。她高兴地说："不怪人说，三日肩膀四日脚呢！一点不假。"她为自己练就了一副铁肩膀和一双铁脚板而高兴，尽管很苦很累，但她感到愉快、幸福。她越干越来劲，越干越有信心。她这一高兴，越发地显得漂亮了，那漂亮的皮肤，真是白里透红，润如雪脂，就这风吹日晒，也没让她那光亮的肌肤褪色一分。她不仅人长得漂亮，号子也打得漂亮。听！她的号子喊得就是不一般，不光是哼哼嗨嗨的呼喊，而且显示着人民建设的热情和梦想。

哎！小扁担，嗨！肩上担；

哎！挑起了，嗨！黑金山；

哎！担担满，嗨！人人欢；

哎！挖沟渠，嗨！引湖水；

哎！能灌溉，嗨！旱改水；

哎！拼命干，嗨！不能慢；

哎！夺高产，嗨！吃饭有保障啊！

…………

第二十八章　湖滨定情

　　水利工程结束后的一天，天高气爽，风和日丽，白水湖以它春意盎然的姿态，吸引着人们的目光。

　　这时，一对年轻的情侣，来到了湖边，亲昵地并排缓行，话语呢喃，忽而分开来，忽而又拥在一起，偶尔还互相打俏。

　　那是马金锁和李玉珠，也来游览如仙境一般的白水湖了。这是马金锁的特意安排，也是他用心努力的结果。

　　马金锁打部队回来，一件大事就催着他要着手办理了。许多好心人，特别是亲亲友友，见了马金锁都会好心劝告他，个人大事该办了，不小了，庄上和他差不多大的年轻人，不少人的孩子都老大了。还有的背后为他物色对象，跑上门来为他介绍。马金锁婉言拒绝了。因此有人说，马金锁当兵当呆了，连女人都不要了。

　　这是真的吗？难道马金锁不是人吗？明明一个健健康康的大活人。是人就有七情六欲。马金锁也不例外，他之所以拒绝，是因为他早有心上人了，那像一颗种子，早已扎在他的心坎里了，那就是李玉珠。他也知道，他们互相有好感，只是嘴上都没有说出来。从部队回来的时候，他也想把这事提到议事日程上来，几次见到她，他都想捅破这层窗户纸，可是话到嘴边，又咽下去了，他没有勇气说出来。接着上了河工，一个劲儿地大干，又顾不上谈情说爱了。这两天，刚好河工结束，放假两天，让大家恢复一下体力，他觉得机不可失，失不再来。他决定要向她表白自己的心思。

他鼓足勇气，找到了李玉珠，直抒来意，趁着假期，趁着大好春光，踏踏青，说说心里话，把窗户纸捅破，把问题解决。可是李玉珠鼓着嘴不说话、不表态，好像有什么困难。这让他丈二和尚摸不着头脑。没想到，过了半晌，李玉珠终于勉强点头了。马金锁喜出望外，约好今早八点在白水湖大闸南头相会，他们没有结伴而行，而是各自出发，生怕被人看见。

他们都没有代步工具，连自行车都买不起，只凭两条腿。李玉珠不知道她要跑多长时间才能到预约地点，生怕到迟了，失约，她来个远路赶早集。天没亮，她就抬动两腿启程了，八点没到，她就奔到了白水湖大闸。她四处张望，没有看到马金锁，她确定马金锁还没到，她就手扶栏杆，一边观看闸下滚滚东去的浪花和逆流蹿跃的各种鱼儿，一边紧张地注意倾听着。她的心跳得厉害，她不由自主地把呼吸屏住了。终于，她听到了轻轻的急促的脚步声，是马金锁来了。她用热情洋溢的眼睛凝视着马金锁的脸。

马金锁三步并作两步地迎了上去，握住李玉珠的手。"你早就来啦！"他激动地低声说，"我来迟了！"

李玉珠的手在他的掌里微微颤动了一下，低声说："没有，不刚好八点吗？"

马金锁看看手上他从部队里带回来的表，"哟，真才八点，我还以为来迟了呢！"

　　这时已有三三两两的人陆续而来了。这里是白水湖大闸的一个景点，置身其中，不仅可以观看巍巍大闸的绰约风姿，还可以欣赏鱼跃浪花的美景。这里胜过杭州西湖的花港观鱼，经常有人聚在这里倚栏俯瞰，鱼跃人欢，其乐融融。马金锁今天不是来游玩的，他是来办大事的，他无心在这里赏景观鱼，他拉着李玉珠说："走，到别处去转转。"李玉珠瞥了一下来人，心里一阵紧张，好不容易稳住了神，跟着马金锁离开了大闸。

　　他们默默地走着，漫步在闸西的白水湖大堤上，不知不觉来到了一个风荷荡漾、芦苇掩映的石坡堤坝上，这里僻静安宁、罕迹人烟，远处有小伙子们吹着芦笛，悦耳动听，这里的优美环境，相对于河边的喧嚣显得非常清雅，一切都如童话般纯净、美好，是个谈情说爱的好地方。在一棵大树下，马金锁搬来两块大石头，放在鲜花盛开的草地上，与李玉珠相对而坐，内心的激动感受，一时无法用语言表达。

　　"哎，玉珠。"他们静默了一阵，还是马金锁先打开了话匣子。李玉珠一直用热切的目光望着他。这时，他认为时机成熟了，他在心里酝酿已久的一句话该吐了，于是这句话像离弦的箭一样飞射出去了："我问你一个问题，你觉得我这个人怎么样？"李玉珠沉默了。马金锁见她不说话，又问："你爱我不？"

　　"我没有敢这么想！"

　　"为什么不敢？"

　　"因为你样样都比我高强！"

　　"你瞎说，你一个共产党员，又是大队的妇联主任。你勤劳、要强、有本事、有主见、很孝顺……我一个小兵拉子，比你高强什么呢？"

"话不能这样说，人不可貌相，海水不可斗量，在我眼里，你就是什么都比我强。"

马金锁说："那你现在怎么考虑的呢？"

李玉珠愣了一下，又真诚地说："现在我告诉你，我是你的了。"

马金锁朝她隐隐约约地微笑。李玉珠终于对他推心置腹，吐露衷情了，他有一种说不出的快乐。

李玉珠觉得他身上射出了一丝丝的小火花，也高兴得嘴角露出一抹微笑，于是情不自禁地伸出双手。马金锁连忙把自己的双手递过去让她握住，两个人四只眼睛对着看，眼睛里都闪耀着纯洁的爱情的光彩，都觉得事情发展得有点突然。

李玉珠那动人的面貌，在这神秘的湖滨，在这绿荫的映衬下光艳照人。他不由自主地伸手出去搂住她，他那有力的胳膊铁条样缠住了她的圆而软的腰，连连吻她的脸、肩膀、胳膊。玉珠先还挣扎着，渐渐地，她不动了，闭上了眼，挺着，受着。后来，他滚热的唇压在了她那完美无瑕、玫瑰含雪似的唇上……

马金锁不觉动情地说："玉珠，我多么幸福！现在没有什么能把我们分开！"

李玉珠望着他的眼睛："你说你是幸福的吗？"

"我？世界上没有人比我更幸福了！你还不相信吗？"

这时，马金锁那不大爱说话的口，变得爱说了，肯说了。他随便地说，有她听着，他的话才不至于白说。她的一点头或一笑，都是最美满的回答，使他觉得好像已经成了"家"。

话匣子一打开，就像进水闸的闸门一样拉开了，滔滔不绝。从个人到家庭，从里到外，从眼前到长远，从小家到大家，从天南到地北，涉猎个遍。

两个人坐在大石头上，有说不完的心里话。

烈日当头时，他们才辗转到堤坡饭店里打个尖。饭后在饭店稍停留一会儿，又迈上街头，徜徉在不太繁荣的大街上，一边逛一边聊。直至夕阳西下，才向回家的路上走去。

他们急行在来时的石子路上，天上月朗星稀，照得银白的路面通亮。好在他们两个人这下结伴而行了，有夜幕的掩护，他们不怕被人看见了。马金锁粗壮的胳膊搭上了李玉珠的肩头。李玉珠的手摸索着抓住了他的另一只手。情感随着缓缓前进的步伐默默地交流着。

走着，走着，李玉珠害怕回去太迟了，于是，她迈开双脚，大步划动。马金锁乐滋滋地在后面追赶着李玉珠。

到了家门口，临分别的时候，马金锁说："你放心回家睡觉吧！我跟你亲了嘴，就是把心交给你了，就是把你当成我的人了。"

李玉珠默默地点了点头，然后，依依不舍地告了别。

一天下来话语投机、感情融洽、志同道合，一个要娶，一个愿嫁，彼此都有找到归宿的感觉。

这一夜，这两个年轻人心情都是愉快的，都沉醉在欢乐里。尤其是没有读过爱情小说的李玉珠，此刻所有幸福中稀奇微妙的感觉，对于她来说，都是崭新的。她心中没有半点愁闷来冲淡她的热情，她憧憬着来日的处境，憧憬着自己以后的幸福。

他们满以为，他们这一天的约会绝无他人知晓。他们哪里知道，他们的一切被一个人看得清清楚楚，铭刻在心头。

第二十九章　好事多磨

　　这个看清马金锁与李玉珠约会的人就是马银光，他们一起长大的小伙伴。马银光这些年也进步得很快，入了党，当上了大队书记。

　　原来马银光昨天晚上也约过李玉珠，他想抓住良机游玩一次，但被李玉珠拒绝了，他就一个人按照原计划出来散散心。散心，白水湖是一个最好的去处。哪知道，他一上了湖堤，映入眼帘的竟是他不愿意看到的一幕，他看到了李玉珠和马金锁也在白水湖大堤上游逛。他没有惊动他们，他在一撮灌木丛背后，搬了一块石头，坐了下来，静观默察着他们的一切。他这才明白，李玉珠拒绝他，是她另有所爱了。

　　他垂下了头，有一种耻辱感涌上心头。他曾在她身上用心良苦，他觉得她是一个活泼开朗的女青年，很关心他人，同时很勤劳，很朴实，有主见，能办事，积极追求上进，因此他在政治上指导她，在思想上开导她，在工作上帮助她，培养她入了党，鼓励她竞选大队妇联主任。她没有辜负他的希望，工作认真负责，积极主动，真正带领妇女顶了半边天。在大队干部对一些工作产生分歧的时候，她总是站在他的一边。他觉得她是他的知心朋友，她是他的女朋友。他精心地呵护她，关爱她，一心想把她培育成为他的终身伴侣。想到这里，他的神经颤抖了一下。一刹那，心里所有的烦恼、悲哀和苦闷都齐涌心头，他觉得需要一点时间来镇定自己。他把自己关在屋子里，瘫在床上，陷入痛苦的绝望里。在几天前，他还发誓要对玉珠好，但在这个时候，这种念头来到他的心里是枉然的，它好像一个讨厌的宾客，一来就被主人赶走了。

他辗转反侧，难以入睡。他索性起身，走出门来，无目的地逛了起来。

昨天晚上，他约她，趁这两天休息，明天出去游玩一下，她一声不响，闷了半天，直摇头，他问她："为什么？"她鼓着嘴不作声，再问，她掉头走了，任他喊，她就是不理，头也不回地走了，留给他无尽的痛苦。

但他相信她爱过他，他希望她留给他这点起码的安慰。她欺骗一个自己真正的同志、真正的战友，有什么好处呢？

他想，人生最遗憾的，莫过于轻易地放弃了不该放弃的。他决定不放弃，继续争取。他把这个念头在心中翻来覆去地想个不停，最后他决定第二天晚上再约李玉珠。

而李玉珠呢？她认为马银光是好书记，能够紧跟上级部署，能为村民办实事、办好事，关心群众。特别是他对于自己的教诲、关怀、帮助，她历历在目，十分感谢。

李玉珠也曾在心里将马银光与马金锁做过比较，她觉得两个人都是好小伙子，但是她又问自己：到底谁更好？她心中的天平倾向了马金锁。她觉得马金锁无论在政治素质还是工作能力方面都要强于马银光，马金锁励志、向上、能办事、会办事，尤其是为人处世方面，正直、肚量大、能容他人之短。而马银光有点小肚鸡肠。在爱情方面，她知道这两个人对她都有好感，虽然都没有说出来。她也对这两个人进行过取舍，马金锁和马银光虽然和她都是发小，都是在一起无拘无束度过那天真无邪的童年，都可以称得上是青梅竹马。但是，从距离上说，当然是马金锁近，门旁靠门旁；从接触多少来说，当然是马金锁多，距离近，近水楼台先得月，接触就方便；从感情上来说，李玉珠当然与马金锁感情笃深，接触多，擦出的火花就多，她这么多年来，一直称金锁哥，她从来没叫过银光哥。然而，要问：谈婚论嫁，她嫁给谁？这个问题，在不同的时期，有不同的答案。在马金锁入伍以前，那时都很年轻，都没有考虑这个问题，当然就没有答案。在马金锁入伍以后，双方在深深的怀念中，都有朦胧的想法，但是双方对于对方，都是音信全无，没有感情的交流，大家对爱情的结果，都十分茫然。真是伊人在水一方，望穿秋水，仍不见伊人踪影，追求所爱而不及，都空怀惆怅与苦闷。而这个时候，马银光十分关心李玉珠，可以说是体贴入微。李玉珠对他的关怀、帮助、提拔、重用，非常感激。如果这个时候解决谈婚论嫁问题，李玉珠的天平倾向于谁，还很难说。马金锁从部队回来以后，李玉珠非马金锁莫属了。

马银光大胆地去约李玉珠，李玉珠同意了。老地方，两个人准时赴约，马银光非常高兴。他确信：她还爱他。所以一见面，他就开门见山地问她："你还爱我吗？"

这个问题，本来就是李玉珠要来回答的问题，她之所以答应马银光来约会的原因，就是要向他表露这个想法。可是当马银光问她的时候，她却犹豫了，闷在心里说不出来。马银光催促道："你说呀！"她还是板着脸发愣。其实，她早已有了答案，但是她知道她的答案不是他想要的，说出来将会打击他的心灵，给他带来痛苦。她不想伤害他，不愿意给他带来痛苦。可是不说又不行，不说的后果将不堪设想。而马银光一直在追问着，越追越紧，越追越急。她又不知道怎么说是好，一时急得眼泪迅速地涌出了眼眶。

马银光见此情景，心软了，产生了怜悯之心，说："不要哭，不要难过，说出来，就轻松了。"他又安慰道："你说吧，你说什么我都承受得了。"

李玉珠觉得，是的，不说不行，非说不可呀！于是她鼓足勇气，壮着胆子，说："从今以后，我们不再是朋友，是同志，好不好？"

马银光问："为什么？"其实，他这是明知故问。

李玉珠说："我不能不告诉你，我已经接受了别的男人的……"

马银光又明知故问道，"是马金锁吗？"

李玉珠把头点点。

"马金锁哪里好哇？"

李玉珠不吱声。马银光又进一步追问："他哪里比我强？"在马银光看来，他是大队书记，在这方土地上，他觉得自己是个呼风唤雨的人物，那马金锁算什么？而李玉珠不是这样想的。在马银光的一再追问下，她还是含糊其词地搪塞道："我也不知道，但是我答应了。"

马银光责怪地说："哎呀，玉珠，你真糊涂，这么大的事，你怎么就糊里糊涂地答应了呢？"

李玉珠说:"聪明一世糊涂一时的多呢!有什么奇怪的呢!"

马银光说:"我的玉珠哇,小事糊涂一点无所谓,这大事是不能糊涂的呀!"

"唉!"李玉珠说,"我这人天生糊涂,本性难移呀!"

"不能再糊涂了,赶紧醒醒。"马银光劝过之后,又问道,"你不就是口头答应的吗?"

李玉珠点点头说:"是的。"

马银光说:"口说无凭,把他回掉!"

李玉珠又不吱声了,木雕一样坐在那儿。

马银光感到有希望,进一步规劝她,说服她,一直说个不停。李玉珠听够了、听烦了,最后甩给他一句:"我一直就是这么糊里糊涂地过来的,就糊涂去吧!"说罢,她起身就走了。

马银光无可奈何,只好没精打采地跟着走了,临分别的时候,他还嘱咐李玉珠:"回掉哇!我静候佳音!"

一个晚上下来,马银光觉得李玉珠没有把话说绝,还有机可乘,他想,现代的婚姻是情感的产物,更是竞争的结晶,他觉得他要继续竞争、继续拼搏。他想起了老百姓常说的一句话:"猴子不上山,多敲两遍锣。"他准备再敲两遍锣,然后静候佳音。

他哪里知道,他的判断是错误的,他就是李玉珠说的"聪明一世,糊涂一时"。他将要接受一个新的、十分残酷的打击。

第三十章　终成眷属

没隔几天的一个晚上，李玉珠特意约出了马金锁，漫步在村前的小河崖上。马金锁看着李玉珠那阴沉的脸，好像内心里藏着一种不可告人的秘密。是的，她心里是藏着一个秘密，她约他出来，就是想把这个秘密告诉他，然而，此时她又犹豫了，她怕说出来会引起他的烦恼，说不定还会激起他的怒火，所以她憋在心里，迟迟不敢说出。马金锁看出了端倪，他有意要打开她的心扉。在马金锁的再三追问下，李玉珠终于将马银光的事，告诉了马金锁。马金锁乍一听，大吃一惊，他没有想到，一个与他要好的发小竟然是他的情敌。其实，他是个马大哈，他没有留意到他约李玉珠游玩的时候，李玉珠犹豫了一下，就是与马银光的纠缠有关，否则她是不会犹豫的。这个他意想不到的消息，仿佛是突然响起的闹钟声，唤起了他一大堆杂乱无章的思绪。就在此时，他看看李玉珠那对他流露着无限真挚感情的脸，他想到李玉珠还是爱着自己的，她的心里一直是装着他的，她一定是纯洁的，她已经答应了他的求婚，他相信她是不会反悔的，这下他的心情才平静下来，他收敛了一度曾经燃起的热情。但是他断定，这马银光的纠缠，会给他带来麻烦，惹出是非。怎么办？怎么办？他问自己。他自己一时也拿不出一个明确的答案。

于是他微笑着说道："哎，玉珠，你看我们怎样对付马银光的纠缠呢？"他望着李玉珠，两眼里充满了渴望，热切地盼望着她的奇思妙法。

她想到了几套方案，其一是，由她自己直接找马银光说明，断绝关系；其二是，由马金锁直接和马银光说明，要他放手；其三是，请人间接地同马银光说明，叫他死了这条心；其四是，他们赶紧结婚，彻底了却他的胡思乱想。想了之后，她又逐一地来斟酌一下各自的利弊。她想，第一种，由她挺身而出，根据她最近与马银光的接触，他是不会放手的，他一定会是死死纠缠的，其结果是非但不能解决问题，很可能要大吵一架，不欢而散；第二种，马金锁出面，情敌相遇，可能各自都会怒火中烧，剑拔弩张，后果不堪设想；第三种，他人出面，可以避免冲突，但说服力不强，马银光不一定相信，他必然嗤之以鼻，问题不会解决；第四种，快刀斩乱麻，既成事实，杜绝他的胡思乱想。她认为这是一种最佳的方案，省事，免去了很多的麻烦，美中不足的是，必定引起马银光的反感，甚至是痛恨。可是，她又一想，不管哪种方法，只要是她和马金锁结婚，都会遭到马银光的反对，都是他所不能接受的，都会有被穿小鞋的可能。她心一狠，随他去吧，头割掉不过碗大个疤，小鞋穿不死人的。

主意一定，李玉珠对马金锁说："金锁，我们结婚吧？"

"结婚！"说到马金锁心坎儿上了，他也想到，三十六计结婚为上计，来个既成事实，叫马银光干瞪眼，丢掉一切幻想。他也想对李玉珠说，但又说不出口，因为太突然，怕李玉珠不同意，现在由李玉珠说出来了，真是心有灵犀一点通，他喜出望外，笑着对李玉珠说："好！太好了！"他连忙握住李玉珠的手，感激地说："你真是我的好伴侣，我们想到一块儿去了！"赞扬过后，他又进一步确认："一言为定？"

李玉珠坚定地答道："一言为定！"

两个人达成了一致的意见，接着就考虑起实施的方案，他们确定，各自立即向自己的父母说明情况，征得他们的同意，就着手办理。

一个让马金锁意想不到而又棘手的问题又出来了。马长汉夫妇非常高兴，巴不得这一对情侣早点成家呢！问题出在李玉珠父母身上，她妈没说什么，她爸对于他们的结婚，没有意见，但是他提出了条件。他考虑，他就这么一个女儿，嫁出门了，他就绝后了，他要招婿，要马金锁入赘，并且要改姓。这下难住了李玉珠，她做不了马金锁的主。她只好把她爸的意见告诉了马金锁。马金锁也做不了这个主，他只好将矛盾上交。他将李玉珠爸的这个意见告诉了他老爸老妈。杨氏说不出什么。马长汉深思了好大一会儿，他也就是一个儿子，让他去招婿，不就是人家的儿子了吗？可是他又一想，好在门旁靠门旁，有事跑几步，说一声，也没什么大不了的问题，为了成全其美，他做了让步，可以入赘，但不改姓，原名不动，名义上还是他的儿子。

马金锁将这个意见反馈给了李玉珠。李玉珠又告诉了她的老爸老妈。得到双方父母的同意，他们立即到公社民政部门领了结婚证，选了个吉日良辰，马金锁将铺盖搬进了李玉珠的房间，布置了一个简易的洞房，过起了新婚宴尔的幸福生活。

　　好事多磨，有情人终成眷属。然而，纸包不住火，尽管他们是静悄悄地举行的，但是马金锁与李玉珠结婚的消息还是不胫而走，很快在村里就传开了。他们自己无所谓，传就传去吧，反正是光明正大的事，不但结婚，马上还要生孩子呢！

　　喜事，好消息，人们对这一对金童玉女赞不绝口。熟悉情况的人还联想到当年马金锁过周岁、李玉珠做三朝的事儿，都说这是天设地造的一对。但是人们硬是对一个人封锁这一消息，见了他就避而不谈，所以他一直蒙在鼓里，那就是马银光，大家都知道他对李玉珠情有独钟。可是此风刮到他爸耳朵里去了，他爸有点吃惊，因为他也知道他儿子和李玉珠的事儿。他不敢把这一消息告诉儿子，怕伤到他的心，和老婆低语了一下，当日晚上，马银光回来的时候，她就告诉了儿子。

　　这一消息像一支尖针刺入马银光的神经，他心跳了。他瞪着两眼，看着母亲说："结婚！……李玉珠结婚！……啊！不，不可能！……谁说的？"

　　"你爸说的！"

　　那还有假？这下，他没说一句抱怨的话，没啜泣一声，没流一滴眼泪。他的脸色苍白、双目呆滞，半张着嘴，一动不动地愣了相当一会儿。最后，他一头扎进了自己的房间，哇的一声叫了出来，泪水滚滚而下。

　　然而他毕竟是书记，他没有让痛苦压弯了腰，他很快振作起来，把所有的感情，献在他的事业上了。他相信，只要把脸迎向阳光，面前就不会有阴影。

　　嘿！真没出他的意料，在他受伤的时候，一个年轻的、纯洁的青年姑娘、团支部书记马小珍，投入了他的怀抱。马小珍给了他安慰，给了他鼓励，让他缓解了曾经的悲切。他的心情稍微好一点，小珍的嘴角也流出掩饰不住的微笑。他问小珍："你为什么对我好？"小珍没有言声，但她的眼睛，已经把全部的话告诉他了。不久，他们也结婚了。

第三十一章　甘穿小鞋

那天晚上，马银光悲伤一阵以后，他对自己说道："我永远不会对玉珠做不好的事，而这个马金锁？哼！实在不能原谅。"

他等待机会，果然报仇的机会来了。

水利工程回来以后，马金锁就引起了上上下下的注意，变成了一个十分耀眼的人物。公社党委认为这是一个好苗子，准备将他提名为马湖大队党支部副书记候选人。公社组织委员将马银光叫了去，要他开一个支委会，议一下，看看大家的意见。马银光一听，喜上眉梢，他正想报仇，还没找到机会，这下天赐良机，谢天谢地。走出公社大院，他在心里不断地自语着："我让你当副书记，没门！"他得意地向四周一瞅一瞟，好像已经打垮了他的情敌，洗刷了沉积在胸的伤感。他走起路来步履轻快，觉得天高气爽，举目展望着这既熟悉又崭新的亮光光的石子路和两旁绿油油的一望无际的田野，满脸开了花。然而这昙花一现的光芒一下子又熄灭了，他的头脑里又冒出一个支委会，这事儿不是他要怎么办就怎么办的呀！还有一个支委会横亘在那儿呢！这一关还得突破才行。他一边走一边想，好办，凭他的三寸不烂之舌，可以轻易通关，他可以先下手为强，定下主调，即使有个把人念歪嘴经，也泛不起大浪。

一回到大队部，马银光就立即开了支委会，单独讨论了公社党委的意见。对于马金锁的素质、能力，大家都是心知肚明的，认为党委真是伯乐。马银光也清楚，从小就在一起玩大的，他哪是马金锁的对手？如果让马金锁干上副的，马上就会顶掉他。他除了报仇，还要保住自己的宝座。为此，他赤膊上阵了，打了个头炮，先绕了一个圈子，说："马金锁是大家看着长大的，此人本质上是不错的，但是在他刚 20 岁的时候，就出去了，这么多年才回来，也不知道他的情况，一下子就让他干副书记，不太适宜，我看现在让他先当好社员再说。"两个支委，跟着附和了一下，表示同意书记的意见。会上沉默了一会儿，又有人发言了，表示了不同的看法，认为不能因为不了解情况就按住人家，是好马还是劣马，应该拉出去遛遛，才能识得，应该按党委的意图办。马银光又反驳了，不能冒这个险，没有把握的事不能干。反对者又说，最起码的要给他安排一个支委，让他有个崭露头角的机会，给他一个考验的舞台。这下引起了大多数人的共鸣，马银光没办法，只好勉强同意。李玉珠也是支委，马银光没有让她回避，也参加了会议。她鉴于目前和马金锁的关系，事先没好插嘴，最后，马银光还是征求了她的意见。她不好反对大家的意见，但是她认为能给他一个展示才华的舞台就可以了，她相信马金锁凭借这个舞台，能够演绎出有声有色的戏剧来。她表示同意大家的意见。就这样，马金锁就成了马湖大队的一名党支委了，这就是马金锁从部队回来的第一个职务。马金锁认为，是金子在哪里都会发光，普通岗位上共产党员多着呢，不都照常发光发热嘛！不都能树起自己的一面旗帜吗？

让人意料不到的是，马金锁当上了支委后，他选择了一个大家都不看好的工作——饲养员，进牛房养牛去了。原来他是跟大家一起干活的，他目睹了一件令他揪心的事儿，生产队里的八条黄牛，没有一条是肥壮的，都是瘦骨伶仃的，有人管它们叫三快黄牛：脊梁比刀快，屁股比锥子快，睡下去比站起来快。春耕生产了，拉出去，没有一条能单犁独耙的，两条并起来，一张犁也拉不动。这还得了，在那个时代，牛是农家宝哇，种田少不了的呀！马金锁心急如焚地找到生产队长，说必须立即解决这个问题。

队长召开了社员大会，分析原因是，原来的饲养员老了，力不从心，工作不到位，需换饲养员。然而当讨论到由谁来接替的时候，没有人吱声，队长点名，点了七八个，无一人肯担此责任。马金锁见状，自告奋勇，担当此任。他对完成此任务，充满信心，因为他家代代养牛，他耳听目睹，懂得一套养牛经。

他六七岁上学时，就开始放牛，喂牛。寒天，他早早地就起来，清了牛场地，给牛喝了水，把好了草，还要背起粪兜子，出去拾一粪兜子粪回来，才能吃早饭。晚上放学回来，他又钻进牛房，为牛做好晚上的吃草、喝水、睡觉等等一套，一头牛就包在他头上的。

他十分热爱养牛工作，他接手后，视牛如子，真把它们当个宝。他不但运用起了他所掌握的所有养牛知识，还不断钻研新技术，不但做好，而且做精。他细细观察每头牛的特点、生活习惯，记录在册，根据各自的特点，分别对待。

　　他牢记"耕牛无宿草，仓鼠有余粮"的俗语。耕牛夜里是不能喂草的，因为牛是反刍动物，需要在夜间反刍，所以不能在夜间再喂一次草。他总是在晚饭时间以前，将牛喂饱。他对牛的食料也很讲究，春、秋、冬三季主要是喂小麦秸秆，夏天则是青草。他发动每家每户忙里偷闲，挤点时间，割些青草上交，按数量计工分。小麦秸秆是生产队的，不用社员负担。这些秸秆、青草，马金锁都要将它铡碎、淘洗后，拌上一些麸料，才能用去喂牛。同时，马金锁对牛场地也很讲究，他让牛睡高床大铺，将牛铺用细干土垫高，上面还铺上软草，牛睡上很舒服，而且是高铺，万一撒尿，就淌掉了，不会渍身。寒天，他还给牛烤火、加温，让牛睡得暖乎乎的，很舒服。在他的精心照料下，八头牛，头头膘肥体壮，油光闪亮，精神抖擞，干起活来，劲头十足，头头单犁独耙，阔步如飞。社员们看在眼里，喜在心里，在夸奖牛的同时，更夸奖马金锁。一传十，十传百，美名很快传到公社领导的耳朵里了，引起了领导重视，立即在全公社召开了养牛评比大会。马金锁的八头牛，头头获得特等奖，都戴上了大红花。接着雄坝公社在马湖大队一队，召开了养牛现场会，让马金锁介绍了他的做法，推广了他的经验。公社还设立了"金牛奖"，决定每年年终举办"赛牛会"，还引来了白水县的养牛现场会。由此，鸡窝里飞出了金凤凰，马金锁树起了一面旗帜。

第三十二章 重任加身

马金锁时时关注着老百姓的切身利益。过了一段时间，他又发现问题了。他觉得老百姓的口粮又面临着问题了，而且还是一个不小的问题。由于连续自然灾害，不是水灾，就是旱灾，粮食产量受到严重影响，老百姓的口粮大减，马金锁又急了。晚上他将八头黄牛的一切过夜事务忙定，一个人静悄悄地躺在稻草铺上，吃饭这头等大事，不知不觉地涌上他的心头。他的思想沉浸在焦虑和沉思中。他想象着断炊的情景。突然，他哆嗦了一下，感到透心凉。

他怨着、恨着，头脑里又冒出一个问题，光是怨，光是恨，有什么用？得想个对付的办法！还能听天由命吗？而且这个关系到民生的办法，应由干部先想啊！干部干部，先走一步嘛！那么我马金锁仅仅是一个小小的支委，算不算干部呢？他想，应该算，毕竟是领导班子中的一员嘛！毕竟还是一个共产党员嘛！他觉得他在一切事情上，都应该先想一步，先干一步，凡事都应该要有一个共产党员的担当。忽然，另一个声音提示道：枪打出头鸟！不过马金锁不回答那个声音，他认为，只要是关系到民生的，关系到老百姓疾苦的，我都应该带头想、带头干，我除了这个以外不要别的，专为这个活着，这不是我的过失。是的，专为了这个！于是他继续寻找起办法来了。

他琢磨着，这吃饭是要粮食的，大冬天的，天寒地冻，五谷不结，作物都在冬眠，哪有粮食收哇？哪里还有什么东西在生长啊？并且可以充饥呀？那只有蔬菜呀！必须种蔬菜，各种当地能种的蔬菜都要种，而且要大种、特种，种少了不解决问题。为了保险起见，每个生产队还要种一定面积的能半路当食品救命的粮食作物。这种作物选什么为好？他想了很久，认为豌豆最好，从出土到收获，随时都可以掐它的头来炒了吃，它本身就是一种很好的蔬菜。中途吃不了，剩下的，它会继续生长，开花结果，照样当粮食用。马金锁坚信，只要坚持大种瓜菜，一定会避免饿肚子。

马金锁主意拿定了，就这样办！要办，同样是宜早不宜迟，因为眼下的秋种，已接近尾声，再迟连种蔬菜的地都没有了，必须尽快落实，于是他将下一步的工作也计划出来，他心里迅速做出决定，明天，就是明天！

第二天下午，在马湖的大队部里，党支部会议召开了。这个会还是在李玉珠的提议、催促下召开的，也是马金锁抓住李玉珠这个火头军不放的结果。会上，马金锁依然又是开头炮、打头阵。大家都为他的意见的正确性吃惊、佩服，但是一时没有人开腔附和。于是马银光乘虚而入，他说："大种蔬菜是对的，但是不能占用大田面积，只能用一些沟圩埂角，不能影响粮食生产，至于那种豌豆的想法，我是坚决反对，其理由是它的产量远不如麦子。"

马金锁很明白马银光的意思，他是在保粮食产量，归根到底是保他自己的职位，因为粮食产量是衡量干部工作成绩的一把标尺。农民是种田的，农村干部是领导农民种田的，种田好坏的标准是什么？就是粮食产量。这粮食产量就是考分，就像学校的考试一样，考的是学生，也是在考老师，考出来的分数，既是学生的成绩，更是老师的成绩，是衡量老师教得好坏的一把尺子。这粮食产量多一斤，干部的成绩就多一分。而粮食产量与播种面积是成正比的，面积愈大，总产愈高，干部的成绩愈好，那么作为大队的一把手——党支部书记的成绩就越好。

针对马银光的意图和发言，马金锁进一步详细阐述了自己的观点，并且他强调指出，下面老百姓要做好以吃蔬菜为主的准备，粮食吃完了怎么办？那就是蔬菜当家了，哪一家一顿不要一大篮子呀？一顿一大篮子，几个月下来，要多少篮子？这么多篮子的菜，要多大的面积才能产出？既然是蔬菜当家，就要给它一定的地盘，让它有生长的地方，光靠一点沟圩埂角，是不行的，是不能解决问题的，是不能保障老百姓的吃菜问题的，非得占用一些良田面积不可的，不能舍不得。不能拿老百姓的生命开玩笑！最后，他大声疾呼，土地也要用在刀口上，该用的，必须用！

马金锁的发言振聋发聩，大家听了如醍醐灌顶，一个个把头直点，连声赞同。马银光无奈，大势所趋，只好心不甘情不愿地表示了同意。

因此，这一次马湖大队秋收秋种的收官工程是大种蔬菜、大种豌豆，加上收藏山芋叶子、萝卜缨子。后来，除了蔬菜挑起了大梁，山芋叶子、萝卜缨子都起了重要的作用，萝卜缨子还赢得了"挂面"的美誉。人们唱起了小调:"马湖庄,大改变,萝卜缨子当'挂面'。"在这一年粮食不富裕的情况下,马湖的社员安全度过。老百姓对马金锁感恩戴德,念念不忘。

不知不觉,大队党支部换届改选的时间到了,公社组织委员走进了马湖大队,按照《组织法》,主持了马湖大队党支部的改选工作。选举结果出人意料,马金锁以全票通过,当上了马湖大队党支部书记,马银光位列其次,居为"副"。

马银光一直在心里担心的事情,终于出现了。

他觉得马金锁现在是多么的满足、高兴和幸福哇!他没精打采地走出会议室,走回家去。晚上,他连晚饭也没吃,就躺到床上去了。这时他向自己提出了一个问题:如今我要和谁走一条路呢?他笑着决定说:喏,当然就是马金锁呀!人在矮檐下不得不低头嘛!必须得委曲求全,必须百分之百地按照马金锁的意图办事。

第二天,他觉得自己的书记还没有卸任,他像往常一样,去了大队部,坐在了自己办公桌旁的椅子上,他认为这第一把交椅,暂时还是他的。然而,坐在上面的心情有点不一样了。

正当马银光一个人坐在椅子上发愣的时候,通信员将公社党委关于新一届支部成员的任命书,递到了他的手上。他拿着公社党委关于新支部成员的任命书,将它摊在桌上,两眼直盯盯地看了起来。他刚看了个头,心就咚咚地跳。他来不及似的一目扫下去,他头上像加了个紧箍,一仰头,咬着牙齿挣扎出一句话:"天惩我也!"

他压制着内心的情绪,重新看了起来。他看了一遍又一遍,仿佛要寻找什么似的,又将它翻来覆去地摆弄了两遍,然后扔在桌上，摇着头冷笑。

马银光用手指戳戳那纸上写着书记头衔的马金锁的名字，笑着想，这在马金锁看来是了不得的鼓舞了！他为什么不想想那将来的奇迹——一切坎坷，一切不合理，都立时平反过来了的奇迹？他这样想着，在心里说道："马金锁呀！你的命运，我不知道是应该高兴，还是不应该……"

马银光终于又变成了只有鄙视："马金锁，你那两下子，算不了什么，翻不起大浪。"他在安慰着自己。

小人常戚戚，君子坦荡荡。马金锁却不管他，他不考虑马银光如何如何，他想的是："天将降大任于是人也，必先苦其心志，劳其筋骨，饿其体肤，空乏其身，行拂乱其所为，所以动心忍性，曾益其所不能。"

马金锁向新的目标出发了。

第三十三章　一展宏图

　　马金锁当书记了，一传开，党员高兴，群众高兴，最高兴的是马湖一队的生产队长老马。老马队长乐得合不拢嘴，逢人就夸："金锁当书记了，好！这小孩，我们看着长大的，好孩子，有能力，有办法，吃得苦，耐得劳，肯干事，会办事，能办大事，对党忠心耿耿，对百姓关心备至，肯定能当好书记，由他来挑大梁，马湖就有希望！"

　　老马队长高兴之余，又为马金锁的工作考虑了。他静下心来一想，马金锁现在是全大队的马金锁了，不仅仅是咱们一队的马金锁了，可是马金锁现在还是个饲养员，工作阵地在牛房，服务对象是那八头黄牛，这怎么行呢？这怎么能让他腾出手来为大家服务呢？他想，必须让他走出牛房，放开手来为全大队办事。他打算撤掉马金锁饲养员的职位，这是必需的，而且这事儿他能办到，一个生产队长有权撤掉一个饲养员。他决定就这样办了。

　　老马队长跑到马金锁家里，找到了马金锁，单刀直入地说："金锁呀，我现在准备撤你的职，饲养员不要干了。"

　　马金锁理解老队长的好意，但是他和那些黄牛已经建立了深厚的感情了，它们都很听他的话，服从他的指挥，一见到他，一个个都会摇头摆尾，眼睛里露出喜色。现在要让他和它们分开，他还真有点舍不得。他矛盾了半晌，说："老队长，谢谢你的好意，我实在舍不得离开它们，我还是兼着吧！"

"不行！"老队长说，"一个人的精力是有限的，你现在必须放下一切包袱，全心全意投入到全大队的工作中去。"

马金锁觉得老队长说得有道理，但是当年选饲养员的场景，他历历在目，担心选不到好的饲养员，牛要受罪，老百姓要受累。他问老队长："那么这个摊子交给谁呢？"

老队长说："你尽管干你的大事，这个小事儿由我来安排。"

马金锁还是不放心，"你打算安排谁呢？"

"我打算再开一个社员大会，让大家来推选。"老队长说。

有一个人在旁边听得一清二楚，为了不叫他们为难，他毛遂自荐，自告奋勇地说："我来！"这个人就是马长汉。

马长汉是养牛的老把式，养了大半辈子牛了，这是一个求之不得的人选，对他的养牛水平，老队长和马金锁是一百个信得过，一百个放心。老队长当场任命马长汉为他们一队饲养员。就这样，马长汉走马上任，当上了饲养员，重操起了旧业。

马金锁辞掉了饲养员，变成了专职书记。他给自己定了几条，要清白做人、踏实干事，做群众信任和拥戴的好干部。接着，他的思想又在全大队飞翔了起来。马湖大队这两年是有所进步，略有好转，但是也没好到什么程度！老百姓分得的口粮虽然略有增加，但是还是吃不饱。眼下首先要使社员有饭吃，只有带领村民把集体经济发展壮大，才有实力解决好全大队的民生问题。那么集体经济搞什么呢？在当下，农村主要就是种田、抓粮食产量，以粮为纲。

对于种田，马金锁不是外行，祖祖辈辈都种田。他从小就跟着父母一道种田，但是也算不上是精通，尤其是随着时代的发展，新的东西层出不穷，不学习，就赶不上潮流。于是，马金锁为了带领大家种好田，他钻研起农业技术来了。他和当时一般的农村干部一样，首先认真学习农业八项增产技术措施，即土、肥、水、种、密、保、管、工。

这八个字是农业综合技术的高度总结，马金锁一个字一个字地钻研，一个字一个字地对照本大队的实际情况，找出需要加强和实施的着力点。他认为"土"，经过祖祖辈辈的耕翻种植，已经定局；"水"，只需跟着潮流走，略加注意即可；"保""管"，加强农技员素质的提高，按照他的指令办，加强领导，就解决问题；"工"，工具改革是长期的大任务，只需用少数人去专攻就可以了。需要花大力气去办、去解决的是"种""密""肥"三个字，尤其是一个"肥"字。

"种"：马湖大队对于作物种子基本上是自留自种，连选种的工序都没有。所用的品种都是传统种子，产量都很低。马金锁派出三个有文化的青年农技员走出去，访问、考察、学习，回来汇报后，经大家讨论，确定购买新品种。

"密"：在作物栽培方面，水稻，原来主要采用传统的"下水秧"育秧方法。马金锁他们通过研究改进了水稻栽培技术。基本上摒弃了"乱落谷、乱插棵"的陋习。麦类，原来是传统的种植方法，即"掩种"，旱荞"撒墒沟"，播种后直接耕翻入土，这种方法往往因播种太深，影响出苗。马金锁带领大家学习苏南种麦经验，大大降低了用种量。玉米，原来也是传统的种植方法，即点播，改稀播为宽行直密植。

马金锁要花大力气、下大功夫解决的一个字是"肥"字。他铭记农谚：庄稼一枝花，全靠肥当家，种田不下粪，等于瞎胡混。马湖的粮食产量之所以很低，一直上不去，究其原因，固然很多，但最重要的原因，还是一个"肥"字，是肥料严重不足，庄稼吃不饱、喝不足，营养不良，瘦弱矮小，它怎么能有高产出呢？又要马儿跑，又要马儿不吃草，哪有这等好事呢？要想使粮食产量上去，提高亩单产，必须有大量的肥料，满足庄稼生长的需要，达到合理施肥的标准。然而，大队里没有化学肥料，要想解决肥料问题，怎么办？只有一个渠道——人工，人工积造。人工怎么积造？他觉得，要跳出原来的圈子，不能仅仅是养点猪、牛，聚点肥就算了。必须广开门路，多种渠道，大积大造。于是马金锁围绕着"广"和"多"两个字，做起了文章。他想了半天，终于想出了一套妙计良策。他自己给它起了一个名字，叫"向海陆空进军"。海：捞水草、罱河泥。陆：割青草、铲草皮。空：摘树叶。在田头挖塘，将上述几样加酥土混合纳入塘中，放水沤，发酵成肥。通过向海陆空进军，大积大造自然肥，同时大养特养猪，大家都知道，一头猪就是一座小型肥料加工厂，要实现一人一头猪，一亩一头猪，猪多，肥多，粮多。

马金锁的计策一定，他就组织实施了。他知道凡事都要造成舆论，要先做意识形态方面的工作。他接连召开了三个会议，第一，支委会，火车跑得快，全靠车头带，支部一班人是火车头，他们动起来，下面才能动，他们跑得快，下面才能跑得快。马金锁首先召开了支委会，领导班子统一思想，统一认识，形成一个拳头。第二，三干会，即大队干部、生产队干部、小组长联席会。第三，社员大会。通过这三会，大张旗鼓地宣传发动，将群众的积极性充分调动起来了，在马湖立即掀起了一个大积大造自然肥的群众运动，"海陆空三军"齐进攻，合力攻坚，既轰轰烈烈，又扎扎实实。马金锁将这个势头牢牢抓住不放，不管是春夏，还是秋冬；不管是农忙，还是农闲，都要腾开手来搞积造自然肥。

马金锁的这一招儿抓得很灵，一年下来，粮食产量翻了一番，亩产第一次超过了600斤，缴足国家的，留足集体的，剩余分给社员。社员口粮毛粮第一次超过了400斤。老百姓喜气洋洋，欢声雷动。

群众高兴了，马金锁更高兴。他更加使足劲头，引领着千军万马，向前飞奔。

又是一年秋高气爽，桂花飘香，菊花争艳，丰收在望的季节，马金锁独自一人，轻举脚步，踏入了一望无际的丰收农田，漫步在马湖的田野里，田野里高粱、玉米、稻子、花生丰收在望。

马金锁望着金色的大地，闻着阵阵谷香，沉浸在丰收的喜悦中。他观察了整整一个上午，眼看太阳偏西了，他才依依不舍地朝家里踱去。

第三十四章 植树起家

　　一转眼，历史的车轮转到了一个特殊时期，马金锁因为种种原因被贬去看树。马银光自然而然地就又爬上了书记的宝座。

　　看树，马金锁没有意见，他虽然肚里憋着一股气，但是工作他照干。

　　马金锁干一行、爱一行、专一行。他牢记毛主席的教导："我们共产党人好比种子，人民好比土地。我们到了一个地方，就要同那里的人民结合起来，在人民中间生根、开花。"他就把自己当成一粒种子，被撒到哪里，就在哪里生根、开花。他看树，认认真真，勤勤恳恳，整天都扑在上面，不是走南到北，就是走东到西，观察着，抚摸着，风雨无阻，一天不停，把树当作宝贝一样呵护，对树产生了很深的感情，不许人折一根枝条，不让牲畜咬一块皮，天干了，还给它浇水，天刮大风了，有的细而高的小树，抗不住，他给它们用支架支起来，呵护着它们茁壮成长。

　　马金锁整天奔波在马湖的大道小径上，他看到还有许多路旁、沟涯、圩坡、埂边、高墩还空着，觉得可惜。他就将家里的小树苗统统拿去移栽了。他移栽得很认真，李玉珠也很支持他，帮他挖塘、运树苗、栽树苗。

但是他家的树苗毕竟有限，他将柳树的枝杈都锯下来，拿去栽了，还远远不够，他想了半天，也没有想出好办法。他就去了县林业站，找专家，向专家请教。他向站里汇报了他护树植树的情况。造林师傅指出，他种植的那些品种，都是应该淘汰的老品种，现在有不少好的新品种了。造林师傅向他重点介绍了杨树，向他阐述了杨树的造林方法。他求之不得、感谢不尽。他又问："哪里有杨树造林比较好的地方？"造林师傅向他介绍了山东某地杨树造林最好。在这个地方，到处都种着杨树，得益于插条造林技术，这里的杨树不仅生长得快，而且长得高大挺拔。

接下来造林师傅又向他介绍了扦插造林的好处，植株短小，它的生长基本不受环境影响。马金锁兴奋不已，兴致勃勃地跑到那里，实地考察了一下，情况的确如造林师傅所说，他当场就准备订购插条。

当时，造林师傅见他知道了杨树插条造林的好处，很高兴，害怕他一时浮躁，办坏了事情，又跟他说，这杨树插条造林还有一整套的技术规范呢！

马金锁一听，入了神，连忙问："有什么规范？请告诉我。"

造林师傅说："一言难尽。"

马金锁觉得，可能真有一些奥妙呢！他决定抓住造林师傅不放，来个打破砂锅问到底，于是他拉住造林师傅，走进一家小饭馆，买了一瓶山东白干，炒了几样菜，两个人坐下来，边吃、边喝、边聊。马金锁毕恭毕敬地当起了小学生。

　　造林师傅被他的精神所感动，也不辜负这位如此虔诚的学生的期望，将他的所知如竹筒倒豆子，全部教给他。于是他慢条斯理地从可以插条造林的地区说到适宜栽种的杨树品种、杨树生长环境等。

　　马金锁听得十分入神，如获至宝，他又怕忘掉了，就向饭店老板要来笔和纸，一一记录下来。他将造林师傅前面讲的详细写了下来之后，又瞪着两眼，看着造林师傅，还想知道下文。

　　造林师傅理解他的心情，不失他的所望，又交代了插条后的管理。

　　马金锁听了造林师傅的一番详细交代后，心满意足，大有"听君一席话，胜读十年书"的感觉，连声道谢。

　　马金锁又请求造林师傅带着他，找到了苗圃负责人，预定了杨树插条，满意而归。

　　一回来，他就挖塘、晒土。一开春，他带上家里的积蓄，兑清苗款，运回插条苗，按照师傅的交代，一丝不苟地干了起来。社员们纷纷跑来相助，众人拾柴火焰旺，很快就将所有空地都插上了插条。空地没有了，但是还剩一部分插条，马金锁舍不得扔掉。他就将原来的一些老树根刨掉，插上新的杨树插条。哪知道他这一举动，惹来了大祸，好心肠办坏了事情。马银光们时时刻刻都在观察他的动向，吹塘灰找裂缝，伺机找他的碴子，正好被他们抓了个正着。他们抓住了这只小辫子不放，说他破坏绿化，挖社会主义的墙脚。他反复解释他这样做的道理，说明扦插的好处，没有用，人家就是认定他是破坏，并且是蓄意破坏，叫他必须改邪归正。

　　马金锁毫不气馁，毫不退却，他照干。他坚信，他做的是好事，是为人民服务的好事，对人民有利，不是坏事，与那些不怀好意的家伙无关。好事就要做到底，做好事不要回报，功成不必在我，功成必定有我。他坚持将插条插完，将小老头树更换成新的杨树苗，完成了他扦插两万株的栽树计划。

　　栽好树之后，他并没有清闲，而是更加忙碌了，他一年四季都围绕着大树小树转。马金锁俨然一位合格的营林工人，浇水、施肥、除草、整形修剪、防治病虫害……一年四季的一件件、一桩桩，他都认认真真，扎扎实实地做好、做实，不达到他满意的程度，他不放过，他不轻易放过自己。他默默地与这片林子打交道，就像对待自己的亲生儿子一样来对待这片林子。他的护树工作是极其艰苦的。他手上的老茧褪了一层又一层。夏天，当毒辣的阳光晒在皮肤上的时候，就有如同针刺一般的痛。到了冬天，零下十几度的低温，当西北风呼啸着刮到脸上的时候，又有如刀割一般的疼。有时候，他一天要干十几个小时，只吃两顿饭，仍然干劲十足。

　　经过一年又一年的精心栽种，杨树长势喜人，马金锁完成了绿色全覆盖，马湖到处是挺拔的杨树，绿树成荫，绿意盎然，鸟语花香，一派繁茂的江南盛景。

第三十五章　梅开二度

马金锁的名声又出去了，大家都知道马湖有个种树能手马金锁。马金锁听而不闻，他一如既往，尽心尽力地从事他的造林护林工作，埋头苦干，兢兢业业。

不知不觉，马湖大队迎来了新一轮党支部改选。大家又坚持选举马金锁为大队书记。公社党委鉴于大家的信任，便同意了。

就这样，一纸红头文件下来，马金锁又当上了马湖大队党支部书记。马银光的下台和马金锁的上台，在马湖引起了很大的震动。无论干部还是群众，都由衷地欢迎马湖大队这次的支部改选。

马金锁受命于困难之时，如何迎着面前的重重困难，带领群众在困境中崛起？这是横亘在他面前的最大课题。在马湖长大的马金锁，对乡亲父老有博大的爱心。

马金锁经过前一段书记工作的磨炼，现在干起来，是轻车熟路了。他明白，要想富，得有富的招法，坐而论道瞎吵吵是不行的。他抓住原来的招式不放，农、林、牧、副、渔全面发展，以粮为纲，猛攻单产。当时大家都在为粮食亩产达纲要而奋斗，可惜没有人过纲要。马金锁前面就努力过一番，离纲要还差 200 斤。现在他下决心要过纲要。他在措施上，除了抓住原来的八个字，八大措施，又加了码，工作上更加了劲。在狠抓增肥夺高产方面，在原来的"向海陆空进军"的基础上，又加上了大种绿肥，他将土地的三分之一，拿出来种绿肥，种苕子、种黄花草，绿肥面积占水稻面积的一半，将原来一麦一稻的耕作制度改为稻—麦—绿轮作。

好好的良田不种粮食，而拿来种草，有些人跳出来反对，有些不懂科学、不明真相、不讲道理的老百姓也跟着起哄。马金锁任凭风浪起，稳坐钓鱼船，他按照他的路子干。他心里清楚得很呢！马湖地区过去水利没有搞好，易旱易涝，一到汛期，白茫茫的一片，马湖真像马湖了，汪洋一片，银波荡漾。汛期一过，大水退去，水土严重流失，土壤养分跟着流走，而庄稼的生长需要大量养分，尤其是水稻最大的特点就是大吃大喝，喜欢大肥大水，一旦缺肥少水，则产量低下，要想高产，必须大量补充养分，原来的措施，虽然对其有所改善，但是远远不够，通过大种绿肥，绿肥草耕翻入土，上水沤发，发酵的绿肥水，营养丰富，能解燃眉之急。面对一些人的捣蛋，马金锁只好耐心地讲道理、讲科学，苦口婆心地做思想工作。对于个别诚心捣蛋、故意中伤的捣蛋虫，他不理他，将他们置之度外，他按照自己的计划，照干不误。

马金锁绿肥的种植，增加了土壤肥力的释放能力，满足庄稼生长的需要，大大提高了粮食的产量，使原来的低产田变成了高产田。

瞧！无边无际的田野上，金灿灿的稻浪随风荡漾。人们像冲锋似的向田野上奔波，挥刀的挥刀，捆把的捆把，杀担的杀担，装车的装车，镰刀在飞，稻把在飞，人在走，机在跑，穿织如梭，欢快热烈。路上，拖拉机、小板车、担子，争先恐后，络绎不绝。村边打稻场上简直要沸腾起来了，打的打，脱的脱，扬的扬，晒的晒，囤的囤，人欢马叫，机畅人欢。

田野上还有成片的没有收割，场上已是大囤子尖，小囤子满了，一个个像小蒙古包似的丛聚在场头上。稻垛子小山般地一堆一堆地垒起来。

马湖今年秋季迎来了一个多年来没有过的空前大丰收。人们都舒眉展眼，喜笑颜开，热烈欢腾。

马湖的粮食产量一举过了纲要，马金锁的目标实现了。

马金锁实现了他的理想，他并没有心满意足，并没有停下来，止步不前。他站在新起点上，寻找新的突破。

随着时代的前进、科学的发展，县化肥厂投产了，有少量的化肥出售。马金锁想方设法，购买化肥。他是氮肥、磷肥、钾肥、复合肥等，样样皆购，合理搭配，还注重自然肥的投入。这下，肥料问题解决了，他开始追求有效农业了，就不再用好田长草了。

就在这时，杂交水稻出世了。

马金锁跑了几个地方去考察了解，摸清了底细，当机立断，将水稻品种全部更换成杂交水稻。他派出几路人马，花高价购买杂交水稻种子。

马金锁亲自监督育苗栽插管理，结果亩亩高产，再加上午季三麦的产量，就不是过纲要的问题了，而是跨长江了，赶上甚至超过江南了。

大家都很高兴，但是有人开始反对了，说杂交稻不能长，其理由是：第一，种子价格昂贵；第二，种子难买，几乎是打着灯笼出去找，万一买不到，一季庄稼就泡汤了。

马金锁觉得有道理，此话不是危言耸听，是客观存在的现实问题。但是如果抛弃杂交稻的高产优势，回到普通水稻上去，那么这粮食产量又怎么能保持住高产稳产的势头呢？他左思右想，杂交稻不能下马，必须继续狠狠抓住杂交稻种植不放，至于种子问题，买人家的靠不住，可以自己繁殖，自己动手丰衣足食。于是他派农技员马学好带两个高中毕业的小青年，去海南育种基地学习。他自己也跟着钻研，因为他知道这是水稻种植史上的一次重大突破，不能掉以轻心，外行领导内行，是指挥不到点子上的。于是他又拿出了当年学习栽植杨树的精神，钻研起杂交水稻了。他跑了县种子站，向专家请教，还买了一堆书籍，潜心钻研，他很快就弄明白了杂交水稻是什么。

马金锁通过访问，研读，也基本掌握了杂交水稻制种的有关知识，这下他胸有成竹了，当派出去学习的小青年一回来，他就组织他们按照自己所学的技术立即上马，趁着春季落谷的大好时机，搞起了杂交稻制种。马金锁组织了一个以青年书记马小珍为首，由20名团员青年组成的一支专门的育种队，并选择了南湖的一块地，作为制种田，这里历史上作为抗洪的圩堤，高大，是天然的屏障，自然的隔离区，而且紧靠灌溉渠，灌排方便。

在那三个出去学习的小青年的带动下，育种工作按部就班地开展着。

第三十六章　初战受挫

马金锁时刻关注着制种情况，一有时间，他就去南湖转转。一天，他安排好了全大队的工作，又去了南湖。

这天，是他批准育种队休假的一天，他决定当一下值勤员。他头戴一顶新草帽，脚蹬一双塑料凉鞋，身穿一套蓝的半旧中山装，肩扛一把圆头铁锹，迈着健步下地了。

他逐块地检查每一块秧田的水情。发现哪一块田的水大了，就用铁锹将口子开了，向下游排一点。发现哪一块田的水小了，也将水口开了，从灌溉小渠中引进一点水。一百亩制种田全都查了一遍以后，他又回过头来，从头一块查起，直到全部放好了水，他才休息一会儿。

刚才，他由于集中注意力观察水情，没有认真地观察苗情。现在趁休息的机会，观察起苗情来了。他站在中间田埂上，一手掐腰，一手挂着锹柄，昂首挺胸，两道浓眉下一对明亮深邃的大眼，环顾一百亩杂交水稻制种田，仔细观察着稻苗的长势。只见一尺多高的秧苗正在旺盛地生长着，稻秆粗壮，稻叶繁茂，密密层层。在金色的阳光照耀下，嫩绿发亮，呈现一片绿油油的翠湖景象。微风吹来，碧波荡漾，阵阵芳香，沁人心脾。马金锁深深地吸着这芳香的空气，心头舒畅惬意。他这个农民出身的大队书记，大家公认的农业专家，对当地几种主要农作物的生产，了如指掌。对于水稻看苗诊断方面的知识，他更是精通。现在他看到秧苗叶色绿，分蘗多，稻秆壮，精神好，叶片自下而上一个比一个长，这是一个高产的苗架，他的脸庞上泛起了微笑。

大概是职业病的原因，马金锁在看到苗情长势喜人的时候，头脑里又冒出了一个问题——父母本生长是否协调，花期能否相遇。这是杂交稻制种过程中始终要密切注意的一个问题。马金锁想到这里，又担心会出现问题。于是他放下铁锹，卷起袖子和裤脚，脱了凉鞋。走到田中间的一个插竹竿的地方，找到了竹竿旁边点着红漆的父本秧苗，一查，幼穗分化已进入二期了。而旁边母本苗的叶龄，才十叶露尖，还没有孕穗。他不放心，又继续查了好几个点，结果都是一样。这时他心里下了结论：父早母迟，花期肯定不遇，花期不遇则不会结实，就无种可收。这样一来，忙活了一季，岂不是竹篮打水一场空吗？必须立即采取措施。

晚上，马金锁找到马小珍、马学好和去海南学习的两个小青年，在一盏煤油灯下开始研究他白天发现的问题。马金锁首先汇报了他白天的查苗情况，最后他以肯定的口气说："看来父母本花期相差一星期左右。"马学好说："父早母迟是可能的。因为开头我们对今年的气温情况不了解，根据气象站的天气预报，说今年平均气温会比往年偏低，又根据父母本的生长期就适当拉长了播差。结果，南风劲吹，骄阳艳艳，没有寒流，气温比往年还高。我们的父本是菲律宾的良种，热带地区的品种感温性强，在温度较高的情况下生长较快。而母本是我们这里的常规品种，感温性比父本差，在温度较高的情况下，生长速度慢，所以出现父早母迟的现象是不奇怪的。"

由于杂交水稻是个新生事物，很多同志对杂交水稻的制种工作是陌生的。马小珍也是第一次接触杂交水稻制种工作。她一听说父母本生长不协调，花期可能不遇，心想，这下不是完了吗？于是她问道："那现在应该怎么办？"

马金锁发现马小珍有点担心，便解释说："世界上的事情，有矛就有盾。解决杂交稻双亲生长不协调的办法是很多的。而且我们发现问题又早，现在离抽穗还有一个月的时间，解决这个问题是来得及的。问题是根据我们的情况，采用什么方法比较好。"

马小珍听马金锁这么一说，好像吃了一颗定心丸，不担心了。可是到底有哪些办法呢？她希望他们能快一点说出。

马学好很理解马小珍的心情。他说："解决父早母迟的办法很多。一种是控制父本生长；一种是促使母本加速生长；再一种是控父促母同时并举。控制父本的生长方法有二：一是排水烤田，可以抑制住它的生长；二是增施偏氮肥。因为施了氮肥，首先被稻子根部吸收，然后输送到叶部。"他沉思了一下，接着说："看来我们用干控抑父的办法比较好。因为我们没有钾肥。有些磷肥被当作基肥用掉了。现在仅剩一些氮肥，还要留作后期穗肥用。而且就是用了氮肥，只能推迟一两天，也不能解决问题。"

马小珍听了马学好的意见，频频点头，说："对，应该采取干控抑父的办法。"

马金锁冷静地听取了他们二人的意见，心里非常赞同。脸上略带微笑地说："我很同意你们的意见，采用干控抑父的办法可以解决问题。从明天开始就排水烤田，直到父母本协调生长为止。"

结果事与愿违，一连排水烤田五天，但仍无效果，没有能够抑住父本苗的生长，只是叶色褪淡了，是老天爷捣的蛋，原来骄阳似火，再等育种队烤田的时候，一天一场瓢泼大雨，尽管他们跟住了放水，也无济于事，田里还是湿漉漉，不能抑制住父本苗的生长。

起先发现父早母迟的时候，同志们还不以为意，因为时间还早，调整还来得及。而现在一下子时间过去五天，仍无效果。不少同志开始担心了，害怕花期不遇。马小珍从地里回来，立即找到马金锁，神色紧张地说道："烤了五天的田，没有能够拖住父本苗的生长，搞得不好，花期很可能不遇。"马金锁心中也有点担心，因为时间过去一天，就给花期调整工作增加一份困难，一旦到了抽穗的时候，就无法挽救了。然而马金锁是个沉着冷静的指挥员。他虽然心里有点焦急，但他表面上仍然是若无其事的。他泰然自若地说："不要紧，没有解决不了的问题，没有克服不了的困难。你去把马学好和那两个技术员喊来，我们一起碰碰头，开个小会。"马小珍领命而去。

不一会儿，马小珍和马学好以及那两个技术员一起来到马金锁处。马学好屁股还没落板凳，就连忙说："书记，烤田五天不见效，同志们急了。在等着我们拿主意呢！"

马金锁答道："是呀，现在找你们来，就是研究一下解决问题的办法。俗话说：'三个臭皮匠，顶个诸葛亮。'我们五个人，再加上群众的智慧，合起来，就是一条龙了。好吧，我们现在就开始谈吧，各抒己见，谁的办法好就照谁的办。"

屋子里顿时寂静下来，各人都在围绕着解决父早母迟的问题，在动脑筋，想办法。一间小小的屋子里静得连针掉到地上都可以听到。片刻寂静以后，各人都想出了办法，又争着要说出自己的意见，因此会议的气氛又突然活跃起来。

马学好先开了头，他说："我们还有一些尿素，原打算留作后期穗肥用的。现在花期问题已经是火烧眉毛，刻不容缓，尿素应该拿出来作为调整花期用，不能烧饼枕头饿死人。拖住一天，损失就少一份。"

一个小青年说："除了给父本施尿素以外，我看还可以想办法同生产队借些磷肥，把母本促一促。这样一推一拉，问题解决得可能要更好一些。"

马小珍又说："上一次听马学好说，还有一种叫摘主茎促分蘖的办法，我看现在可以采用了。"

技术员马学好接着说："从目前情况看来，可以采用摘主茎加偏肥的办法。虽然损坏了秧苗，有些破坏作用，但只要保住了花期相遇，提高结实率，也还是合算的。这种丢卒保车的方法，古今常用。我们不妨也试试。"

有了民主，还要集中。现在各人的意见都摆了出来，需要集中了。这个集中的任务无疑地落到了马金锁的头上，马金锁有一个老习惯，讨论或研究问题时，他总是喜欢先听听别人的意见。他是个沉着而果断的人，往往别人发表意见后，他很快就表态了。可是今天同志们都发言了，他还在冷静地思考着，细细地分析着，大家都在急切地等待他的表态，一个个都在猜测他的意见。大家都估计他可能不会同意上述意见了。同时大家都知道他是一个文武双全、足智多谋的好干部，又是一个农业生产的内行，他可能拿出更好更妙的办法来。因此一个个都满怀希望而又平心静气地等着。

　　过了一会儿，马金锁用和蔼的目光看看大家，又清了一清喉咙，以平稳的语调开始发言了。他说："同志们的意见都很好，都是调整花期的好办法。但都是一般情况下采用的措施，对于特殊情况下的问题，未必能够解决。我们现在遇到的父早母迟的情况，有点特殊。特殊就特殊在这个问题不是初次发现，而是早已发现，并且已经采取过措施了，那就是烤田五天。医生替慢性病复发的病人治病，一定要问一问病人以前用过什么药了。我们现在考虑解决父早母迟的矛盾时，也一定要把这个烤田五天的特殊情况考虑在内。烤田五天，表层水落干了，土壤水分少了。对父本的正常生长是不利的。表面上看起来没有明显的抑制，而实际上还是有抑制作用的，并且还在继续抑制着。在这种情况下，如果再灌水，恢复水稻所必须的条件，那么它将迅速生长。好比一个病人，在生病期间，食量很小，面容憔悴。一旦病愈，他就会大吃大喝，很快发胖。而同志们的意见，无论是施偏肥，还是摘主茎加施偏肥，都离不开一个先决条件，就是灌水，而且水层还要略深，因为水少了肥料要烧苗。这样大水一灌，正好促使父本这种对水的敏感性很强的品种猛烈生长，而且肥料下去，需要四天左右的时间，才能对秧苗产生作用，经过这四天猛烈生长，父本与母本的差距将拉得更大，虽然后来由于肥料的抑制作用和摘主茎损伤关系，父本苗要停止生长几天，但由于前面的差距拉大了，正负相抵，所得无几，不一定能够解决问题。"说到这里，他稍停顿了一下，又接着讲了起来。"那么根据目前的情况，我们到底怎么办呢？这要首先分析一下烤田未达到目的的原因，然后才好对症下药。原来我们烤田五天没有抑制住父本的生长，主要原因是雨水，一边控水，一边水又来了，稻根照样吸水，如果切断土层水源，这个问题就解决了。怎么切断法呢？可以在父本行的两侧抽沟，降低地下水位。这种抽沟的方法要用手扒，而不能用铁锹铲。因为铁锹铲要铲断根系，损伤太大。那么父本苗的吸水吸肥能力减弱。将来烤田以后上了水，父母本的生长速度又会不协调，仍然存在着花期不遇的问题。如果用手扒，一方面降了水，达到抑制父本生长的目的，而且需要烤到什么时候就烤到什么时候，一直达到目的为止。另一方面又不破坏根系。上水后父母本又将协调生长。所以用这种方法是可以解决问题的。只不过用工量大一些。但只要能够夺取高产优质良种，我估计同志们也是会乐意去干的。"最后他又强调指出："这是我个人意见，作为一次发言，不是什么小结。现在请大家再进一步讨论一下，到底哪种方法好？"

马金锁的一席话，说得大家眉开眼笑。没有出他们的所料，他的看法果然棋高一着。个个赞道："好，就这样办!"连技术员马学好也赞成地说道："这个办法定能有把握解决问题，就这样办吧!"

马金锁又考虑到，这样干是要大家辛苦一番的，不能随便决定，还得经大家都同意才能动手。于是他说："形成决议不能太随便，大家的事还要靠大家来办。你们回去两组分头召集开会讨论一下，看大家的意见如何？明天一早碰头，再做最后决定。"

育种队为了便于管理，便于开展劳动竞赛，将人马编成两组，马小珍任一组组长，马学好任二组组长。

马小珍说："时间紧迫，我们马上就开会，拿出统一意见，明天一早就行动。"

二组组长马学好也说："对，宜早不宜迟。"马金锁看他们心情急切，便同意地说："好吧，你们马上开会，拿出统一意见，立即来碰头。"

不一会儿，两位带着大家的意见，又来到了马金锁处。

马小珍说："我们一组同志都赞成马书记的意见，准备塌掉一层皮，滚一身泥巴，坚决完成党和人民交给我们的制种任务。并且决心和二组同志比比看，看谁进度快质量好。"

马学好接着说道："二组同志也一致赞成书记的意见，都决心学一组，赶一组，超一组，宁愿身上掉十斤肉，也要保住花期相遇。"

马小珍说道："看来对于扒沟降水，大家意见一致，决心很大，就这样决定吧！"

马学好说道："千锤打锣，一锤定音。大家的意见都拿出来了，请司令赶快下命令吧！"

马金锁看大家意见一致，便以坚定的口吻说道："好，就这样办。明天五点半起身，六点到工。时间紧，任务急，要把这次扒沟降水工作，当成一场激战来打。谁是英雄谁好汉，就在这场激战中比比看。"

第三十七章　激战南湖

马金锁深感这次扒沟事关重大，他决定和小青年们一起去干。

第二天清早，一阵嘹亮的歌声唤醒了这个沉睡的乡村。二十名育种队员，开始了新的战斗。他们唱着歌儿，迈开矫健的步伐，向村南制种田奔去。

小伙子们大姑娘们迎着朝阳，踏着露水，开始扒沟了。第一组在东，第二组在西。两组排成"一"字形的横队，并排向前扒。马金锁在一组，充当了一名育种队员。

父本行与两边的母本行的行距是大行距，沟子就是在父本两旁这大行距里扒的，扒成的小沟是三寸深、三寸宽。扒的土就放在小沟的两边。由于他们心里急，巴不得一下子扒完一百亩，因此他们不顾露水湿衣，个个使足力气干，人人争先恐后，谁也不肯落后。一双双膀臂擦着稻叶，喳喳作响，一只只大手扒着泥巴，发出扑哧的声音，一块块黑黄泥块，纷纷翻身，一条条小沟在秧行中伸展。

太阳渐渐升高，向大地投下了炽热的光芒。稻叶上的露水珠很快被晒干了。秧田里的气温也慢慢升高了。大家蹲在稻棵中低头扒土，又享受不到凉风，如同蹲在蒸笼里一般。个个脸上的汗珠像豆粒一样，骨碌骨碌地往秧苗上滴。原来被露水打湿了的衣服，刚被太阳晒干，现在又被汗水湿透了。他们脱掉小褂，光着膀子，利索地干着。

天有不测风云，上午还是万里无云的好晴天，下午忽然飘来一片乌云，云到风生，没有多久就狂风大作，乌云翻滚。只见村里和路旁的树木弯腰点头，哗哗作响。霎时大雨滂沱。育种队的同志在田间无遮无挡，浑身上下水流直淌。马金锁抬头看一看白茫茫的天空，又朝同志们望了一望。看到大家都不顾大雨浇身，仍紧张地干着，他有点心疼，但是又想到扒沟排水的工作刻不容缓，眼前暴雨倾盆，田间水多，更能促父，对花期的威胁更大。更需要尽快扒好沟，彻底排水。又不能叫同志们回去休息。一种爱护同志与要完成任务的矛盾，在他的头脑里激烈地斗争着。他想征求一下同志们的意见，再做决定。他向组长马小珍问道："小珍，雨下大了，怎么办？"马小珍站起来用手帕抹抹脸上的水说道："下了雨更要排水，雨越大越要干。"马金锁说："雨水很凉，弄得不好要感冒的。"在马金锁旁边的一个小伙子说："寒冬腊月，冻死懒汉。只要出劲就不怕冷，下这点雨算什么！"马金锁又问问大家："大家看，到底是回去，还是继续干？"马金锁的声音刚一落，大伙一起响亮地答道："干！不能回去！"马金锁看大家的决心很大，士气很足，坚定地说："行！干下去！和龙王来个决赛。"大家异口同声地说："好！"顿时出现了一个激动人心的场面。一个个探着腰，撅着屁股，双手插泥，斗志昂扬，拼命地扒着。只见一双双膀臂在大雨中，忙个不停。下了雨，田间有水，泥土又软又滑，比原来好扒多了，只听得手扒泥声，像鱼喝水一样，咕嘟咕嘟响个不停。风越刮越强，越刮越大，大家也越干越来劲，越干越高兴。"加油！加油"的喊声此起彼伏。显然一派生机勃勃的战斗景象。

直到夜幕降临，他们才像鸭子似的爬上田埂。

这一次的雨下得很大，而且时间很长，白天的不算，还整整下了一夜，电闪雷鸣。

天亮以后，风雨已过，霞光满天，万村如洗，大地格外清爽，稻苗更加苍翠欲滴。朝气蓬勃的育种队员们，迎着朝阳，又开始了激烈的扒根工作。经过昨天的大干，大家都很累了。今天没干一会儿，几乎都感到腰痛、腿酸、手疼。特别是手疼得最厉害，泥中有沙，每个人的手都被磨得通红，有的指甲被磨平了，有的指尖皮被磨破了，鲜血直流，疼痛难忍，手不敢入泥。一个个抬起头来看看马金锁，马金锁的手也疼，指尖不敢入泥。而他眉头一皱，计上心来。手不行，还有脚，可以用脚拱。只见他两脚分开，骑在父本行上，两脚插入泥中，一抵一下向前拱。有的泥块被拱上来，又流入小沟中，就用脚再拨一下。这时，原来那种畏难情绪，一下子消失了。个个都学着马金锁的样子干了起来。既不动手，又不弯腰。既解决了手疼的问题，又解决了腰痛的问题。同时脚的拱劲比手的扒劲大，速度比手扒的还快，功效提高了一倍。

时已中午，吃午饭的时间到了。马金锁看到大部分的沟已扒成了，剩下的不到五分之一，下午轻轻松松就可以完成了。这时天气很炎热，他准备让大家回去吃饭，休息一下。于是他高声喊道："喂！放工了！"说着他自己便跨上田埂，准备走了。一组的同志也随着马金锁一起上了田埂。可是二组那边由于组长马学好在干着，所以一个也没有上埂。马金锁又催了一下："二组也回去吃饭啦！"马学好说："你们先去，我们就来！"

原来，马学好看二组比一组落后，可能要比一组后结束。一组走后，他把大家召集起来开个小会。他说："角斗场上的交手，是为了胜败。社会主义劳动竞赛，也要见个高低。我们两个组的竞赛，从现在的形势看来，我们比一组落后，有可能输给一组。但现在还不要紧，还有反败为胜的机会。这个机会是中午不回去，派一个人回去把饭挑到田头来吃。趁一组回去吃饭的机会，我们大干一场。这就叫攻其不备，一下子就可以反败为胜了。你们同不同意？"他的话虽然不多，但是说得大家情绪激昂，容光焕发。大家一致表示："同意！"马学好看到这个情景，也很高兴，斩钉截铁地说："好！干吧！"

小青年们又精神抖擞地干了起来。他们排成一路横队，并排前进。手背在腰后，两腿分开，双脚入泥，像在泥潭中走路一样，一步一步地拱得泥块直翻。一鼓作气，一下子就超过了一组。

一组吃了饭，休息片刻就又上工了。马学好见到马金锁，连忙说："马书记，我们没有执行你的命令，中午没回去，你批评吧！"马金锁本来是想批评他们一下，但看到他们干得这样，不好再说什么了。便笑着说："精神是好的，如果累坏了身体，岂不误了大事。今后要注意，下不为例。"马学好也笑着说："是！以后保证不这么干了。"

一组的小青年们看到二组到前面去了，也鼓足了劲头，奋起直追。他们的有利条件是经过短时休息，精力充沛，个个都不遗余力，拼命干着。

太阳还没落山，他们就完工了，两组的进度差不多，基本上同时结束。竞赛的结果，是个平局。一组的小青年们不大服气，嚷着："粗腿看戏，站长了瞧，下次较量。"二组的小青年们因为干了一个中午没休息，还没有胜过一组，心里也有点不服气，听到一组的同志还要较量，也叫着："好，后会有期。"

沟子扒成后，父本行里的水，很快就落干了。经太阳一晒，还裂了缝。立即抑制住了父本的生长。大约一个星期，母本的生长赶上了父本，出现了父母平的局势。马金锁原来胸中悬着的一块石头，现在稍微放一放了。

这时父母本都普遍鼓苞。渐渐地开始吐穗扬花。父本颖花张开，花药开裂，花粉纷飞。母本颖壳大张，花满瘦瘪，在殷切地等待着父本花粉飞来。始花后的第三天，进入了盛花期。中午，骄阳当空，万花齐放，南风劲吹，银波浩荡，馨香浓浓。小青年们站在田埂上，高兴地观看着这万花争艳的喜悦情景。一个个张开笑脸，容光焕发，喜气洋洋。

为了夺高产，马金锁吩咐安排及时拉花。育种队买来了一根根长长的塑料绳，中间扣上空酒瓶，一头一个小伙子拽着绳头，一起在田埂上飞跑，绳子拉得稻棵哗哗作响，像蓝色的海涛一样滚动，甩得稻花满天腾飞，像浓烟弥漫，一片稻海迷迷茫茫。马金锁在田埂上巡视，翻腾缭绕的花粉的浓烟，把他裹在浓浓的云里、雾里，他感到好像被云雾托着飘荡起来，走进了一个童话的世界。

马金锁又安心地忙活起后方的大田生产，当他再次踏上南湖中间的田埂，两侧平展展的田野里，已经成熟了的颗粒饱满的稻穗子，密匝匝地拥挤在一起，头靠头、脸对脸，微风一拂，摇摇晃晃，沙沙地唱着小调。他望着金灿灿的稻浪，闻着浓厚的稻香味儿，听着那悦耳的低声细语，心醉了，眼笑细了，立即决定开镰收获。

待到晒干扬尽，装进麻袋，一过秤，总产三万一千斤，平均亩产三百一十斤，突破了三百斤大关，超过海南育种基地的水平。小青年们围着麻包堆儿，一个个眼睛里闪耀着欢乐的光芒，好像小伙子见到了新媳妇一样高兴，有的拍手，有的欢跳，有的拥抱，有的在地上翻了几个跟斗，有的哼起了丰收曲，用各种方式表达着自己的激情，场地上一派沸腾气氛。

万事开头难，开了头就不难。马金锁的育种队首战告捷，也取得了成功的经验，从此，他们年年制种，年年进步，保证了马湖的杂交稻种植稳扎稳打地进行，确保了马湖的农业高产稳产的势头只涨不衰。

第三十八章　春风浩荡

时间大踏步地迈进 20 世纪 80 年代。中国社会生活开始发生深刻的变化。

阳春三月，生产责任制的浪潮席卷了整个苏北平原。这是上面的政策和群众的意愿相结合的一股潮流，势不可当。中国当代史上农村又经历了一次变革。全部分田到户，实行单干。

人民公社恢复成了过去解放初的"乡"，只不过那时的乡小，相当于现在的一个大队，有的有两三个大队大。而现在的乡大了，相当于解放初的一个区。这样雄坝公社就叫"雄坝乡"了，马湖呢？外观上没有多大变化，地还是原来的地，人还是原来的人，但是它的名字变了，马湖大队叫"马湖村"了，原来的小队即生产队，就叫村民小组了。

就在恢复乡的第二年，一开春，白水县的县城，顿时拥满了乡村来的基层干部，这是县委每年这个时候召开的县、乡、村三级干部会议。

今年的"三干会"与往常不同，计划在会议结束时举行一个"夸富"活动，表彰"冒尖户""冒尖村"。"夸富"就是弘扬新政策，过去是越穷越光荣，现在是越富越光荣。

雄坝乡这次也选了一个"冒尖户"，是河崖村的朱德智。

会议结束后，徐更进拉住了马金锁，要他无论如何要"冒"起来！马金锁心里没有底，但是书记的命令，又鉴于当今的形势，他又不能不听。他只好勉强地点了点头。然而，这头也不是好点的呀！俗话说，摇头不算点头算哪！点了头，就应该算数的呀！他深感责任重大，以致回来，坐在长途客车上，他的心都不能安静。他在车内，躬着腰，沉默地看着自己的脚尖。尽管昨天晚上，大会后又是小会，熬得很迟，上了床，又失眠了一阵，这时他仍缺乏睡意，他的思维依然活跃。马金锁已五十出头了，但是他不认输，他坚信自己还具有爆发力！

可是，马金锁又心焦。他深知，这马湖村的村民，个个老实巴交，祖祖辈辈死守在这片瘠薄的土地上，日出而作，日落而息，过着土里刨食的田园生活，挣扎在贫困之中。党的十一届三中全会以后，他们和全国农民一样，渐渐得到了温饱，身上有衣穿，嘴里有饭吃。他们认为知足者常乐，人不能这山望着那山高，吃着五谷想六谷。这种温和的贫穷、廉价的满足，像两把无形的软刀子，消磨着马湖人身上的锋芒和锐气。他的脑海里泛起了一个疑虑，照此下去，猴年马月才能富起来？他还深知有人在做着一夜暴富的梦，据说，马湖历史上就有先例，比如彩虹凌空似的横跨在巡河之上的马湖大桥，这是白水县最著名的景点，平日里人们行走在古老的青石板桥上，在桥面上仰望高耸的雕像，俯视桥孔底下向远方流去的巡河，桥面上终日人头攒动，一群群男男女女倚栏眺望。传说这座古老矫健的大桥，是一家姓李的人修建的。这李家不是地主、不是资本家、不是大财主，就是个平头百姓，那么他哪来的钱修建大桥呢？据说，有一年过年，李家大嫂煮汤圆子，当她将锅铲子伸进锅里搅拌的时候，忽然听到嚓嚓的声音，将手上的银镯往锅里一扔，锅里的汤圆立马变成了一锅银子。他家就用这锅银子为大家做了一件好事，去名山买石头，高价聘请高师名匠，修建了一座名垂千古的大石桥。从此，"一桥飞架南北，天堑变通途"。这是个传说，只是说说而已，岂能当真，哪有天上掉下馅饼的？

马金锁觉得，要改变目前的状况，首先得改变人们的思想状况，这是个棘手的问题。可是话说回来了，如果没有困难，那要你马金锁干什么呢？至于如何打开新局面，他的心里还没有一点眉目，他决定开个支委会再说，他决定明天就开。

他回到家，天已黑了。李玉珠正在床上躺着。

李玉珠笑着说："你吃饭了吗？"

"没有呢！"

"赶紧吃饭去！饭菜都做好了，在锅里，你自己去盛。"

李玉珠因工作突出，早已调到乡里任乡妇联主任了，马湖村的妇联主任由马小珍接替。团支部书记由新提拔的一个冒尖的小青年马德成担任。李玉珠虽然当上了乡妇联主任，但是她始终不忘兼顾家庭。她在乡里的工作，除了抓好全乡的妇女工作以外，主要是管全乡的计划生育。现在他们搬到新分的房子里住了，儿子小虎和她的父母住在一起。

每天下班，只要她比马金锁早，她总是把饭菜做好，等马金锁回来吃。有时还给他倒一壶小酒，并拿好酒杯放在桌子上。

今天李玉珠知道县"三干会"要散了，早就做好了饭，等马金锁一到家就吃晚饭。可是一等再等，马金锁迟迟没有到家。她就先吃了，上了床，因为明天她要早早地去上班，给马金锁的一份，焐在锅里。

马金锁听了李玉珠的吩咐，就去厨房，狼吞虎咽地将李玉珠为他准备的饭菜一扫而光，洗净锅碗就上了床。

第三十九章　一枝独秀

马金锁虽然倒在了床上，但是因为心里有事，他睡得不怎么踏实，第二天一大早，他起来，简单洗漱一下，喝了一碗李玉珠做的稀粥，就叫通信员通知支委们到村部会议室开会。

会上，马金锁汇报了县"三干会"的情况和精神，提出了当前的任务。他说："我们当前的任务就是一个字：'富'，要让老百姓富起来！"

支委们都是马湖土生土长的农民，对农民有博大的爱心，对土地有深厚的感情。大家都在想，农民要想富，必须在土地上做文章，这篇文章到底怎么做？老百姓千年以来就在这块土地上日出而作，日落而息，苦得又怎么样呢？经过新时期以来的拼搏，情况有了改变，但也只是身上有衣穿，嘴里有饭吃，腰袋里还是瘪瘪的。马湖的农民是善良而又正直的一群。多少年来，一代一代都是"犁耧锄耙，土泥坷垃，高天大日，五谷庄稼，牛牛驴驴，猪羊鸡鸭，土布旧衣，雨淋风刮，辘辘饥肠，满目尘沙，子子女女，野菜粗茶，精疲力竭，劳累困乏，积久成疾，厚土埋下"。正是这些农民或农民的后代们，赶上新时期的好时候，终于解决了温饱问题，不至于忍饥受冻了。然而，不能老是安于现状啊！当前马湖面临着许多新的矛盾和问题，但最突出的问题就是怎么样让农民的腰袋鼓起来？大家都认为，这是一个现实的问题，是一个重大的问题。

那么，怎么办？怎么去解决？大家都在考虑，马金锁更是在琢磨着，全村人多地少，可过去下大力气抓的是低产低效的大田作物。这么抓下去恐怕一辈子腰包也鼓不起来。小麦、玉米、稻谷值几个钱？"种一坡，打一车，收一簸箕，煮一锅"。这种低效的农业生产方式不能再继续下去了，必须下力气抓高效农业。那么，到底种什么？马金锁在问自己，大家都在琢磨，但是头脑里都是一片模糊。

马金锁决定休会，不要坐着胡思乱想了，他决定先走出去再说。他租用一辆大巴，将村组干部一车拉出去，到改革开放早的经济发达的地区去走一走，看一看，听一听。

马金锁一行，到深圳转了一圈，又捎带着看了一下苏南，他们受到了巨大的冲击，真的取到了一些"经"。

马金锁看到大家激动的样子，又说："先别急，外地的经验还要和我们本地的实际情况结合起来，我们先下去走走，和老百姓聊聊再说。"

马金锁也下去和老百姓了解情况去了。两天时间，马金锁理出了头绪，他的思想像头顶飞过一群鸟，又像一条河在春天自我解冻，汹涌奔腾，陡然间闪亮了。他明白了，现在是社会主义市场经济，农业必须围绕市场转，他决心在社会主义市场经济这块大棋盘上摆布好自己的活子。人家不是说"无农不稳"吗？我们就把这个"农"字先给稳起来，然后再"富"，再"活"。于是他立即召开了党支委会，经过反复讨论，统一思想认识以后，他们就齐心协力，跃马扬鞭，开始了一个又一个新的进军。

首先，发展优势产业——蚕桑。栽桑养蚕，在农业文明悠悠的田园史诗中，就占有风光的一页。马湖栽桑养蚕的历史，可以追溯到"结绳记事"的年代，养蚕业是个传统的产业，直到现在老百姓的家前屋后，沟圩埂格，都有零星桑园。联系近几年的蚕茧大战，他们认识到：这就是他们的优势产业。他们在原来星星点点的基础上，进一步规划，迅速拓开扩大。村前庄后，河边路旁连片，一片片高效桑园小区建立起来了，很快全村发展到桑园一百亩，年收蚕茧两万斤。其次，建塑料大棚，培育蔬菜。他们先鼓动部分农民率先建大棚。没有资金，他们帮着张罗；没有技术，他们亲临现场指导。一个大棚见效益，几十个、几百个大棚悄悄地建了起来。农民一算，合适，一亩大棚的经济效益是大田作物经济效益的二十倍。"大棚挣钱！"一传俩，俩传仨，人们都开始往挣钱的道上跑了。紧跟着他们大力调整种植结构，扩大油菜和粳稻的种植面积，同时推广食用菌生产项目。

通过几次进军，节节胜利，大见成效，全村人均收入一下子提高了两倍，这下马湖人扬眉吐气了，人人脸上洋溢着胜利的微笑。但是以马金锁为首的党支部一班人没有满足，他们马不停蹄，接着在全村干起了"三二六一"工程，即全村年养三万只鹅，二万只兔，六千只羊，种一百亩桑。此外，他们还根据"稳定面积，调整品种，科技兴农，增加收入"的发展战略，增加农业生产的投入和科技含量，大搞农田基本建设，积极推广应用农业新技术，实现了"水稻育种工厂化，三麦播种条播化，肥培管理模式化，防病治虫专业化"，大大提高了粮食生产的效益。虽然因胡桑面积的扩大，粮田面积有所减少，但是粮食产量却稳步上升，增加了农民的收入。

经过一阶段的真抓实干，蚕桑生产成为马湖的支柱产业，是发展多种经营的重点行业。他们趁势抓重点，树支柱，在扩大栽桑面积的基础上，集中力量加强蚕桑基地建设。首先，抓桑园管理：一抓田间管理，做到一方桑园，两头出水，三沟配套，四面腾空；二抓统防统治，对季节性或突发性桑园病虫害实行统一防治，取得了亩桑千株万条、五千斤叶、三担茧的好效果；三抓桑园套种，套种绿肥、蚕豆等，提高桑园的综合效益。其次，抓蚕茧质量管理。坚持分等分级出售，蚕茧一律上评茧台，实行优茧优阶，劣茧劣价，毛脚茧不收，把好质量关。再次，抓蚕茧收烘管理。收烘管理是关系到养蚕效益的关键一着，他们认认真真地抓好这一着子，要求全村干部卖责任茧，蚕农卖优质茧。村里增设收烘站，优化服务，方便群众，价格合理。全村建立了一个收烘总站，下设五个分站。各村民小组按照指定地点出售蚕茧。各分站与总站签订责任奖，交风险抵押金，实行利润分成。各自加强了责任感，使蚕茧收烘走上了正确的轨道。

眼看着收烘的蚕茧，一车车像小山似的装运出去，人们眼睛里闪耀出光芒，心房里荡漾着喜乐洋洋的波纹，脸上开了花。但是就在此刻，一个奇妙美丽的梦，又在马金锁的脑海中孕育着。他静静地思索、慢慢地思考，我们的蚕茧一车车地装出去了，卖掉了，人家买去是干什么的呢？是为了赚钱哪！怎么赚？进一步加工嘛！看！人家是利用我们的物资赚钱，利用我们的资源发财，我们为何不抓住我们自己的资源发大财呢？他明白了，马湖缺乏的就是深加工的企业，人家的成功经验就是"无工不富"嘛，必须扭转这个局面，要进一步注重本地的资源开发利用。于是他就做起了茧丝绸一条龙的梦。他首先发动群众自筹资金，举办了一个缫丝厂，接着积极筹备兴办服装针织厂。马金锁亲自北上南下，省内省外，反复折腾，和外商一个接一个地谈判，要把外资引进马湖，和外商一个接一个地接触，也要把他们引进马湖。终于同一位美籍华人签订了合同，吸收外资三十万美元，合办了一个中外合资的真丝针织厂。这个厂很快投产，生产出口真丝服装，年产一百万件，以巨人的姿态向国际市场挺进。至此，茧丝绸一条龙的梦实现了，蚕茧的深加工走向了新的轨道。这下，马湖的蚕茧不够用了，他们四处张罗，收购了大量周围的蚕茧，一方发展，又惠及了四边。同时他们兴建了育蚕厂、桑肥厂、蚕具厂等与之配套的生产服务体系，还培养了一定数量的熟练的技术工人，使茧丝绸"一条龙"稳步地发展壮大。为了引领这个企业不断走向辉煌，他们成立了一个"马湖茧丝绸公司"，由马小珍担任总经理，本来大家想让她做董事长，她死活不肯，非将董事长的头衔扣到马金锁的头上，马金锁没有推辞，干干脆脆地担起了董事长一职。马湖有史以来，第一个名副其实的企业站起来了。

马小珍心灵手巧，茧丝绸的各道工序，她一学就会。马金锁选她担任茧丝绸总公司的经理，真是选对了。她的打扮也很入时，简直就是一朵厂花，姑娘们都在她屁股后面转。马小珍当了公司经理后，工作更忙了，与马银光的感情也出现了很多问题。不久，他们离婚了。

晚上在被窝里，李玉珠亲热地抚摸着马金锁光洁的脊背。

"哎呀。"马金锁不耐烦地说。

李玉珠在丈夫的胸脯上拍了一巴掌，说："董事长先生，告诉你一个不好的消息。"

"什么?"马金锁入神了，认真地问。

"马小珍和马银光离婚了。"

马金锁吃了一惊，问："怎么好好的一下子就离婚了呢?"李玉珠告诉了他来龙去脉。马金锁说："你这个妇联主任不做做调解工作吗?"

"做了，他们一个针尖，一个麦芒，随你怎么调，也没有用。"

"唉!"马金锁叹了一口气，第二天，他立马就去找马小珍。他开始担心起来，他担心的不是他们离婚后的日子问题，他担心的是，万一马小珍闹情绪，会不会把一个好端端的公司搞垮了。

马金锁还没进茧丝绸公司的门，马小珍就看到了。她笑容满面地迎了上来："马书记好!"

马金锁看到她这副乐观潇洒的模样，原来心里的那个担心去了一半，连忙回答："你好!"

马金锁将马小珍叫到一边："听说你们离婚啦?"

"是的。"马小珍说。

马金锁已知道了原因，就不必再问。他问："现在情绪怎么样?"

"很好哇!"马小珍说，"离了是一个解脱，我现在一身轻松，你看我不是很好吗？"

"嗯，是不错。"马金锁说，"千万不能因为家庭之事而影响了工作。"

"不会的，不会的。您放心，我不但要搞好茧丝绸公司，还要叫苏州绣在马湖开花呢！"

有这话，马金锁就一百个放心了。

马小珍果真没有食言，不但引领着茧丝绸公司蒸蒸日上，还真的搞起了苏州绣。

至此，茧丝绸这个马湖的第一个支柱产业算是树起来了，经济效益大大提高，农民的腰包渐渐鼓起来了，他们高兴地说："吃饭靠粮食，用钱靠蚕桑。"他们也就使劲地牢牢抓住桑蚕不放了。很快马湖就形成了"种植百亩桑，振兴一个村，养好四期蚕，致富一千五百人"的鲜明区域经济特色。

第四十章　乘风破浪

又是一个金秋，又一个丰收季节到来了，马金锁走出村头，观察金秋的田野。他看到马湖的天更蓝了，水更清了，树更绿了，鸟儿的吟唱更动听了。他在想，他们的这一茬树又到该砍伐的时候了，他们又要有一笔收入了。不但他们有收入了，销售商们也要赚到一笔钱了。想到销售商，他的脑海里立即冒出一个问题，他们空手勒两拳，凭什么赚到钱哪？他们是用他们的木材赚的钱啦！他们赚了钱，下一家——加工厂，也跟着赚了钱。他曾听拉木材的司机说过，这个木材加工相当赚钱，就连最没用的小树枝、树根头子，经过粉碎，制成胶合板，就是三十倍的利润。他们都是利用他们的木材赚的钱呀！那么我们为什么不能利用自己的木材赚钱呢？他想，这个财我们自己要发，我们一步到位，办个木材加工厂，像蚕茧一样，利用我们自己的资源发财，这不也是马湖的特色产业吗？马湖的植树早已被世人瞩目，何不让它进一步耀眼呢！

马金锁立即召开了支委会，有人问他："你想办一个什么样的厂？"

马金锁说："像茧丝绸一条龙一样，办个从木材加工到生产成品适用板一条龙的厂。"

"那就叫公司！"有人说。

马金锁说："可以，那就叫胶合板公司。"

提到"公司"，大家劲头来了，还得冠上"马湖"二字！有人说。

"对对对！就叫'马湖胶合板公司'！"

然而，有人不太赞成，这么大的一个项目，你人呢？技术呢？钱呢？

马金锁信心十足，他说："没人，去找，去请。没技术，引进。没钱，借贷，自筹。马湖的经济发展绝不能在我们手里被耽误了，村支委就是砸锅卖铁也要拼上去！"

大家都一致赞同，一个新公司的名字就诞生了。

接着就讨论如何办的问题，有了茧丝绸公司的先例，现在好办了，就是那个路子。那当然关键是人，要有人去办，这个人选谁？前面用的是半边天的头儿，马小珍带着一帮妇女，干得很好，现在该用青年头儿了，有人提议："马德成嘛！"

"对！就是他，让小青年们闯一闯！"大家一致通过。

"不过，还得马书记挂帅哟，董事长还得由你来担当！"有人补充说。

"没问题，一句话。"马金锁爽快而乐意地接受了。

就这样，一个新的公司就在七嘴八舌中诞生了。

一散会，马金锁就找到了马德成。马德成感到受宠若惊，表示绝不辜负党组织的厚望。但是他一想，制作胶合板的工艺流程复杂，需要用多种机械，需要用多种技术人才，要钱、要人，他面带难色地说："马书记呀，办起来难处还不小呢！要钱要人要场地。"

马金锁说:"办事当然有难处,没有难处还要你马德成干什么呢!"

马德成张嘴笑了。

"你放心,还有我马金锁呢嘛!"

马德成就痛痛快快地接受了。马金锁又强调地对他说:"事情宜快不宜慢,要以只争朝夕的精神把它干成。"

马德成说:"书记您放心,我一定不会辜负您的希望。"

马金锁一颗定心丸吃下去了。

利用本地资源取得了可喜的成绩,提高了马金锁极大的兴趣,激发了他越发大步向前的劲头,当他走到已经停产的马湖砖瓦厂的时候,两眼看着立在废墟上的高大的烟囱,一个新的计划又在他胸中奔腾了。

马湖砖瓦厂曾经也辉煌过,曾经那红彤彤的砖瓦像火龙一样游向四面八方,砌上了洋房,垒上高楼。可惜几年前它像一头疲惫不堪的老黄牛,艰难地吐出最后一声长叹,停止了呼吸,瘫在那里不动了。

谁之过?说不清,道不明。不管他,事情过去就让他过去吧!问题是现在怎么办?马金锁脑海里翻腾了一下,很快就下了结论:必须把它救活,一定要把它救活!怎么救?人!在生产力三要素中,人是最活跃的因素,市场经济就是能人经济,用好一个能人,就能救活一个企业,用好一个能人,就能致富一方。要想救活已经死去的砖瓦厂,让它在市场经济的大潮中,再度辉煌,继续腾飞,必须先派一名素质好、业务精、能开拓的骨干人才去当厂长。

马金锁回到家里,晚上睡觉时,他就和李玉珠在被窝里谈起了砖瓦厂的事情。李玉珠也觉得必须救活砖瓦厂。于是两个人就坐在一起皱着眉头点兵，畅所欲言说将。说了半天，一下子说到马德明头上了，两人都认为这个人选合适。马德明原先是马湖村青年突击队副队长，是李玉珠手下的干将，现在是乡多种经营办公室主任。他干一行爱一行，干一行钻一行，吃得苦，耐得劳，样样都干得很漂亮。他担任乡多种经营办主任的时候，连个办公的地方都没有。人们说他"吃饭没有锅，睡觉没有窝，办公没有桌，拉屎没处屙，电话机子地上搁"。后来租了一小间房子才算临时有了一个安身之处。就在这样的环境下，他把全乡的多种经营搞得轰轰烈烈，项目一个一个地上，并且上一个成功一个。马金锁和李玉珠两个人一合计，就这么定了，就是他，由李玉珠去落实，因为她现在也是乡里的领导了，由她去比马金锁去合适。

李玉珠和党委书记徐更进通了气，征得他的同意，就去找到了马德明，诚恳地说："我们马湖砖瓦厂已经瘫痪多年了，你是知道的，这对我们马湖的经济损失太大了，马金锁和我商量决定把它救活，让它重新焕发青春，但救活得要有人，我们考虑来考虑去，只有你最合适，只有你去才能把它救活，我们两个人的意见一致。我们都是在一起摸爬滚打的，我就直说了，为了全村人民的利益，为了我和马金锁书记，你就去吧！"

李玉珠那信任的目光和话语，确实让马德明感动。可那是一份非常艰巨的工作。如果凭感情去了，万一工作搞不上去，救不活砖瓦厂怎么办呢？那不是一种犯罪吗？马德明知道自己的能力，他不敢轻易接下这个重任。他说："李主任，让我去砖瓦厂，这个担子我恐怕挑不起来，我就这点能力，万一搞砸了，那不是一种犯罪吗?"

马德明不是那种贪图安逸，贪图享受的人，当年在青年突击队里，他是哪里艰苦去哪里，哪里危险去哪里，带头冲锋陷阵的，担任多种经营办公室主任期间，他和同志们共同努力，工作蒸蒸日上。现在他不是不想操砖瓦厂那份心，不是不想为振兴马湖经济做贡献，他是一个做梦都在工作的人。他有自知之明，怕弄砸了辜负了人民，辜负了领导的信赖和希望。他是想让领导挑选出比他更合适更称职的同志去完成那项使命。

李玉珠说："比你更合适的人选暂时还没有找出来，马金锁书记说了，你是个干企业的料子，你就不要抱不去的幻想了，去也得去，不去也得去，我和徐书记已说好了，有什么意见和要求可以提!"

李玉珠滔滔不绝，使马德明无价可讨，只好说："李主任，既然把话说到这个分儿上了，我去。可你要知道我是不称职的，因为我没有直接从事过企业管理。我把劲用足了，心尽到了，仍然搞不上去，就只能证明你选错了人。"

"好哇! 选错了人我负责。"李玉珠说。

一个妇联主任，一个原来的青年头儿，都直率得通明透亮，谈了很久很久，谈得开心，谈得痛快。李玉珠很健谈，会做思想工作，硬是把马德明说得口服心服，接受了去砖瓦厂任厂长的"命令"。

马德明来砖瓦厂任厂长了，消息传来，对于砖瓦厂原来的数十名员工来说，是人人都感到兴奋的事。虽然大家还不知道将来砖瓦厂会搞成什么样子，大家仍然感到高兴。大家知道马德明同志，凡事，要么不干，要干就一定干出个样子来。马德明的到来，告诉人们，村支部村委会对砖瓦厂是十分重视的。大家都满怀信心地回来了。

马德明上任伊始，面对冷冷清清的工厂和一双双充满期望的职工的眼睛，他没有砍什么三斧头，而是凝聚人心，当年厂里原先已经欠了工人半年的工资了，职工士气不高，有门路的纷纷外出赚钱了，尤其是技术人员外流了大半。针对这种情况，马德明首先将干部、技术人员、职工代表召集到位，做他们的思想工作，和大家谈砖瓦资源的丰富，谈马湖砖瓦企业发展的优势，帮助他们树立克服困难的信心和决心，恳切请求大家献计献策，同时自己从家里拿出四万元现金，兑清了职工的工资，迅速地解决了久拖未决的工资问题，极大调动了职工的积极性，工厂很快焕发生机。紧接着马德明抓住内部管理这个中心，采取了一系列措施，建立健全各项规章制度。先后出台了从厂长到一般行管人员的八个岗位责任制和十二项管理规章制度，成文下发，大会讲，小会读，定期考核评比，奖优罚劣，促使人人按章办事。

凝聚力形成了，又一个理念在马德明脑海里跃然而出：光有凝聚力没有压力还不行，没有压力就没有动力。为了加大压力，他从体制入手，将砖瓦厂分为南北两窑及金工车间三块，分别承包给两名副厂长和一名技术工人，化小核算单位，定指标，包成本，包利润，使他们之间公平竞争，并将他们的生产经营成果与个人的经济报酬挂起钩来，增强了激励机制。当年北窑承包的副厂长独得承包酬金八万元，比他这个总厂长的承包酬金还多三万元。在给部下增加压力的同时，马德明主动给自己压担子。当年村里给砖瓦厂上缴款的任务是六十八万元，他自己主动向村领导要求增加到八十二万元。有人说他傻，他说："没有压力工作就干不好，连六十八万元也未必能完成。"

马德明不是戏言，他清楚地明白，压力大了，担子重了，需要一个高大的形象才能支撑住，否则不被压垮也要被压弯。于是马德明发动了一场树形象运动。他首先树立自身形象，一心扑在事业上。他丢掉了当时家里能获可观经济收入的两亩桑田和部分责任田，夏秋两季大忙没有一天回家。家离厂虽然不远，平时他却坚持吃住在厂。要求干部职工做到的，首先他自己做到。他严格规定：从厂长做起，从党员干部做起，从自己做起。在厂里先后开展了"我为企业树形象""党员干部一带一，一对红"等多项精神文明活动。很快这个厂脱胎换骨了，干部职工的斗志大大增强了，一个顽强拼搏，奋发向上的企业形象树起来了。

在内部管理取得显著成效的基础上，马德明不失时机地开展了"外攻"。

马湖周围砖瓦厂星罗棋布，农村的砖瓦市场需求量日趋饱和，加之上头银根紧缩。控制基建规模，砖瓦市场竞争相当激烈。怎样在激烈的市场竞争中占领市场，这是一个摆在他们面前的严峻课题。马德明通过深思熟虑，在强攻市场促营销上狠抓了两件事：一是强化产品质量管理，提高产品在市场上的竞争能力。他们道道工序严格把关，对影响产品质量的关键工序，实行领导干部跟班作业，并且强化监督管理机制，严格把关。通过努力，大大提高了产品质量，赢得了信誉，创造了产品优势。二是建立一支过硬的销售队伍。马德明大胆起用了一名有多年营销经验的职工，任营销副厂长。并选拔了三名有一定营销素质的同志为专业营销员，同时发动全员营销。在营销副厂长的带动下，营销队伍奔波于县内外，真诚热情地强攻市场。通过上述两项措施，马湖的砖瓦占领了周围市场。附近有几个厂家砖瓦产品积压，而马湖的砖瓦却不愁销路。

没过几年，随着社会的改革开放，国家进入大规模的经济建设时期，从农村到城市，各类建筑如雨后春笋一般破土而出，砖瓦十分抢手，马湖的砖瓦更是供不应求。

经过马德明的真抓实干，马湖砖瓦厂在悄然中崛起，在市场中腾飞，不仅是雄霸乡的骨干企业，利税大户，而且还是白水县的骨干企业之一。马德明被县委、县政府授予"先进厂长"的光荣称号，厂也被县授予"明星企业"，名声大振，一跃成为白水湖畔一颗耀眼的明珠。

与此同时，马德成的胶合板公司，在马金锁的有力支持下，也成功投产，开始出售各种胶合板了。这时马金锁的那个利用本地资源的思维又在活动了，他又在想，人家买我们的砖是干什么的？盖房，住，卖，赚钱。人家买我们的木板干什么的？搞装潢，打家具，赚钱。我们又何不利用自己的资源赚钱呢！他又突发奇想，成立自己的建筑队，成立自己的装潢公司。于是他风风火火地成立了马湖建筑队、马湖装潢公司，接着就合并起来了，叫"马湖建筑装潢公司"。这个公司成立得正是时候，正当国家大搞建筑、建筑业迅猛发展的时候，他们发展得也非常迅速，先是在本地建筑装潢，很快兵分两路，一支在本地干，一支飞出去，活跃在大江南北，建筑装潢高楼大厦了。

第四十一章　农房改善

在本地的一支建筑队，马金锁对他们强调，要立足于马湖，首先建造自己的新房。这下，农房改善就顺理成章地提到议事日程上来了。马金锁忽然想到马湖的农房早就该改善一番了，大家的生活水平虽然有所提高，但住房条件没有得到多大改观，一个马湖村，只有零星几户人家推倒了破草屋，盖起了小瓦房，大多数农户住的还是老祖宗遗留下来的土墙草苫的破茅屋，户型有轭头鼓子①、三合头、四合头。老房子在那个时代，出于安全需要，基本上都是围成院子，直筒子很少。轭头鼓子是"人"型三间，有的用土墙围成院子，有的就那么敞门荡子。三合头是四面各三间围成一个院子，四合头是四面各四间围成一个院子。四合头的较少，多数是轭头鼓子和三合头。窗子很小，是过去防盗贼的猫洞式碗口大的圆洞，室内昏暗，尤其是拐角上的一间非常黑暗，有极少数后来改造的就扳直了，变成横三间或横四间的直筒子，再搭个下屋，作为灶房。有的一家几代人就挤在上面这样的草房里。这种房子年年

---

　　① 轭头鼓子："人"字形三间，拐角一间，接着拐角朝南、朝东或朝西各伸出一间。

要维修，草禁不住烂，土墙禁不住风雨冲刷，特别是墙脚，时间一长，就有可能被风雨挖通，就有倒塌的危险，必须得每年要抿一遍。这泥墙是男人的事，是男人的一项基本功，还是衡量男人的一个标志，像做衣一样，做衣是女人的事，是衡量女人的一个标志。俗语说："要看房中妻，就看丈夫衣，要看家中郎，就看门外墙"，这说明泥墙和做衣一样重要。这种草房维修很麻烦，住得又很不舒服。一旦漏起雨来，室内无安身之处，要不断地挪动床铺，要找盆子桶一类的东西来接水，还时刻担心墙脚被雨挖通而倒塌砸死人，一到汛期，人们就担惊受怕。当地流传着一个故事说明漏雨的厉害，故事说，有一个孤寡老奶奶住在一间破旧的茅草房里，受够了漏雨的罪，有一次下大雨，一只狼夜间钻进破屋，准备吃老奶奶。老奶奶因害怕漏雨，睡不着，就在床上反复念道："天不怕，地不怕，就怕漏。天不怕，地不怕，就怕漏……"狼一听，漏这么厉害呀，大概比我厉害，它一吓，赶紧钻出屋外，跑掉了。这说明"漏"比狼还厉害，连狼都害怕。曾经的孔老夫子说："苛政猛于虎也"，而当今马湖人的体会是："漏"狠于狼也。这不是虚夸，就在去年邻村的一户人家，汛期时，屋内山墙尖上的土被漏进来的雨浸湿，中梁从墙尖上滑下来，砸断了男主人的双腿，双下肢截除，丧失了劳动力，差一点丢掉了性命。许多老百姓就住在这样危险的破茅屋里，早就该修缮一番了。过去没有改善，是穷，无力改善，后来有点钱了，物资又很匮乏，建筑材料紧张，现在好了，有钱了，同时农村那个"包"字也引进城了，市场经济占据上风了，有钱也能买到建筑材料了，大家都有能力改善住房条件了，何不改善一下居住条件呢？

　　同时，马金锁又想到，如果将老庄台腾出来，将平出一大片良田，马湖人住得拥挤，但庄台很大，六大村庄皆为算盘式平行四边形，交错排列着，每个庄子四周都有很大的沟渠环绕，中间还有纵式沟渠将一个偌大的横形庄子分隔成一个一个纵向的小园子，园子的南北长皆一百米出头，一个园子住三五户、五六户、七八户不等，房屋居中，横向排列着，屋基地都筑得较高，一般都要高出地平面三四尺，主要是防水，那时排水不畅，水患频频，屋基垫高，可防止大水倒灌。房屋前后都有一大片开阔地，前面用作打谷场，后面栽树栽竹子，或长蔬菜。这样宽大的宅基地虽然有所利用，但是浪费很大，尤其是那纵横交错的沟渠，挖去了大量的良田，有的庄子在面前横河的南边又挖了一条平行横河，叫南沟，两河中间一条夹路，用于人行道。这是新中国成立前用于防御土匪的工事，土匪来了，只能走中间的一条狭小通道，便于抗击。这种设置在过去起过一定的作用，抗日战争时期，有一小股日本鬼子就是从这里入侵村庄，被游击队轻而易举地消灭了。但在现在的和平建设时期，不但没有正作用，还带来了副作用，那狭小的小夹路，经过长年累月雨水的冲刷，再加上人畜踩踏，已变成了一条低矮狭窄的驴脊梁，不用说通车，就是人行都有难度了。

　　农房改善，不但改善了居住条件，还能改出一大片良田，这是个一箭双雕的大好事，何乐而不为呢！马金锁下决心要消灭马湖的一片草房。于是，他召集了支委会、村委会，专门讨论农房改善问题。

　　提起农房改善，支委和村委们都十分高兴，大家都受够了破草房的罪，他们也都深知老百姓的甘苦，大家都想改善一下居住条件，过一过美好的幸福生活。人民群众对美好生活的向往，就是党支部、村委会的奋斗目标。大家都打心里赞成马金锁的意见，但是在谈到如何改善的问题，就各有各的算盘了。有人提出，将原有的草房推倒，就地盖上瓦房。这是当时通用的方法，叫草改瓦，空心篓子墙。省事、简单又解决了"漏"的问题。老实巴交的农民，祖祖辈辈没住过瓦房，能有两间小瓦房住住，就心满意足了。这个意见一出，马上就得到了大多数人的附和。而马金锁却低头不语，大家把目光都投注在了他的身上。

这时，马金锁的脑海里像翻腾的开水。他想，这样是解决了一个"漏"字，但只是权宜之策，不是长久之计。他看到有的人家推倒了盖，盖了又推倒了重来。人们对美好生活的追求是无止境的，就像一桶水，从井底慢慢提起一样。这样简单的草改瓦，是在竹架子上铺上芦苇笆子，再卡上瓦，那瓦的接头处是一条空道，老鼠狐狸在里面直跑，小麻雀还在里面做窝。芦苇笆子又容易被咬破，有的家伙咬破笆子干脆钻进了屋里。人在夜间睡在床上，老鼠狐狸在屋上呼噜呼噜地跑动，劲大的家伙拱得瓦哐当哐当直响，有的还跑到床头来对着主人尖叫，搅得你不得安宁。特别是那些调皮的狐狸，最捣蛋，它能叫出各种声音来吓唬你，你睡得好好的，忽然听到好像厨房里的碗打碎了盆砸坏了的声音，你再去看看，什么也没有，或者你睡得着呼呼的，突然好像听见坛子从屋脊骨碌骨碌地滚下来，啪嚓一声，砸在了地上，好像地上砸了好大一个坑，你再去看看，啥也没有。这样，解决了一个"漏"字，又来了一个"闹"字，同样困扰着人们。尤其是在马湖，老鼠狐狸特别多，那老庄台的沟崖畔茅草丛里，就是它们藏身生活的好地方，那里隐藏着一个个老鼠窟狐狸洞，它们越繁殖越多，一到晚上，它们就倾巢而出，兴风作浪。马金锁思来想去，必须彻底改善，一劳永逸。他要来一个因地制宜、翻天覆地的改造，他要利用红白公路的天然优势，在这偏僻的农村造一座繁华的街市，将原来的老庄台统统推平还田。

马湖村的地理位置得天独厚，白水县是肩挑两湖，东面是红马湖，西面是白水湖，马湖村后面是连接两湖的巡河，中间有贯通两湖的红白公路，河路并行，相距三百米，河面船帆点点，汽笛声声，路上车水马龙，川流不息，真可谓水陆两旺。现在巡河边的工业园区已初具规模，而红白公路马湖境内三公里的两旁还是空荡荡的，白纸一张。马金锁想，当年举世闻名的上海南京路，也不过就是十里洋场，我们这里虽然偏僻但土地多，只要办好了，也不会亚于这十里洋场。于是他就准备在这张白纸上写最新最美的文字，画最新最美的图画。他心中的马湖新村，就准备在这里落地生根，他要打造一个文化丰富、居住舒适、配套良好、宜居宜业的新型集镇。这里在民国初年，上辈人就兴过集，可惜没兴起来，他要完成前人的心愿。他要为马湖办一件最大的实事、一件最好的好事。他要造一个高楼大厦鳞次栉比、整齐划一的现代化集镇。他要造一条商业街，一、二楼经商，三楼以上为生活区，后面是沃野万丈，"喜看稻菽千重浪"的新农村，一家人可以工农商学兵五位一体。

想到这里，马金锁抬起头来，滔滔不绝，将他的一肚子想法，一下子统统道了出来。在场的个个洗耳恭听，听了之后，一个个茅塞顿开，大家从心眼里佩服老书记站得高，看得远，不得不赞他办事高人一着棋。于是马金锁的意见，很快得到了大家的赞同，形成了一致的决议。

随即马金锁就请县规划局的专家来规划，请设计院的设计师来设计，一家一户地画出图纸。马湖建筑队扎根在马湖，按图纸建房。反正是自家的土地、自家的砖瓦、自家的人力，仅仅用一些钢筋、水泥、黄沙等建筑材料，也花不了几个钱，各家各户少拿一点意思意思，余下的村集体全包。建房顺序按交钱的先后安排。

蓝图一定，马金锁就按部就班地开始了，这一次他加倍地认真了，他又召集了支委会、村委会，要求大家用心用情，真抓实干。

马湖新区建设的施工大幕立即拉开了。热火朝天的施工处机械轰鸣，如火如荼、吊塔运转、吊车林立，运送土方的车辆进进出出、众多工人忙碌，不分昼夜、抢时间、赶进度，确保按计划时间让群众收获到拿房的喜悦。

很快公路两侧一座座崭新的大楼拔地而起，给这个美丽的乡村添上了一道亮丽的风景线。人们走过路过，皆赞不绝口：村景美如画，新居"颜值"高。

村民一入新居，马金锁为首的党支部村委会就随即平整老庄台，扩大良田面积，推进土地流转，变"农民"为"股民"，腾出手来干别的行当。

第四十二章　马湖兴集

　　为了使马湖街兴旺起来，将马湖村打造成真正的城市，村委会将大超市承包给外地的大客商，村党支部书记马金锁一方面动员各家各户，八仙过海各显神通，自选项目，高悬门牌，大张旗鼓地开张营业。然而，一天、两天、三天，一个月、两个月，三个月过去了，马金锁在街上从东到西，从西到东地走了几遍，他看了后心里很不是滋味，街上人流稀少，货物不全，显得冷冷清清，还是自卖自买，内销为主，停留在内循环上，外卖外销的较少，外循环启动不够，就连那个大超市也没几个人，营销员趴在柜台上，大眼望小眼，盼望着顾客的到来，更不用说各家各户的小店了。

　　马金锁一个人坐在大队部里，掏出一支烟，心绪烦乱地吸了起来，这马湖街是建起来了，可是看来看去不像个集镇，没有集市的氛围。他不由自主地酝酿起如何才能让马湖像个集市。可是几支烟烧光了，也没有想出一个合适的答案。就在这时走进一个人来，他一看是老党员马长荣，他是马银光前面的一任马湖村党支部书记。马长荣见马金锁一脸的愁云，就知道他又在想什么心事了。

　　"唷！看来你又在运筹什么大动作啦？"

马金锁毫不隐瞒："老书记您说得对，我是在考虑一个问题，还没有答案，您帮我想想看。"

"什么问题？"

"您看，我们马湖街是建起来了，但是看来看去，不像个集镇，没有集市的样子，您看怎么办？"

"开集呀！"马长荣不假思索地说。

"怎么个开法？"

"举办开集仪式，搞他个开集典礼！"这个问题，马长荣当年在任的时候，就有这个想法，可惜没有实施，现在马金锁将街建起来了，搞这么一个活动很有必要，他早就想对马金锁提这个建议了，可巧今天马金锁提起来了，他很高兴，随即和盘托出。他建议选个日子开集，邀请乡上县上的机关参加。

老书记如今虽然是个普通党员，无官一身轻，但是他对政治非常关心，每天的《新闻联播》《焦点访谈》《今日关注》……他必听、必看，对形势了如指掌，对马湖村的事情更是静观默察，关注在心。马金锁对他的建议十分赞同，他即刻征求支委们的意见，大家都支持，并将日子就定在农历二月二，龙抬头。

马金锁给各处送了请柬，又请乡通讯报道员写了个稿子，在县报上登，在县广播上广，在电视上放。还组织了十辆宣传车，辆辆身披大红布横幅，一面上书："马湖集阴历二月二隆重开集！"一面上书："热烈欢迎大家参与贸易！"为首一辆上装三只高音喇叭，高声不停地播放："马湖集定于阴历二月二日隆重开集，欢迎大家踊跃参贸！"一路纵队，浩浩荡荡，缓缓穿行在白水县的大街小巷集市乡村，还环游了周边的县乡，连续宣传了三天。

农历二月二这天上午八点左右，雄坝乡的乡长沈跃上，率领乡上机关干部赶到了马湖村。乡党委书记徐更进及从白水县城到来的杨县长，也已经坐车往这里来了。

上午九点，会场上已是人山人海，村里的人、村外来的人，干部、群众，乌泱泱一大片，足有五六千人。

十点左右，县长走进了会场区。

这时，会场上人头攒动，乡党委书记徐更进宣布："马湖集现在正式开市！"人们立刻欢呼鼓掌。

在热烈的欢呼声中，马金锁详细介绍了建集过程，最后他高声说道："在我们周围的集市，有的是阴历一四七开集，有的是二五八开集，有的是三六九开集，我们马湖是长流水，天天开集！"台下又立即爆发了一阵雷鸣般的掌声。跟着是几个友邻村的书记上台宣读了贺词，接着，乡县各级领导都发表了讲话，最后是县长杨有福的讲话，他高度赞扬了马湖人的开拓精神，深刻阐述了马湖兴集的现实意义和深远的历史意义，他祝贺马湖集天天兴隆！月月兴隆！年年兴隆！

在鞭炮声中，马金锁领着县乡的干部们走下主席台，观看市容去了。

大超市和各家各户的店里都是济济一堂，几乎要把店堂撑破。街面上摊连摊，铺连铺，摊上货物琳琅满目，人们摩肩接踵，场面热闹非凡。

街面上的小摊子，生意也很红火。各类摊位多达二三百个。主要有针织服装、鞋帽、箱包、农产品、水产品等。摊摊都围满了人，讨价还价声不绝于耳。出乎人们的意料，最红火的还要数东庄老李卖种子的那个小摊子。

他的摊子被围得水泄不通，你要买这，他要买那，老李夫妻俩忙得不可开交。

热火朝天的一天不知不觉过去，上面的记者抢着报道，马湖的开集一炮打响，马湖兴集成功，前人没有实现的梦想，在马金锁这一代成了现实，从此马湖街上天天人山人海，摩肩接踵，热闹轰轰，一派繁荣景象。与此同时，巡河上来来往往的商船客船，络绎不绝。一时间，马湖成了巡河岸边的黄金口岸。

第四十三章　连办两厂

　　随着马湖集的兴起，马湖建筑队的名字也跟着悄然响起，业务一档接一档，就需要大量的混凝土，他们只能花高价到人家的混凝土公司去买，花了钱，还拿热脸去焐人家的冷屁股。小伙子们建议马金锁办混凝土公司。马金锁恍然大悟，他一拍脑袋："我怎么没考虑到这个问题的呢？"他欣然同意，立马在建筑队里选了一个叫马继平的小伙子，来筹建混凝土公司。马继平出生在一个穷苦农民家庭，父亲早逝，他一副稚嫩的肩膀，早早地就挑起了家庭生活的重担。他跟着瓦匠提过小桶，开过小饭店，做过钢材生意。他头脑灵活，经营有道，又吃得苦，耐得劳，干一行，成一行，行行都赚钱。

　　马金锁没有看错，这个人才他选对了。马继平筹资金、做贷款、选场地、跑审批、拿执照、招兵买马、建厂房、买机械……紧张而有序地干了起来。很快，马湖混凝土有限公司在巡河边上拔地而起。远远望去，一排十几座高大的银白色搅拌塔耸立着。大门两侧是两排四层的办公生活楼。大门下，一边是满载水泥沙石的汽车滚滚而进，一边是一辆辆巨大的泵车驮着滚筒奔驰而出。一进大门，高大壮阔的厂房雄踞人行道两侧，货场上，水泥、黄沙、石子，小山似的堆了一大片，搅拌塔内机器轰鸣，沙石水泥等原料汩汩地涌动着。另一边，数十辆泵车，依次排队等候上料。整个厂内一片繁忙。几十辆银白色的泵车，拉着高炮样的滚筒，旋转着奔往各个建筑工地，形成一道亮丽的风景线。

马金锁这几年苍老了许多，但那双眼睛，仍不失当年的光彩，时时关注着马湖的一切。

他看到马湖的企业是办了一些，但是没有一个真正意义上的制造业，他想搞一个真正的制造业，开发新路子。尽管他左思右想，想不出什么名堂，他还是横下一条心，一定要造出新产品。正在这时，他在一份杂志上看到一篇论文，是关于紧急制动阀在汽车刹车系统上的运用。他如获至宝，围绕这个继动阀动起了脑筋。

当晚，他就和李玉珠商量起这件事。李玉珠已经在"斗争的大风大浪中成长起来了"。她的确成了他在事业上的"参谋长"。对马金锁这个想法，她表示赞同。

得到李玉珠的赞同，马金锁立即着手试制这种继动阀。经过几番周折，转弯抹角，终于买到了一台紧急制动阀试制品，但搞不到图纸，拿不到数据，摸不到经验。马金锁坚信没有克服不了的困难。他亲自挂帅，带领几个技术骨干，组成紧急制动阀攻关小组。经过数日的艰苦摸索，没有找到窍门。他想到了县科技局，一方面请求给予技术指导，一方面想申请点科研经费。科技局一把手曹局长，他熟悉，打过交道，这个人威信很高，很有能力，在他的心目中，是个好干部。

第二天一早，马金锁洗漱一番，换上了他多年前的一身礼服——藏青色全羊毛西装，乘上长途客车，赶到了白水县科技局，来到曹局长的办公室。曹局长比他年龄还大一岁，但看起来精神很好。见马金锁的头发全部变白，曹局长再三叮嘱马金锁要多保重。

马金锁被老百姓的信任和殷切的希望所感动着。为跑重点项目，他要跑上跑下、跑东跑西。多年来，他没有节假日，没有休息日，甚至连生病的时间都没有。他朝曹局长笑笑说："没事的，小车不倒只管推。"

曹局长说："你的精神真是可嘉。"他望了望马金锁，觉得他可能真的有事，便笑着问："你有何贵干？"

马金锁和盘托出自己的来意。曹局长一点犹豫没有，很爽快地满足了他的要求，拨给他科研经费五万元，并派一名专家去协助他搞。

在县科技局的大力支持下，以马金锁为首的攻关小组全体成员，开动机器，日夜奋战，很快搞出了双管路紧急制动阀试产品。

马金锁就开始雄心勃勃地筹办马湖汽车制动器厂。他首先要解决的仍然是人的问题，事在人为，凡事得有人去干，必须把厂长的人选定好。选谁好呢？他在满田地选瓜。李玉珠向他推荐了一个人，这个人叫马永怀，听了李玉珠的介绍，马金锁认定了，就是他。马金锁找到马永怀，他也很高兴，愿意为本村多做贡献。马金锁当然更是高兴，两人一拍即合。

然而，好事多磨，谈何容易。这个项目是马湖有史以来投资规模最大的基建工程，总耗资需一个亿人民币，主要产品的生产技术和设备，需从外地引进。项目确定伊始，来自四面八方的议论、怀疑、观望、反对的声音，就从来没有停止过。马永怀受命于危难之际，村党支部任命他为马湖汽车制动器厂厂长兼筹建处主任。他是本村 20 世纪 70 年代毕业的高中生，在县里一个机械厂，从工人干到厂长，他苦心经营了十来年，把一个年产值不过十万的亏损企业，发展成为年产值一个亿，利税五百万元，创汇一百万美元的大型企业。马金锁看中了这个人才，跑上跑下，想方设法，将他挖了回来，真可谓慧眼识英雄。而马永怀深知肩上担子的分量。从工程立项，到可行性研究报告的报批，从设计方案到筹措资金，必须要闯过面前的一道道关口。走马上任的那一天，马永怀就把血肉之躯压在事业的天平上。他一个人住在筹建处的一间帐篷里，夜深人静，形影相吊，他该想些什么？无情未必真丈夫……所有这一切，马永怀都默默独自承受了。好在还有马金锁的支持，在汽车制动器厂项目进展最困难的时期，来自社会的各种压力，乃至诋毁，马金锁都同筹建处的同志一起"分享"。作为村党支部书记的马金锁旗帜鲜明地表态：马湖原定的发展规划不能动摇，最困难的时候，机遇也就最大。在党支部会议上，马金锁慷慨陈词："马湖的群众基础是好的，不干重点项目，就搭不起马湖工业发展的框架。"对于马金锁明朗的态度，马永怀的心里感到了极大的满足，跟着这样一个坚强有力的党支部书记干事业，他充满了无限的希望，经过一番周折，马永怀和他的同志们终于得到了最大的报偿：县计委批准利用贷款 100 万元。开工前的各项准备工作进展顺利，马永怀准备甩开膀子大干一场了。

他们的精神感动了撰写论文的那位作者，他主动当上了这个厂的顾问。从此，这个厂便如虎添翼，很快就大量投产。头一年，就生产三万台，创利六十万元。第二年生产四万台，创利八十万元。第三年，生产五万台，创利一百万元。他们成功地造出了紧急制动阀之后，仍然在产品开发的崎岖道路上顽强攀登。每年都要推出一两个新产品。继生产双管路紧急制动阀以后，又生产分配阀、控制阀、继动阀、通用直插式挂轮接头、双管路挂轮头、通用双握式挂轮接头、分离开关、快放阀……产品远销国内外，并获得省级科研成果一等奖。

人们仰望着这颗耀眼的明星，心里乐开了花，脸上绽开了笑。马金锁的心里也在笑，但是脸上没有笑，只是把笑藏在心里。然而他是一个制造笑的人，他又要制造新的笑了。

第四十四章　酒香四溢

为了制造新的笑，马金锁又下去同老百姓拉呱儿了。

马金锁在各村转了一大圈，和老百姓拉呱儿了几天，一个奇思妙想又在他的脑海里翻滚了。

原来马湖造酒也有悠久的历史，马湖还是酿酒之乡。在马湖这段风景优美、水质清澈、气候温和的巡河边上，曾经有好几家马湖酒酿造作坊，白水人几乎不饮外地酒，人们常喝的都是马湖酒。这马湖酒香甜爽口，浓烈纯正，是根据杜康造酒的酿造工艺生产出来的，每十斤酒兑上三斤井水味儿不减，是传说中的名酒。传说康熙皇帝下江南，行至白水时，喝了马湖酒，连连称好。临走时特地带了十坛，以备一路细细品尝，慢慢饮，回到北京后，还多次派人到马湖来购买正宗马湖酒，与大臣们共饮。一时马湖酒名声大噪。

马金锁问及这马湖酒为什么这样甜美香浓？百姓们都说是得益于巡河之水，甘泉出美酒。这巡河河清水甜，所以酿出来的酒甜美香浓，诱人痛饮。

然而，这种名噪天下的传统美酒，到了清朝以后，杜康的酿造工艺多有失传。马湖的几家作坊，随着兵荒马乱，几乎全部倒闭。只有一家作坊死撑活挨地撑了下来，还能酿造出这种酒来。

马金锁了解到马湖酒的这番历史后，十分惋惜。他问，现在这马湖酒还有没有人会酿造？老百姓说，有，就那最后一家的大儿子，他是酿造这种酒的唯一继承人。马金锁了解到，这人姓马，名天泉，已六十出头了。马金锁喜出望外，终于找到了马天泉。他正站在家门口迎接马金锁，那温厚善良，炯炯有神的大眼睛流露出了笑，热情地将马金锁拉进了屋。这是一位须发斑白的老人，身材高大，笔直硬朗，声音洪亮，精力充沛。他向马金锁讲述了马湖酒的历史，介绍了他自己酿酒的情况。他的语调时而激昂慷慨，时而悲壮低沉，他将马湖酒过去的辉煌和现状一一道来。他对马湖酒的匿迹，深感痛心疾首。当马金锁说要再造马湖酒，重振其威的时候，马老汉高兴极了，当即充满激情地说：“我愿效犬马之劳。”

马金锁说：“那我就请您老人家出山当大师了。”

马天泉说：“不用请，这是我应该做的事情。”

马金锁说：“我还要派一名精明能干的小青年做您的助手。”

“谁？”马老汉说。

“马德华。”马金锁说。

“好，这个小子行。”马老汉对马德华了解，发大水的时候，就是马德华带了一帮小伙子给马老汉家粮食运上白水湖大堤的。马老汉想了一下，又说：“我还要把我儿子大才带着，免得我到阎老爷那儿报到，这马湖酒的工艺就失传。”

马金锁说：“行！那我们就这样定了！”

“好！”

两人紧紧地握住了双手，达成了君子协定。

第二天，巡河岸边就机声隆隆。他们又盖了五间简易工房，安了锅，支了灶，一个传统的酿酒作坊就诞生了。

马天泉带着两个徒弟，重操旧业了。马金锁也入了伙，谦恭地当起了小徒弟。马天泉兢兢业业地操作起来，从探坑砌窑，培养泥池用泥，到投料、勾兑……都亲自动手，精心操作，步步留神，处处小心。

时值盛夏，白天骄阳似火，晚上蚊虫唱着小调到处作怪。为了培养泥池用泥，马天泉领着马德华和马大才，把铺盖卷儿搬到了泥堆旁，昼夜守在那里，观察泥的变化。马金锁也带来了铺盖，加入了他们的行列。熏得让人喘不过气来的泥臭味，弥漫了马湖。行人路过无不捂着鼻子匆匆而走。而他们四人却毫不在意地在臭泥堆旁守了几天几夜，周身被蚊虫咬得血迹斑斑，也不说一声痛，叫一声痒。他们要得到一种“神泥”，那是祖先用血汗和智慧研究出来的一种神泥。要酿造出好酒，没有那种泥是不行的。这泥，用手抓一把闻闻，比臭狗屎还臭。用水洗了，手却变成了香手，香气几天不退！

在马天泉的带动下，他们几人一头扎在作坊里，七捣鼓八捣鼓，终于捣鼓出酒来了，一个个欣喜若狂，马大才高兴得在地上连打了几个滚，嘴里还连声叫着：“我们也能造酒了！”

马金锁喜滋滋地揣了三瓶，来到乡里，请了一大桌客。他请的都是曾经喝过马湖酒的老寿星。

客人到齐，伙房炊事员飞快地捧出菜肴，虽是家常菜，倒也丰盛。马金锁将揣在提包里的酒掏出一瓶，亲自把盏，给每人斟了一杯。斟酒的时候，桌上鸦雀无声，因为溢出的醇酒香味，已令他们只顾吸嗅而忘了说话。一个个都在猜测，这到底是什么酒？这样香味扑鼻！不少人看看瓶子，瓶子上没有标签，大家都在想、猜，马金锁瓶里到底装的什么酒？

终于有人忍不住了，抢先呷了一点，一抿嘴顿时目瞪口呆，作声不得，不明所以。大家看着他的神情，一个个更加奇了。又有人迫不及待地深呷了一口，立刻也目瞪口呆，作声不得了。大家见状，都很好奇，于是人人都呷了一口，人人都怔怔地发呆，忘了动作，忘了说话，这时桌上沉寂得出奇。

半晌，有人说："这酒简直非人间之酒！"

有人附和："这酒真是天仙佳酿啊！"

又过了一会儿，有一位老者用肯定的语气说："马湖酒，马湖特曲！"

这下马金锁激动了，他哈哈大笑起来。

那老者说："我走遍天南海北，尝尽天下名酒，却从来没有喝过比咱们马湖酒更美的酒。可惜断了几十年，今天才又尝到了。"

马金锁诚恳地说："请您老给详细评一评呢？"

那老者说："承蒙书记瞧得起，我就斗胆评说一二吧！"他拿过瓶子，指指点点地说了起来："此酒色清透明，窖香浓郁，醇厚甘润，绵甜净爽，回味悠长，饮后浑身发热，周身祥和之气，犹如马湖大地精华所聚之美酒。"

又有老者说："巡河直通东海，东海之气导入巡河，与河底土质相互感应，一脉相承，巡河是龙脉相承之河，用巡河的水酿酒，饮之不但甘美，而且可以舒筋活血，可谓珍品。"

听了两位老者这么一说，在座的皆惊喜不已。马金锁的惊喜就不用说了，他含着笑说："这酒比起当年的酒来怎么样呢？有悬殊吗？"

"没有。"有老者脱口而出。

"是当年马湖特曲的风味。"

"对！是正宗的马湖特曲风味，一点都不差！"

"现在能造出这酒的只有马天泉一人了，看来这酒非是出自他手不可！"

"对！"马金锁说，"是马天泉大师一手酿造的，下面我们将大批量地生产。"

"好！那太好了！应该把这传统的名酒生产下去！"

大家都一致赞成生产马湖的传统美酒。

马金锁说："请诸位给这酒起个名字。"

"马湖酒过去有马湖特曲、马湖大曲、马湖普曲，这酒是马湖特曲的风味，就叫马湖特曲，还叫它的老名。"有老者说。

"对！就叫马湖特曲！"

大家都赞成用这个老名，马金锁和村里几个人一合计，就叫马湖特曲了。

与当年的马湖特曲没有悬殊，马金锁放心了，他立即大张旗鼓地干起来了，盖厂房，砌烟囱，支大炉，挖地窖，买机器，大量收购大米、小麦、玉米、高粱、山芋等，精兵良将纷纷向马湖聚集，整个马湖一片沸腾。

马德华在马天泉师傅的指导下，进步很快，迅速掌握了马师傅的传统酿造工艺。为了让他掌握更多的新工艺新技术，马金锁又派他到省城大学食品工程系发酵专业进行深造。在学习期间，他还考取了省评酒委员。后来进步越来越快。

马德华学习归来就一头钻进制曲车间和实验室里，和工人们一起，继承古老的传统酿造工艺，糅以现代化科学的酿造技术，采取高温与中温结合制曲，精造原料，清蒸除杂，堆积二次制曲，翻池连续发酵和双轮增香，分段量质摘酒，分级入库贮存，延长贮存周期等技术措施，然后反反复复勾兑和调味，争分夺秒地工作。

马德华对勾兑酒是极认真的，他要把各种含量不同的微量成分兑在一块儿，要达到互相衬托，还要达到互相平衡。而调味呢，他又要把不同成分的调味酒，根据基础酒的要求，进行添加，达到画龙点睛的目的。

在马德华和工人们的共同努力下，很快马湖特曲、马湖大曲、马湖普曲等马湖系列酒就大批量地生产出来了。这下马德华又被党支部任命为马湖酒厂厂长。

马德华当了厂长，马金锁并没有当甩手派，他时刻关心着酒厂的生产，每时每刻都做好为马德华解决一切问题的准备。该他拍板的他立即拍板。同时，给新产品起名，定价格，从什么地方打开突破口，等等，一切的一切，他都进行精心策划。

第四十五章　畅销遐迩

　　马湖系列酒大批量地生产出来了，也包装好了，接下来的问题就是怎么样销出去？怎么样打得响？马金锁又动起了脑筋。马金锁看到，对于各种产品，一般广告性的那种宣传，往往效果不佳。有时叫得越响，消费者的逆反心理越强，认为你是劣等商品，卖不出去了，才拼命叫卖，极力兜售的。马湖酒好是真好，不是假好。但千好万好不如消费者说一声好。消费者说好，他才能肯买你的酒喝。于是马金锁在酝酿如何让消费者说好。他想，社会名流，文化界名流，戏剧界名流，这些德高望重者节假日家中肯定高朋满座，这是帮助宣传马湖酒的极好机会。于是他一个个排列名单，派人分别登门送去一两箱。凡是马湖的友好单位或个人，都送去三瓶两瓶或三箱两箱，供其品尝。

　　做好以上的一切，马金锁坐上村里的工作小轿车，装上几箱，开进了大上海。现在马湖村里也有公用的工作小轿车了，这一次，马金锁动用了一下他的特权，用了一下这个车。他将后备厢、后排座上统统放满了酒，开去了上海，找到了生长于马湖，在上海工作的大学毕业生马成强。由马成强出马，请了上海的一些名流，席间马金锁请大家给马湖特曲评一评。一个个赞不绝口。有人高声赞扬说："此酒只应天上有，人间难得几回闻。"

"哈哈哈！"逗得大家一阵哄堂大笑。

最后，马金锁说，准备在上海设一个代销点。大家都很赞成。马成强拍拍胸脯说："此事就包在我身上了！"

马金锁很高兴，给在座的每人送了两瓶，其余的都给了马成强，让他去办了。

马金锁心满意足地离开了酒店，和司机一道逛上海外滩了。

马金锁经过辛辛苦苦的内攻外联，马湖酒的销售很快就打响了。一传十，十传百，收到了出人意料的好效果，白水县话剧团还编了节目上台演出，铿锵有力地说："马湖酒，五谷酿，酿艺精湛酒高档，瓶口一开十里香，一杯下肚精神爽……"有民间艺人编出了儿歌：喝了马湖酒，仙气浑身走；喝了马湖酒，天冷不发抖；喝了马湖酒，能活九十九……一时舆论大哗！马湖酒一下子就响起来了，畅销遐迩。仓库里的库存被抢购一空，新生产的供不应求。马德华带领全厂职工加班加点，大量生产。就在他们的手下，一个年利润超亿元的马湖酒厂，不久就巍然屹立在巡河之滨，又一大支柱产业树立起来了。

至此，茧丝绸、胶合板、砖瓦、建筑装潢、汽车制动器、马湖酒，六大支柱产业，犹如六足鼎立，支撑起五光十色、绚丽多彩的马湖一片天！搭起了马湖经济腾飞的框架。古老的马湖，展开了巨大的双臂，拥抱起现代工业的文明……进入了有史以来最辉煌的时期，他们的事业越办越红火，利润像不断线的水一样流进了马湖村。

马湖人的腰包都鼓起来了，又都住进了簇新的高楼大厦，从农村搬进了街市，一下子从地上升到了天上。一个个脸上挂着笑，心里淌着蜜，你要问他腰包里装多少钱了，他得意地眯眯一笑，嘴一抿，不告诉你。

马湖人的腰包鼓起来了，马金锁没有满足，他的脚步并没有停下。他继续捣鼓自己的项目，他还是在利用本地资源上做文章。他觉得本地资源有做不完的文章。

第四十六章　蓝图再现

　　农历四月前后，马湖的田野里一片忙碌。马金锁看到地里忙碌的人们，心里痒痒的，很想加入，露一手。就在这天中午，村主任马成良来请他去参加村委会，研究春季大生产问题。但是，这时，他无心去插手这些了。他的心钉在了他昨天的一个新的美梦上了。

　　昨天，马金锁决定趁着春夏之交的大好时光，去巡河下游的滨湖村，看望一下阔别多年的表哥。一大早，云开日出，晴空万里。他的自行车疾驰在巨龙野蟒般的巡河大堤上，翠柳沿着河堤，垂钓怀春的鱼儿。几只水鸭欢快地试探水暖。两岸千花怒放，小鸟唱和，阵阵清香扑面而来。赏心悦目的美景，紧紧地吸引着他的眼球。眼前是一望无际的油菜麦地，绿浪滚滚、鸟飞蝶舞。他观赏着这无限美景，那首熟悉的旋律，又在心头响起："一条大河波浪宽，风吹稻花香两岸……"他的心里泛起了汹涌的波涛，久久不能平复。然而，他没有忘掉他此行的目的，在赏心悦目中，他还是迫不及待地想见到他阔别多年的表哥。他的双脚如同绕花蛋①，铁驴在宽阔的水泥公路上，宛如在绿洲中行走，绿野如织、如绵、如画。放眼望去，在路边、在天涯，是一片片塑料大棚，一片片烟囱林立的厂区，一片片现代化的村民小区。

忽然，眼前一亮，绿汪汪的皱褶地幕上，蠕动着一片白。铁驴好像冲进了蓝天，在白云中翱翔。定神一看，一大群白鹅布满堤坡水面。一只小船装满水草、悠悠荡进，一个稍高偏瘦的老汉，手执长长的竹竿，一边撑船、一边赶着鹅群觅食。老汉抬起头朝岸上的铁驴望望，黝黑的脸庞爬上了不少皱纹。马金锁一下子从老汉的斗笠下面看到脑门上的鹅瘤，喜出望外，连忙刹住了车，两眼直瞪瞪地望着他。老汉也站在船头上痴呆呆地望着他。马金锁情不自禁地大叫一声："唐鹅大哥！"马金锁认定了就是表哥。马金锁的姑妈说过，他这表哥一生下来脑门上就有个瘤，乳名就叫"小鹅"。因为他比马金锁大，姓唐，马金锁就称他"唐鹅大哥"。

"表弟！"唐鹅大哥也惊喜若狂，连忙上岸。鹅群纷纷让道，如波开浪裂。

这白花花的鹅群，顿时唤起了马金锁久远的回忆。他姑妈说表哥是鹅投的胎，表哥真的与鹅结下了不解之缘。从小表哥就喜欢养鹅、放鹅，还常常把马金锁拉住一道去放。就是因为这一嗜好，表哥吃了不少苦头。鹅咬了别人家的鹅他要挨骂，鹅吃了别人家的庄稼他要挨打，连马金锁也陪着他流过不少次

---

① 绕花蛋：方言，本意是手拿着丝线团在花蛋上迅速转着缠绕，将花蛋越缠越大。这里比喻双脚踏着自行车像绕花蛋一样迅速踩蹬，绕圈转动。

泪。

　　然而，表哥视鹅如命，直到马湖大队严禁私人饲养家禽的时候，兴趣也一点没减，抽空闲他又操起了他的旧业，手头无钱，磕头如捣蒜，赊了二十只小鹅，奉若凤凰、精心饲养。哪知道他踩了红线，二十只小鹅被没收，还处以罚款。他哭笑不得，在那一个工只有一角五分钱的年代，他的收入仅够维持基本生活，从哪儿弄来交罚款的钱？他无奈只好求援于马金锁这个表弟。马金锁给了他钱，并要他遵守国家政策。他发誓洗手不干了。然而，他坚信："天生我材必有用。"他钻研起了科学技术，拿了张自考本科毕业证书，成了大家敬佩的农技员，很快就入了党提了干，当上了乡科技推广站站长，一路风风火火。可是，面对眼前的这个场景，马金锁很不理解："你又养鹅了？"

　　他不慌不忙："我本不想养了，可乡党委书记不让，三番五次找我，他说现在党的富民政策像一座灯塔，照亮了旮旮旯旯，党委决定在目前工业不够发达、农业劳动力转移不够充分的情况下，发展家庭经济，为工业化积蓄资金。大家都八仙过海、各显神通了，我还按兵不动，书记知道我有一技之长，而且因此吃过苦头，但是怎么能因噎废食呢？这是一个共产党员的态度吗？共产党员应该站在群众运动的前头，带头致富哇！书记的苦口婆心，点亮了我心头那盏早已熄灭了的灯。你不是叫我要一切听从党的安排吗？现在党给我的任务是带头致富，怎么能不听呢？于是我又操起了旧业。"说到这里，他的脸上泛出一股按捺不住的兴奋和喜悦，抬高了嗓门："有书记撑腰，我就甩开膀子干，一年养三趟鹅一趟鸭，每趟五百只。"五百、四趟，要付出多大的代价呀！马金锁问："不嫌苦吗？"他说："怎么不苦？一天切草就是两吨，早春要扎到刺骨的冷水里捞草，盛夏要顶着烈日放它，夜里要挨着像锥刺的蚊子喂三四遍食，而且我还有岗位责任呢！"回想起那些艰辛的日日夜夜，他眼睛里不觉涌出了激动的泪水。他略停一下，又说："苦是我们家的传家宝，你表嫂、表侄、侄媳都是能苦的。不过，老天不负有心人。"他竖起一个巴掌："头一年就挣了五万，一下子拔掉了穷根。紧接着我每年跨一大步。村里盖小学，我还资助十万呢！前几年我退下来了，就一本心地搞了，这下不是一大步，而是翻一番了。"

马金锁打心眼里敬佩他这位表哥，不由得竖起大拇指："干得好！"

表哥从腰间掏出手机一看："哟，十一点多了！"他将手机一按："喂！来客了。""谁呀？""老表①。""多弄两个菜！""哦！知道了。"手机里一个老成刚健的女高音回答得很干脆。

马金锁和他一起向他家走去，一边走一边聊。不一会儿，他说："到了！"马金锁定神一看，傻眼了。这里不再是他从前走过的那个道路泥泞、破茅屋连片的村庄，已经变成了一片现代化的居民小区。他们踏着溜光的水泥路，呼吸着清新的空气，并肩朝前走。只见一幢幢排列整齐有序的洋楼，一眼望不到头。花草树木，溪水小径纷繁交错，波光粼粼的湖水居于中央，好一片盛世华庭，比住在城里还好。人们的衣着打

---

① 老表：方言，指表兄弟或对同省老乡的亲昵称呼，在此处指表兄弟。

扮，也与城市人无异。他随着表哥在这优美的图画中穿行，边走边看，看得眼花缭乱，行得如醉如痴。恍惚中，他听到有人在叫："表弟，你好！"他抬头一看，是表嫂在三楼阳台上叫。她虽鬓发稍白，但模样没变，马金锁一眼就看出她，连忙答道："嫂子，你好！"

马金锁疾足登上楼梯，三步两步跨进房间，未来得及和表嫂寒暄，就四处打量起来。宽敞明亮的房间，南北通透，布局合理，舒适宜人。家具用当地产的香椿木制成。在房间的一角摆着冰箱和彩电等现代化的生活设备，备感生活的情趣。马金锁不禁感慨地说："哎呀！你们现在住得多好哇！"

表嫂笑了笑，颇为幽默地说："上有天堂，下有苏杭，这是过去的说法，现在人们说，上有天堂，下有家乡了。这里是天堂，我们是天堂里的人，过的是天堂里的日子，你说舒不舒服？"她把他们都逗笑了。

席间，表哥问马金锁："你现在干什么呀？"老唐早就知道他这个表弟是个响当当的村书记，所以关切起他的近况来了。

马金锁说："我现在就是寻找本地资源，带领大家发财致富。"

唐鹅大哥将大腿一拍："太好了，你和我们一起干吧！"

"怎么干？"

"我们这里背依巡河大堤，脚踩沟圩埂隔，饲草资源丰富，是天赐的养鹅的好场所。"他一把拉住马金锁走出门外，步上楼顶，指着堆上堤下的群群白鹅和一座座绿色饲料加工彩钢房，说："打我以后，这里家家都干起来了，我是他们的技术指导员。这下引起了乡党委乡政府的重视，两套班子一合计，决定大干一场，首先是宣传发动，营造氛围，形成一个人人念鹅经、家家唱鹅戏、户户发鹅财的浓烈气氛，其次是加强领导，落实责任制，还订了一系列的优惠政策，乡政府还设立了'金鹅奖'引导农民挑着鹅蛋进市场，赶着老鹅奔小康，一下子养鹅业就轰轰烈烈地办起来了，成了我们临湖乡的支柱产业，仅此一项，全乡每年纯收入一个亿。"他用手指着眼前的幢幢洋楼，对马金锁说："这些都是鹅变的。"他又具体介绍说："我们现在养的是新品种的悬湖鹅，是用浙东白鹅与皖西雁鹅杂交而成，体形大，长得快，屠宰率高，肉质细嫩，很受来往过客欢迎，我们小镇上的老鹅店因此闻名遐迩。"

提起杂交鹅，马金锁立马想起来他这个表哥是科技推广站的站长，不由得脱口而出："看来这个悬湖鹅的出世是你这个站长的功劳了？"

他不好意思地说："有我的苦劳。"

"这普遍开花看来又少不了你这个技术指导了？"

"我们有一个技术指导团队，我办了一个乡培训班，每个村都有两名技术员，我隔三岔五地下去转转。"

"看来你这个站长工作有方啊！"

"哪里哪里，摸着石头过河！"

"现在有一个新的问题摆在面前，我们这小镇上的老鹅店销量是有限的，大量的要靠外销。有一半的钱是被别人赚去了，如果你能帮助我们建个畜禽养殖加工公司，弄他个饲养加工一条龙，叫它肥水不流外人田，怎么样？"

他的一番话语重心长，搅得马金锁心里像小虫子在爬，办公司，他求之不得，正合他的心思。

"这公司放在哪里？"马金锁问。

"就我们这里呀！"老唐听出了表弟的意思，高兴地笑着说。

"就这里？"马金锁心里掂量着，愣了一下他说："放这里欠妥。"

"为什么？"

马金锁说："你别看你这里老鹅多，但是一旦这个公司办起来，那吞吐量大得很呢！你这一点是远远不够用的。再说，你这里就是办起来，也只有这么一个公司，没有气候。"

"那，放在哪里？"

"放在我那里，我那里已有一个工业园区，形成了气候，影响力大，同时，我们马湖的集市非常繁荣，四周的老鹅源源不断地涌向市场，只要一收购，那会有用之不竭的货源，而且我那里水陆交通四通八达，办企业得天独厚。"

"那我这里的老鹅怎么办？"

"运去呀！水陆路都可以嘛！这么远一点距离，算什么！现在整个地球不就是一个地球村嘛！"

经他这么一说，老唐豁然开朗，连忙答应："好！好！"

"就这么定啦？"

"就这样，照你的办！"

马金锁听他这么一说，心里像喝了清醇的酒，嘴角露出了甜蜜的笑。

马金锁一回来，第二天就着手筹办这个事儿了。他上午先到农贸市场睥了一下，他看到鸡鸭鹅遍地皆是，更增添了他的信心，他决定下午再去勘察一下地形，所以中午吃饭的时候，村主任马成良请他参加村委会的会议，他推掉了。他说，他要到工业园区去一下。马成良是个明白人，他一听就知道他又有新招了，便爽快地说："那好，您去吧！"

工业园区的格局是马金锁精心酝酿而定的，他对园区的格局烂熟于心，了如指掌，但是他还是要亲自再去实地勘察一下。

工业园区里的项目是从东头的马湖大桥开始向西排列的，现在马金锁心中酝酿的公司应该坐落在最西头。他从东一路巡看到西头，穿过一片黄灿灿的油菜田，便坐在了巡河堤的一棵白花盛放、清香四溢的大槐树下，他盯着面前的一片油菜地，静观默察着那一片金色的海洋。他的眼睛虽然注视着这片随风摇曳的油菜花，他的思想却沉浸在他心中的那幅蓝图上。

"马书记，您在这儿啊？"

马金锁正在沉思着，忽然有人来叫他。他循声望去，是青年书记马德成。

原来马成良的会议还没开始，劈空来了一老一少两个不速之客。老者神情庄严，个头不高，敦实而硬朗，白多黑少的头发向后梳得溜光，两道黑白参半的浓眉，在宽阔的前额上直竖着，眉下掩着一双明亮的眼睛。这里好像有什么魔力吸引着他，他那闪烁的目光，渴寻的神情，使在场的人，个个惊讶。

他自我介绍道："我是甘肃天水的抗美援朝老兵赵大千，来找一位死里逃生的老战友的。"他停了一下又说："当年在朝鲜战场上，我们是一个排的，他是排长，我是副排长，在一次战斗中，我们肩并肩地坚守着阵地，战况最激烈的时候，突然一颗炮弹像长了眼睛，落到我们面前，一声巨响之后，我们都被埋进了泥坑。"……老人痛苦地回忆着，又说，"当我醒来的时候，我们都已经躺在医院里了。我们都受了伤，并且都是重伤。"说着他把上衣一撩，大家清楚地看到一条长长的弯痕，从胸前一直延伸到右下腹，密密的排列整齐的针脚线印子，清晰可见。大家一看，个个肃然起敬。

他接着说："归队以后，我先回国，他还留在那里，做战后的一些工作。从此我们就一直没见过面。我记得很清楚，他是白水马湖的，我早就想来找他了。"他指指旁边的小青年，"因为孙子工作忙，没时间陪我来，我年纪大了，不敢一个人独自出远门，最近，孙子有空闲时间，我又想起了从鬼门关逃出来的战友，再也按捺不住了，于是拉住孙子，千里迢迢摸索而来。"说到这里，他提高嗓门，加重了语气："我要找到他，我一定要找到他！不找到他，死不瞑目！"

大家听着他那坚定的语调，看着他那迫切的神情，都十分理解、十分同情。但一时都默然无语，大家都很明白他要找的那个人是谁，因为马湖参加过抗美援朝战争的只有他一个人，到现在也没人知道他是死里逃生的英雄，沉默了片刻之后，村长马成良说："他是我们马湖的村支书，他正在想新上一个项目，现在在工业园区呢！"

青年书记马德成诚恳地说："叔叔，您别急，我去找他，您坐坐，等一会儿我就来。"说罢，他提起双脚箭一般地冲了出去……

马德成一路询问追踪，终于找到了马金锁，十分高兴地告诉他一个好消息："有人找您！"

"谁？"

"您的战友。"

"什么战友？"

"朝鲜战场上的战友。"

"啊！"马金锁惊讶地一动不动地坐在那里出神。愣了一会儿他才问："在哪儿？"

"在村部。"

马金锁立即起身，跟着马德成就走。

第四十七章　二喜进门

　　村部的来客见到刚才出去的小伙子后面跟着一位老者，根据当初的印象，一下子断定，那就是马金锁！而马金锁还在迷迷糊糊地想。

　　"金锁！"来人一下子向马金锁扑了过去。

　　而就在这时候，马金锁也认出了来人是谁。微微一愣，脱口而出："大千！"随即就狂喜地迎了上去。两人紧紧地抱在了一起，不舍得分开。半晌才抬起头来，相互深情地望着对方的脸。心里有许多话想和对方说，但却说不出来。两双手紧紧握在一起。此时无声胜有声，一切尽在不言中。

　　村主任马成良见状，上前劝道："二老请坐。"说着他就拉着二老坐到马德成刚搬来的两张木椅上。

　　他们相对而坐，激动的泪水还挂在脸上，脑子里都浮现出与老战友一起度过的战争岁月。

　　马金锁首先关切地问道："哎呀！大千哪！这些年你都是怎么过来的？"来客姓赵，名大千，他们习惯的叫法是丢掉姓，只叫名。

　　"平平常常地度过呀！先是当社员，接着做生产队长，后来任大队书记，干了十来年，又升为乡党委副书记，最终就是在这个位置上退休的。"

马金锁夸赞道:"干得不错!"他又补问一句:"还顺利吧?"

"还可以。"赵大千又谦虚地说,"我这平平淡淡的一生,没有你这么辉煌。"他指着四周墙上的一大圈奖旗、奖匾说。

"没有受挫折吧?"马金锁又关切地问。他关心的是这个,至于平淡还是辉煌,他倒没太重视。

"没有。还算顺当,磕磕碰碰地也总算过来了。"

赵大千这次来与老战友见见面,就是想好好叙叙这段难忘的历史呢!他立马从怀里掏出那张珍藏已久的老照片。

在场的都围上来观看,只见一张五寸见方的老照片上,赫然印着三排佩戴大红花的生龙活虎的年轻战士。下方一行醒目的小字:"欢迎重伤后归来的战士。"赵大千指着照片上的马金锁:"这就是当年带领我们英勇战斗的排长马金锁!"大家看到马金锁身着志愿军军服,佩戴大红花,英姿飒爽地坐于前排中央,紧挨他右边的就是赵大千。

赵大千说:"这是在部队欢迎我们归来的大会上拍的。"

看了照片后,村主任兼党支部副书记的马成良对赵大千说:"这样,我们立即召开党员大会,请您老人家给我们做一个报告,介绍一下当时你们的英雄壮举,给我们上一堂革命传统教育课。"

赵大千欣然应答:"好!"

听了赵大千的报告后,党员个个赞不绝口:"马书记,好样的!"到此,大家才弄明白,原来我们的马书记还是个大英雄。

赵大千更激动地说："你们的马书记不仅在部队是英雄，看来在后方建设上也是个英雄。"他举手指了指一排排的奖旗、奖牌说。接着他迫不及待地说："走！现在我就去看看你们的工业园区！"

马金锁带着老战友出发了，村干部也都紧紧跟上。赵大千满面笑容地跟着马金锁从东到西，一个公司一个公司、一个工厂一个工厂地看起来。

这里厂房林立，机器轰鸣，车流如梭，生机蓬勃，蒸蒸日上，无处不彰显它的独特风采。赵大千看了，赞不绝口，叹为观止。

当看到西头一片油菜地，马金锁对老战友说："马上我准备在这里再建一个公司！"

"什么公司？"

"畜禽养殖加工公司。"

"好！"赵大千拍拍马金锁的肩头，"好家伙，你越干越来劲了！"

"是的，干起来就有劲了。"他突然想起，"老战友，我们一起干吧！"

赵大千也是在基层跌打滚爬一辈子的老干部，来到这里他真的被马金锁的精神感动了，确实有点跃跃欲试，只是他没有这个思想准备，一时拿不定主意。马金锁看他手足无措的样子，也不为难他。

他们继续走，一个左拐弯，上了红白公路。赵大千只觉眼前一亮，马湖新街映入眼帘。整齐宽阔的街道，幢幢高楼大厦通天拔地。平整溜光的水泥路上，样式繁多的小汽车穿梭来往。两边商店鳞次栉比，城市功能齐全。

赵大千跟着马金锁精神抖擞地逛着，如痴如醉地看着。不知不觉夜幕悄悄降临了。

当他们走到马湖酒楼的时候，酒店门脸上的霓虹灯像个妙龄少女，跳动着优美的身姿，挤眉弄眼挑逗着过往行人。里边灯火辉煌，如同白昼。装饰考究的大餐厅和若干个小餐厅里，满满的都是客人。女老板长得丰满合度、端正秀美，正里里外外地迎接招揽着客人。马金锁将老战友赵大千介绍给了她。她欣喜地一笑，连叫："叔叔好！"立马将他们安排在一间别致优雅的小客厅里。马金锁安排宾客有序地坐定后，女服务员袅婷而至，递上菜牌。若干道色香味俱佳的马湖特色的名菜，纷呈在他们面前。几分钟后，一桌图案精美、鲜枝活叶的具有马湖风味的独特佳肴，梅花形排列在客人面前。打扮入时的司膳，彬彬有礼地在宾客肩膀空间给客人筛酒。大家频频举杯向赵大千、马金锁这一对老战友敬酒。两位老战友满面喜悦地连连举杯回敬。

酒过五巡，马金锁问赵大千："怎么样？这趟来的感受如何呀？""哎呀，你们干得太好了，我都不敢相信我的眼睛了！"

马金锁说："怎么样？来这里我们一起干吧？趁着夕阳红，再并肩烧一把火！"

经过半天的耳闻目睹，这里的情、这里的义、这里的景，这里大干社会主义的劲头，确实感动了赵大千。他的心已经融化到这里了，他决心要老当益壮，跟着老战友再发挥一下余热。他坚定地回答："行！"

马金锁听到他语气坚定，态度坚决，"那好，我们继续言归正传，我们先给我们的公司起个名字，我本来也是受我表哥的启发，想办一个老鹅养殖加工公司的，现在我想我们不一定只是养殖加工老鹅，可以将范围扩大一些，包括鸡鸭鹅猪牛羊等，就叫马湖畜禽养殖加工公司，怎么样?"赵大千说:"好! 网大拿鱼。"大家也都说:"好!"名字就这样定下来。

马金锁又说:"这样吧，你干总经理，我干副的，配合你，你是乡党委副书记，走南闯北，见识多，办法多。你把你那里刚退下来的精兵良将都拉起来，搞他个五湖四海、大张旗鼓，怎么样?"

赵大千连说:"不妥，不妥! 干这个我还是个外行，你是专家，你当领头雁，我做副手。"

马金锁反驳道:"领导主要是管理，具体的业务，各条线子上我们都要花重金聘请一流的专家，产品要不断地开发，营销策略要不断改进，要引领我们的公司永远站在同行业的最前列。你经验丰富，头脑灵活，一定能胜任这个角色。"

赵大千还是坚持马金锁唱主角，他唱配角。

在场的都赞成赵老的意见，马金锁只好少数服从多数，义不容辞地担当主角了。

赵大千高兴地说:"我一定当个名副其实的配角。"

马成良兴奋地站起来大声说:"那就来个凤凰和鸣!"

赵大千说:"好!"

马金锁说:"好!"

赵大千不由得感慨地说:"没想到，我们这一个战壕里的战友，这下变成了一家人了。"

马金锁一听，连忙补充说:"我们因为建设国家走到了一起，本来就是一家人。"

马成良说："叔叔，一家人就要齐心协力办一家事了！"

"那当然！"

马金锁紧紧地握住赵大千的手，几乎形成了一个拳头："说到做到！"

赵大千坚定地说："绝不放空炮！"

在二位老战友铿锵有力的表态声中，马成良激动地端起酒杯，举到二老面前："一杯为定！"

马金锁、赵大千都斩钉截铁地说："一杯为定！"几乎是同时，他们头一仰，满满当当的一大杯酒喝得干干净净。马金锁放下酒杯，脑海里立即展现一幅崭新而壮丽的蓝图。只见他踌躇满志、神采奕奕，睫毛底下一对集中所有的精力、言语和智慧的眼睛，炯炯发光、憧憬着美好的未来。

有赵大千的加入，马金锁的公司如虎添翼。他们迅速拉起一支队伍，大张旗鼓地干起来了。一幢宏伟的大厦式的大工厂拔地而起，"马湖畜禽养殖加工公司"十个耀眼的金色大字高悬大门上空。厂内屠宰、冷鲜肉生产、熟肉制品、肉类开发、冷藏储运、批发零售一体化紧密运作，昼夜不停。采购部、检疫部、生产部、质检部、销售部、技术部、产品开发部、物流部、综合管理部等，紧密配合，协调运转，共同牵引着马湖畜禽养殖加工公司在国内外市场上开疆扩土，在高产高效的道路上迅跑，捷报频传，年年产销两旺，一下子跃居为马湖的龙头企业。

第四十八章　溘然长逝

马金锁正干得顺风顺水、风风火火的时候，老百姓们突然听到了一个不好的消息：马金锁辞职了。这是真的吗？许多人不相信自己的耳朵。然而，他们不相信也得相信。乡组织委员来村开党员大会了，宣布免去马金锁的党支部书记和其他一切职务，马金锁的党支部书记和其他一切职务由副书记马成良担任，村主任还由马成良担着，待改选时再说。

有人问组织委员，撤马金锁的职是什么原因？组织委员只说，是他自己打的报告，乡党委同意了他的意见。大家看到组织委员一脸的凝重，不便再问，也不好去问马金锁。

要想弄清楚这个事情，还真的只有马金锁自己知道，马金锁是个明白人，他有自知之明。虽然他还是雄心勃勃，还想再干一番大事情，但他经过一番周折后，还是自觉自己的身体真的招架不住了，为了不贻误大事，他恭恭敬敬地向乡党委递上辞职报告，并实事求是地说明了自己的实际情况，党委很惋惜，深表遗憾地同意了他的报告，他们知道，马金锁这是不得已而为之呀！

他太累了！他病了！李玉珠觉得他病得不轻，要带他到医院去看一看。他不同意。她哪知道，他的心都在那些公司、工厂，还有田野上。这个公司，那个公司，这个厂，那个厂，都挂在他的心上。张家痛，李家痒，一样刻在他的心上。他的心中就是没有他自己。这时他的心绪根本不在他的身上，在那些他时时关注的地方。他对妻子说："没事的，头疼伤风，过过就会好的，不要大惊小怪。"

接连吃了几天药，他感到"气虚"稍有好转。但他心里有数，连忙趁着能走，去了乡政府，强忍着身体的痛和心里的痛，向乡党委呈上了他的报告。

获得党委的批准以后，马金锁如释重负。不料，紧接着发作了大病。

李玉珠见此状况，心如刀绞，搀扶着他去了白水县医院。检查完毕，她扶着他走出检查室的时候，马金锁嘴里吐血，向下倒去。县医院诊断出马金锁得的是肺癌。

李玉珠一下子像掉下了万丈深渊，木雕似的站在那里。马金锁说："没事的，回家！"

李玉珠劝了半天，马全锁执意要走，她毫无办法，只有听他的了。她找来一辆出租车，一路扶着他，到了家，马金锁就安静地躺下了。半晌，他对李玉珠说："明天星期天了，叫儿子媳妇孙子回来吃顿团圆饭。"

他们双方二老都早已过世，儿子马家虎和媳妇都是师范毕业，现在在县城一所中学教书，已经有了一个男孩。李玉珠按马金锁的交代办了。

又是一个星期天，除了继续家庭团圆，马金锁还吩咐李玉珠叫来剃头匠给他理发。剃头匠给马金锁剃完头就走了。李玉珠送走剃头匠，就在堂屋缝补自己的一件衬褂，忽然听到房间里轻微的呻吟声和椅子的吱吱声，她不由得想到了马金锁，失声喊起来："家虎，快去看你爸！"

马家虎闻声立即从自己的卧室跑到父母的卧室。喊了两声，父亲没有应声。他又抓住父亲的手，感觉到冰凉，忍不住大声哭起来。

李玉珠听到这哭声，便知道马金锁走了。

儿子在哭，儿媳也在哭，李玉珠知道，她自己不能哭。她强忍悲痛，冷静下来之后，赶忙安排儿子儿媳搭灵堂，以及给马金锁穿寿衣。这里的风俗是，人有三新：出生、结婚、去世。这三个时刻，必须穿上新衣服。去世的装老衣服必须是五道领、七道领、九道领，即要穿五套、七套，或九套，李玉珠选了中间的，为马金锁准备了七套。

穿寿衣的时候，看见马金锁瘦得皮包骨，儿媳心里好一阵难受，她问婆婆："爸怎么瘦的呀？"李玉珠说："他是为马湖消耗了最后一滴血才走的呀！"她又看到马金锁肚子上碗大一个疤，扎口袋头似的撮拢着。她又问婆婆："爸肚子上怎搞的，那么大一个疤？"李玉珠说："那是在朝鲜战场上，被美国鬼子炸的。"

"那爸还是个伤残军人呢！"

"嗯，二等甲级。"

"啊！"儿媳又是一阵心里难受。

马金锁的骨灰盆安葬在马家祖茔南端的一个高墩上。马金锁有遗嘱，骨灰用一只带盖子的黄沙盆，深埋三尺，平整成田，照长庄稼。

葬礼上，人们在一遍一遍诉说马书记组织儿童团的故事、积极报名赴朝的经历、精心养牛的故事、大种瓜菜的救命之恩，进军"海陆空"的故事、植树造林的辛苦、大种杂交稻、养蚕办缫丝厂，组办木板厂、砖瓦厂、混凝土搅拌厂、酒厂、畜禽养加公司……

马湖人当初吃早饭无晚饭，破衣烂衫过寒冬，草屋三间卧风雨。而今天马湖发生了翻天覆地的变化，名不见经传的马湖一下子声名鹊起，都是他引领着马湖人一步步干出来的呀！

现在马湖家家户户进小康，人人都过上了好日子，他却走了……

他纯粹是为马湖而累死的呀！他才七十几呀，就早早地走了……

…………

说着说着，听不到说话声，却只有呜呜的哭声了，一个个都梨花带雨地哭了起来。

这边打坑的继续挖，挖到三尺的时候，马成良说："继续，五尺！"马家虎说："爸交代是三尺。"马成良说："再加二尺！"马家虎也不知他的葫芦里卖的什么药？愣住不吱声。抬重的只有听书记的，挖至五尺。

当最后一锨土盖住了盆盖的时候，一片哭声响起。马成良突然喊道："停！"

马家虎不解地问："怎么停了呢？"

马成良手往那边路上一指："喏！"

大家一看，只见一辆大卡车装着一棵大松树飞驰而来。"啊！"一个个恍然大悟，啪！啪！啪！立即鼓起掌来。原来马成良不忍心就这么将老书记埋没了，他要在他的骨灰盆上栽一棵大松树，他昨天向县林木场订购了一棵大松树，叫他们按时运来，栽好。让他的精神万古长青。

从此，那棵巍峨高大的青松，永远立在那令人瞩目的土丘上，像一位气宇轩昂的将军，傲然挺立，神情庄重，威风凛凛地指挥着马湖儿女，在富起来强起来的路上迅跑！